Alexander von Senger – Mord an Apollo

Alexander von Senger

MORD AN APOLLO

KULTUR-VERLAG

1992
Kultur-Verlag
2251 Viöl/Nordfriesland

Nachdruck der 1964 im Thomas-Verlag erschienenen Ausgabe

Druck: Bäuerliche Druckerei, 2251 Hattstedt

ISBN: 3-927933-05-8

„Warum muß Apoll verstummen?
Wessen Kreise stören seine Lieder?"

A. VON SENGER „KRISIS DER ARCHITEKTUR"

ZUM GELEIT

Im Jahre 1889 beging die Welt mit großem Gepränge den hundertsten Geburtstag der unsere Vorstellungsbilder umgestaltenden Französischen Revolution. Wohl nicht ohne Zusammenhang mit dieser Weltfeier dürfte das darauffolgende Jahr 1890 gewesen sein, bekannte doch Dr. Werner Haftmann, ein Prominenter der abstrakten Kunst, im Jahre 1959: „*Tatsächlich vollzog sich die Umgestaltung unserer Vorstellungsbilder in der Kunst im Stichjahr 1890.*"[1]) Nicht lange nach diesem Stichjahr erklärte der Belgier Henry van der Velde die Architektur für überflüssig. Er begann auf eine Änderung „des Lebensganzen" hinzuwirken: „*Mein Geist fand es unmoralisch, noch Werke herzustellen, die nur in einem einzigen Exemplar vorhanden sein konnten. Diese Eigenschaft der Gemälde, Statuetten und Denkmäler erschien mir als ein exklusiver Egoismus*", und so pries er die elektrische Glühbirne als eine „*nie dagewesene Form, so schön durch sich wie die schönste je durch einen Künstler geschaffene.*"[2]) In ähnlichem Sinne wirkte zu Beginn des Jahrhunderts in Österreich, Italien, Frankreich und auch in Bayern eine Gruppe von Kunstgewerblern und Malern unter der Führung von Dr. Georg Hirth. Diese Gruppe proklamierte „Münchens Niedergang als Kunststadt", ausgerechnet zur Blütezeit ihrer damals noch lebenden Meister Lenbach, Hildebrandt, Stuck, Seidel und Thiersch.[3])

Während des Ersten Weltkrieges im Jahre 1916 wurde in der Wirtschaft „Zur Meierei" in Zürich der *Dadaismus* lanciert. Diese

---

[1]) „II. documenta '59. Kunst nach 1945". Verlag M. Du Mont Schauberg, Köln, 1959. Einführung von Werner Haftmann. Dr. Werner Haftmann erhielt 1962 den Hamburger Lessingpreis, der mit DM 20 000,— dotiert ist. Haftmann schrieb über Klee, Kleist, „Die Juden in der Kultur" und „Die Malereien im 20. Jahrhundert".

[2]) „Geschichte der deutschen Kunst von 1900 bis zur Gegenwart" von Franz Roh, Bruckmann Verlag, München 1958, S. 367.

[3]) „Münchens Niedergang als Kunststadt". Eine Rundfrage von Eduard Engels. Bruckmann Verlag, München 1902.

Bewegung war nicht, wie damals und seit Jahren immer wieder mit Nachdruck behauptet wurde, der spontane Ausdruck einer menschlichen Reaktion gegen die Greuel des Ersten Weltkrieges. Wie wäre es sonst erklärbar, daß eine gleiche spontane Reaktion während des Zweiten Weltkrieges beim Abwurf der Bombe von Hiroshima ausblieb? Entlarvt nicht Dada Richard Huelsenbeck selbst die Fabel des menschenfreundlichen Dada-Mythos, indem er bekennt: *„Wir waren für den Krieg, und der Dadaismus ist heute (1918) noch für den Krieg. Die Dinge müssen sich stoßen. Es geht noch lange nicht grausam genug zu,“* und indem sich Fritz Glauser über die Zürcher-Dadas wunderte: *„Mir schien es immer mühsam, mich mit ihnen zu unterhalten. Die Leute waren alle so unerwartet fröhlich. Und doch wuchs der Druck des Krieges von Tag zu Tag!“* Johannes Baader wußte um den Dadaismus in Zürich schon 1896 und der bedeutendste amerikanische Dada Man Ray in New York schon um 1912.

Ich möchte den Dadaismus als sichtbar gewordenen Ausdruck des sich seit dem Stichjahr 1890 sowohl in Europa, wie in den Vereinigten Staaten vollziehenden Enthemmungsprozesses des Unterbewußtseins definieren. Dieser Enthemmungsprozeß manifestierte sich in allen Bereichen durch die Auflehnung der natürlichen oder durch Propaganda künstlich erzeugten Zweidimensionalität gegen die für den Europäer typische, seine Kultur bestimmende Dreidimensionalität des Bewußtseins. Diese Feindschaft geht heute so weit, daß ein amtierender deutscher Kultusminister den Raum, also die Dreidimensionalität, in die „Region der niederen Dämonen“ einreiht.[4]) Die von den Dadaisten unlängst geprägte Bezeichnung „Baukunst zweidimensional“[5]), die den Raum selbst aus der raumgestaltenden Architektur verbannt und wirklich auch flächig wirkt, illustriert diesen Vorgang.

Der die gesamte bildende Kunst prägende Dadaismus ist nicht nur die Rückentwicklung des Bewußtseins in die Zweidimensionalität, sondern gleichzeitig ein Affektsturm, der radikal und zerstörerisch die Auslöschung von Religion, Kultur, Geschichte, Tradition und Volkstum bezweckt. Dieser gigantische Zerstörungsprozeß räumt das Feld für eine neue weltweite Bauindustrie. Der eigenständige europäische Mensch soll sich zum willenlosen Schemen

---

[4]) „Aus dem Wörterbuch des Unmenschen“ von Sternberger, Storz, Süßkind. Claassen Verlag, Hamburg 1957, Seite 103.

[5]) „Neue Zürcher Zeitung“ vom 2. März 1962, Nr. 801.

wandeln, das nur noch Industrie-Erzeugnisse produziert und konsumiert.

Voraussetzung zur Schaffung dieses erzwungenen Abstraktums *„Neuer Typus Mensch"* ist die vom Dadaismus angekündigte Zerstörung der autonomen europäischen Bewußtseinsstruktur. Dieser Vernichtungsprozeß greift bis in die tiefsten Wurzeln des Bewußtseins und führt zur künstlichen Aufblähung des okkulten, atypischen Unterbewußtseins auf Kosten der typischen Sehformen, des typischen Raumerlebnisses, der typischen Gefühlswelt und des typischen Schöpfertums des autonomen, durch die Dreidimensionalität des Bewußtseins charakterisierten Europäers. Die enge Verwandschaft dieser in der Meierei-Zürich lancierten Bewegung mit dem russischen Neojakobinertum des Bolschewismus ist derart auffallend, daß einer der heute besonders aktiven Hauptgründer des Zürcher Dadaismus, Richard Huelsenbeck, öffentlich behaupten konnte: *„Dadaismus ist deutscher Bolschewismus!"*[6])

Im Jahre 1928 erschien die erste, sechs Monate später die zweite Auflage meines Buches *„Die Krisis der Architektur"*, in dem ich mich im wesentlichen mit der Pariser Dada-Zeitschrift „L'Esprit Nouveau" befaßte, und deren Parallelen zum Jakobinertum des Jahres 1789 schilderte. Das Preisausschreiben für den Völkerbundspalast in Genf war der Anstoß zu diesem Werk gewesen. Wegen meiner damals ungenügenden Dokumentation habe ich die Krisis der Architektur allzu ausschließlich auf die Person des Kunstgewerblers Jeanneret, der sich heute Le Corbusier nennt, bezogen.

Im Februar 1962 hat Le Corbusier das Buch *„An die Studenten - Die Charte d'Athènes"* (Rowohlt-Verlag, Hamburg) herausgegeben, das auch mich persönlich angeht. Er greift auf alte Vorkommnisse, Behauptungen und Daten zurück. Wer ihm sachlich entgegentreten will, muß sich auf das gleiche, von ihm gewählte Terrain begeben. In seinem neuesten Buch wirbt Le Corbusier in Frack und Handschuhen, ohne daß es ihm gelingt, seine alten Dada-Überlegungen völlig zu verbergen. Ebenso ruft der *„Internationale Geisteswissenschaftliche Kongreß"* in München 1960, an dem Corbusiers Exponent die führende Rolle spielte, nach einer Stellungnahme, ganz besonders weil dort behauptet wurde, daß die Dada-Architektur im Geiste Le Corbusiers das Antlitz der hochgefeierten „Goldenen

---

6) „Dada-Monographie einer Bewegung" von W. Verkauf, Verlag Niggli, Teufen, 1957, S. 15.

Zwanziger Jahre" widerstandslos zu prägen vermochte. So wurden die neue Schrift Le Corbusiers und der Weltkongreß in München zum Anreiz und Anstoß dieses Buches. Ich sah mich veranlaßt, meine früheren Auffassungen mit bisher unbekannten Tatsachen zu untermauern und durch neue Funde zu ergänzen.

Le Corbusier, der sich um die französische Nationalität bewarb und Franzose wurde, hat sich vor kurzem in Zürich niedergelassen. Die Stadt Zürich will ihm einen großen Bauplatz überlassen und das Atelier des Bildhauers Hermann Haller abbrechen, um einem Corbusiermuseum Platz zu machen. Die Presse hat dieses Vorhaben mit einer gewaltigen Propaganda unterstützt. Huelsenbeck, der seine deutsche Nationalität fahren ließ, um Bürger der USA zu werden, hat einen gewichtigen Artikel in der „Neuen Zürcher Zeitung" und am 19. August 1962 einen Radiovortrag in Zürich gehalten. Hans Arp, der seine deutsche Nationalität fahren ließ, um Franzose zu werden, hat sich vor kurzem wegen eines Auftrages in St. Gallen aufgehalten und trägt sich mit dem Gedanken, sich in der Schweiz niederzulassen. Walter Mehring, der seine deutsche Nationalität aufgab, um USA-Bürger zu werden, hat sich ebenfalls in der Schweiz niedergelassen und hält Vorträge im Radio Zürich. — Der Generalsekretär der internationalen, dadaistischen CIAM hat seit Jahrzehnten seinen Sitz in Zürich. Dieser Generalsekretär der CIAM (mit Le Corbusier an der Spitze) ist der dritte Dada-Professor an der Eidgenössischen Technischen Hochschule in Zürich.

Dieses Stelldichein, bei dem nur noch Tristan Tzara und Marcel Janko fehlen, um den einstigen Dada-Generalstab der Meierei Zürich des Jahres 1916 zu komplettieren, erinnert unwillkürlich an frühere Zeiten, wo neben den Genannten auch Lenin, Trotzky, Parvus Helfand und Bela Khun in der Schweiz ihre Pläne schmiedeten, um „Rußland totzuschlagen", wie Le Corbusier damals schrieb.

Die neuerliche Konzentration im Jahre 1962 in Zürich läßt auf einen Aufmarschplan schließen, und ist auf weltweite Dada-Propaganda abgestimmt. Sie wird, wie ich glaube, meinem Buch eine besondere Note der Aktualität verleihen.

Willerzell-Einsiedeln
den 9. Juni 1964

A. v. S.

I. Teil

KAPITEL 1

Vom Sinn der Architektur

„Des Menschen Würde ist in
eure Hand gegeben."

Rousseau

Ich kann den Sinn der Architektur nicht besser veranschaulichen, als mit einem Erlebnis aus meiner Knabenzeit. Als fünfzehnjähriger Gymnasiast hatte ich soeben eine griechische Privatstunde absolviert und erwartete mit Ungeduld meine Entlassung, als der alte Lehrer, ein Freund unseres Hauses, mich aufforderte, ihn noch in die Bibliothek zu begleiten. Ich hatte ein Spiel mit meinen Kameraden verabredet und kochte vor Wut. Erregt folgte ich dem Greise in seiner langsamen Wanderung durch die in dunkle Schatten gehüllte Genfer Altstadt. In der Grand-Rue betraten wir unvermutet den sonnigen Hof der Bibliothek. Mit einem Schlag war meine ganze Pein wie weggewischt. Ein seliges Glücksgefühl, noch heute unvergessen, erfüllte meine Knabenseele, und die unaussprechliche innere Sonnigkeit erlosch erst, als wir die hohen, eleganten Räume, in denen stille Gelehrte arbeiteten, verlassen hatten.

Der Zweck der Architektur, zu befreien und zu beseelen, wurde hier erreicht. Der grollende Knabe wußte nichts von Stilarten, Kunstperioden, nichts von Fortschritt oder Rückschritt, von praemaschinistischen oder maschinistischen Zeitaltern. Er scherte sich nicht darum, ob das Gebäude vor Jahrhunderten oder erst gestern erbaut war, ob der Architekt unter einer Perücke oder einem Zylinderhut die Arbeiten beaufsichtigt hatte. Dieser Eindruck war so mächtig, daß ich mich seither mit kleinen Architekturentwürfen beschäftigte; es waren Kuben, auf die ich mit Sonnen vergoldete Strahlen malte. Anscheinend wollte ich damit auf unbeholfene Weise den sonnigen Eindruck der erlebten Architektur wiedergeben. Die Lust, selber solch wirkende Dinge zu schaffen, wurde mit der Zeit so lebendig, daß sie mein weiteres Leben bestimmte und daß ich, im Widerspruch zu meinem bisherigen Studiengang, Architektur studierte.

Dieses einfache Erlebnis klärt vieles auf, was heute durch ganze Stöße von Literatur geflissentlich verdunkelt wird.

Die Bibliothek, Gegenstand meines Entzückens, wurde 1743 erbaut und zeigt, kritisch betrachtet, keine hervorragenden künstlerischen Qualitäten. Es ist eine durchschnittliche Leistung, aus Tradition und Erfahrung entstanden. Ihr Erbauer war kein Genie, sondern ein tüchtiger Fachmann, der seine Sache verstand. Er strebte nach einer möglichst guten Wirkung des Hauses, indem er alles, was er gelernt, beobachtet und erfahren hatte, seiner Aufgabe entsprechend zur Anwendung brachte.

Und ich, der Beschauer, war durch keine Theorie voreingenommen; ich wußte nichts von Architektur, von Gesimsen, Stichbogen, Pilastern und Risaliten. Als reiner Tor war ich vor das Werk getreten, und es wirkte unmittelbar frisch und zeitlos lebendig.

Hier wird der Wechselprozeß zwischen Architektur und ihrer Wirkung offenbar. Diese Wirkung ist weder literarischer noch kunsthistorischer Art; sie ist nicht intellektueller, sondern seelischer Natur.

Welches ist die Natur dieser seelischen Wirkung und welches sind die Mittel ihrer Verwirklichung? Es ist von *größter* Wichtigkeit, sich über diese Fragen im klaren zu sein.

Warum vermochte der Anblick guter Architektur meinen Zorn zu lindern und mich ruhig und glücklich zu stimmen? Mein damaliger Zustand der Gereiztheit war weiter nichts als der übersteigerte Alltagszustand eines jeden Menschen, in dessen Brust der Widerstreit von Hoffnung, Furcht, Wünschen, Begierden, Wissenshunger und dem Suchen nach den Beweggründen lebt.

Die beseelende Wirkung eines Kunstwerkes besteht darin, daß bestimmte Einwirkungen auf die Sinne den Normalzustand der Unfreiheit, in dem sich der Intellekt stets befindet, in einen Zustand der Freiheit verwandeln, und *daß eine Verbindung mit dem Urgefühl des Alls entsteht*. Vor der Architektur müssen also in erster Linie alle intellektuellen Prozesse, wie das Fragen nach dem Warum oder Wie verstummen. Dies mag entweder durch ein Bild von zwingender Klarheit wie beim Parthenon geschehen, oder durch die *unerhörte* Steigerung des Rhythmischen, wie beim Straßburger Münster. Beim Parthenon gerät der Intellekt in einen Zustand losgelöster, freier Anschauung, weil die vollendete klare Harmonie alles Fragen zum

Schweigen bringt. Beim Straßburger-Münster wird der unruhige Intellekt, wie durch einen mächtigen, in rhythmischem Gleichmaß nur in einer Richtung fließenden Strom erfaßt und stabilisiert. Hier entsteht nicht mehr der reine kontemplative Anschauungszustand wie beim Parthenon, sondern ein relatives Glücksgefühl wie beim Schiffer, der endlich die breite, mächtige und sichere Strömung erreicht hat, nachdem sein Kahn durch Schnellen und Strudel lange hin- und hergerüttelt wurde.

Wie aus diesen beiden extremen Beispielen ersichtlich ist, besteht die beseelende Wirkung des Kunstwerkes in der Steigerung des Lebensgefühls und in der Schaffung einer höheren Lebenspotenz, in der Aufhebung des Zustandes der Gebundenheit und seiner Verwandlung in einen Zustand der Freiheit.

Diese Steigerung des Lebensgefühls wird durch sinnliche Eindrücke besonderer Art erzeugt, die die Architektur durch körperliche Gebilde mit Licht- und Schattenwirkung erzeugt.

Welcher Art sind diese Gebilde?

Sie können nur dichterischer Natur sein, aus ornamentalschöpferischer Gesinnung entsprungen. Eine knappe Untersuchung des Parthenons soll uns weiterhelfen.

Von außen gesehen erscheint der Parthenon als ein einfacher Hallenbau mit Peristyl; nichts läßt vermuten, daß dieser einheitliche Hallenbau einen aus vier verschiedenen Räumen bestehenden Kern umschließt, wovon der Hauptraum eine zweigeschössige, innere Säulenstellung aufweist. Das Äußere ist somit eine Umdichtung des Innern. Die Säulen sind ebensowenig sachliche Gebilde, da sie, rein konstruktiv, eine dreißigfach stärkere Last tragen könnten. Die Kannelierungen, Verjüngungen, Triglyphen, Friese usw. sind ebenfalls jenseits des Nutzens stehende Gebilde, aus ornamental-schöpferischer Gesinnung entstanden.

Der Parthenon ist somit in seiner Gesamterscheinung wie in seinen einzelnen Gliedern und Details die dichterische Gestaltung eines sachlichen Bauprozesses, seine Architektur ist die stumme Musik, die den nützlichen Kern verklärend umrauscht.

Denken wir uns den ganzen Bau restlos zerstört. Nur eine Säule mit entsprechendem Gebälkstück bleibt einsam stehen: wir erleben bei diesem Anblick das ähnlich freudig-tragische Gefühl, wie beim Beschauen des Tempels als Ganzes.

Warum? Weil diese einsame Säule aus einer ganzen Welt dichterischen Empfindens entstand; sie ist das steinerne Testament, das

Zeugnis sieghaften Ringens toter Geschlechter im ewig wogenden Kampf zwischen Tierhaftem und Menschlichem, zwischen Not und Freiheit.

Die Säule ist wie der neapolitanische Dreiklang in der Musik, eine unverrückbare, endgültige, dichterische Schöpfung des menschlichen Geistes. Sie bildet mit ihrem Schaft, Kapitell und Gebälk das Grundthema der ganzen Architektur, wie die kontrapunktierten Stimmen den Grundbaß für die gesamte Musik.

Untersuchen wir den ganzen Bau in den Details, so entdecken wir überall das gleiche, jenseits des Nützlichen stehende, dichterische Walten in der Gestaltung. Ähnliche Beobachtungen machen wir beim figürlichen Schmuck. Sowohl die Gesamterscheinung, wie die Bestandteile sind alle beseelt, aber diese Beseelung ist durch Zweck, Material und Klima bedingt. Der Zweck ist die Verherrlichung der Nation. Das Material ist bodenständig. Der figürliche und pflanzliche Schmuck ist aus der Anschauung der einheimischen Flora und aus den Volkstypen abgeleitet. Die Gesamtanordnung wie Säulenhalle, Triglyphen, Gebälk, mäanderartige Ornamente, usw., wachsen aus einer jahrtausendalten, bis auf die Steinzeit zurückliegenden Überlieferung heraus. Der Parthenon ist eine griechische Nationaldichtung wie die Odyssee. Die beiden Werke gehören zu unserem Kulturkreis und halfen ihn schaffen.

Der Parthenon ist eine steinerne Symphonie, deren Grundakkord den Triumph toter Geschlechter über tierhafte Gebundenheit verkündet. Aus Freiheit geboren, ruft er zur Freiheit; aus Bindungen des Herkommens und der Heimaterde gewachsen, weckt er die Heimatliebe. Er ist der in Marmor gemeißelte Mahnruf zur Besinnung. Er verkündet den Völkern, daß hinter dem Tumult der Erscheinungen und dem Gedränge der uns versklavenden Relationen die ewigen Ideen thronen.

Unsere Musik, auf die polyphonen Luren der Bronzezeit zurückgehend, ist auf die Tonleiter und den Kontrapunkt aufgebaut. Die verschiedenen Instrumente sind Jahrhunderte, ja, Jahrtausende alt. Wer aus Gründen der Neuerungssucht Instrumente und Kontrapunkt als veraltete, sentimental-romantische Angelegenheiten verwirft, verunmöglicht die Musik überhaupt. Das größte musikalische Genie ohne Noten, Kontrapunkt und Instrumente gleicht einem Taubstummen. Genau so verhält es sich mit der Architektur. Sie wird mit der Verneinung ihrer Elemente vernichtet.

Die ganze Architektur besteht aus einem Kombinieren und Umformen von Grundelementen. Das Treibende und Umbildende sind neue, wechselnde Bedürfnisse, neue Techniken und Materialien. Die Barockfassade z. B. mit der Pilasterordnung und dem durch Fenster unterbrochenen Architrav ist das durch neue Verhältnisse umdichtete Wunschbild der Parthenonkolonnade. Die Säulenordnung ist mit dem Grundthema einer Sonate zu vergleichen, die in unzähligen Variationen weitergesponnen wird. Diese Variationen sind pathetisch im Barock; sie wurden zum Allegro im Rokoko, zum Adagio in der Antike. Selbst die Gotik kann die Säulenbündel nicht missen, ihr Akzent liegt freilich auf dem Rhythmischen.

Die Säulenordnung ist nicht das einzige Grundelement der Architektur. Man denke an Mauer, Kuppel, Rundbogen. Alle diese Elemente sind wie die Töne in der Musik; ein jedes hat seinen eigenen Klang. Es ist die Sache des schöpferischen Architekten, diese Klänge zu einer Melodie abzustimmen und dabei endgültige Regeln und harmonische Verhältnisse zu berücksichtigen. Wie sehr man sich hier in einer irrationalen Welt bewegt, zeigt der Rundbogen, der nur befriedigend wirkt, wenn er überhöht ist. Die rein sachlich mathematisch rationelle Drucklinie weckt, plastisch ausgedrückt, Unbehagen.

Aus diesem Beispiel ist wiederum ersichtlich, daß architektonische Gebilde in erster Linie leicht faßlich sein müssen, und keine intellektuellen Prozesse aufkommen lassen dürfen. Der konstruktiv ungünstigere Kreisbogen wirkt, weil leicht faßlich, angenehm, während ein Gewölbe, das nach der mathematisch richtigen Drucklinie konstruiert ist, wie zahlreiche armierte Betonkonstruktionen, intellektuelle Vorgänge auslöst, die nicht mehr nach dem Sinnenfälligen, sondern nach dem Kausalen ausgerichtet sind.

Wahre Architektur hebt alles kausale Fragen nach dem Warum oder nach dem Wie, kurz alle intellektuellen Vorgänge auf, oder übertönt es durch ihren Rhythmus. Der Zuschauer verharrt in einem potenzierten Lebensrhythmus, vergißt das Gemeine und weiß sich in höhere Sphären entrückt. Um diese Wirkung zu erzielen, bedarf es reicher Kenntnisse und Erfahrungen. So muß man wissen, daß durchgehende Gurtgesimse das räumliche Erfassen von Gebäudeteilen und daß auf gleicher Höhe angebrachte Profile oder Gesimsteile das Verständnis innerer Raumwirkung erleichtern. Man muß wissen, daß ein Ornament, richtig angebracht, vereinfachend wirkt, und daß ein Standbild oder Baluster für seine Umgebung zum Maßstab wird. Man muß ferner wissen, daß Bossen oder rauhbehandeltes Material durch seine Vertiefungen den Staub und Schmutz auffangen, während glatt-geschliffene Flächen davon verschont bleiben, so daß das gleiche Material durch verschiedene Behandlung verschiedenfarbig wirkt, eine Tatsache, die für die Erlangung guter Verhältnisse durch dunkler wirkende Teile von größter Wichtigkeit ist.

Daß das Material und die Bedürfnisse, die beständigem Wechsel unterworfen sind, die dichterische Gestaltung der Architektur bestimmen, liegt auf der Hand. Hier ist die Ursache des beständigen Wechselns und Variierens der Architektur zu suchen, und hier, nicht in Theorien oder politisch-theologischen Dogmen liegt der einzige gesunde Antrieb zum modernen Neugestalten.

Mansard schuf das Mansardendach nicht, der Novität oder Sensation zuliebe, auch nicht um späteren Historikern ein Dissertationsthema zu liefern oder um die Einteilung in Kunstperioden zu erleichtern. Die Zeit Ludwig XIV. verlangte den Bau von dreigeschössigen Häusern: Mansard zog die Dachfläche, indem er sie brach, über das dritte Geschoß herunter. Somit lag das Hauptgesims über dem zweiten Geschoß: der Zweck einem dreigeschössigen Gebäude die wohltuenderen Verhältnisse eines zweigeschössigen Hauses zu geben, war erreicht.

Hier erkennt man das Ergebnis des dichterischen Ringens mit der Not. Die Not trieb zur neuen Form, weil Mansard sich der Not nicht feige unterwarf, sondern mit ihr kämpfte, bis er sie mit schöpferischer Kraft umzuformen verstand. Dieser Prozeß ist charakteristisch für das Werden der Architektur.

Die Tätigkeit des Ingenieurs ist der des Architekten analog, und doch grundverschieden. Der Ingenieur strebt nach möglichst großer Rendite und möglichst geringen Kosten. Das gilt auch für den Architekten, der sich jedoch zusätzlich noch der Kunst verpflichtet weiß. Der Ingenieur hat stets Gleichungen mit zwei Unbekannten, der Architekt mit drei Unbekannten zu lösen: diese dritte Unbekannte, das künstlerische Moment, ist wiederum eine Funktion historischer, persönlicher und landschaftlicher Komponenten. Jede gute Architekturleistung zeugt somit von reicherem Können, von mehr Kraft und Begabung als eine noch so gute Ingeniersleistung.

Die Architektur auf das bloße Bauen reduzieren, heißt, die größten Schwierigkeiten des Problems zu umgehen. Eine derartige Leistung erfordert ein Minimum an Kraft und Geist und steht weit unter dem große Kenntnisse erfordernden Bau einer Maschine.

Der Architekt muß nicht nur die modernen technischen Mittel, sondern alle künstlerischen Ausdrucksmittel der Tradition beherrschen. Sein Schaffen muß völlig prinzipienlos und undogmatisch sein, in dem Sinne, daß er nach größter Bewegungsfreiheit strebend, alle Möglichkeiten beherrscht und alle Kombinationen spielen läßt, um das künstlerische Ziel, das ihm vorschwebt, zu verwirklichen. Der Architekt ist Ingenieur, Historiker und Dichter zugleich. Sein Gestalten ist von eminent seelen- und staatsformender Bedeutung. Reduziert er sein Schaffen auf das bloß physischen Bedürfnissen entsprechende Sachlich-Konstruktive, so wirkt er seelen- und staatsauflösend. Der Geist, der sich von allen Bindungen an das Gewachsene, Bleibende und Dauerhafte gelöst hat, pendelt haltlos in einer nur dem unmittelbaren Nutzen verschriebenen, vergangenheitslosen Gegenwart.

Die heutige, allzu kurze und zu spät einsetzende Erziehung des Architekten stellt unerhörte Anforderungen an den Geist und die Seelenkraft. Es sind geradezu heroische Anstrengungen notwendig, um ein Können zu erringen, das einigermaßen der hohen Verantwortung dieses Berufes entspricht.

Die vielen unglücklichen Erzeugnisse der Baukunst sind auf die unverstandene Verwendung der Elemente der Architektur zurückzuführen. Nicht die Elemente und die Tradition sind die Schuldigen, sondern ihr fehlerhafter, auf kein richtiges Können gegründeter Einsatz. Ein Musikstück ist nicht darum schlecht, weil Noten und Kontrapunkt nicht genügen, sondern weil diese Ausdrucksmittel schlecht verwendet werden. Nicht die Violine, sondern der Violinspieler ist der Schuldige, wenn aus dem Instrument Mißtöne erklingen. Auch die Mißtöne in der Architektur sind auf Unvermögen und Schwäche zurückzuführen; die Kraft reicht nicht aus, um das ungeheure, vielgestaltige Gebiet zu beherrschen. Solche Verfallzustände hat es schon einige Male in der Geschichte der Menschheit gegeben. Völlig neu aber ist die Tatsache, daß es sich heute aber um eine organisierte Schwäche handelt. Das Unvermögen hat sich eine Doktrin geschaffen, — und die aus der Tradition gewachsenen Werke von Könnern werden um so schärfer diffamiert, als sie zu unbestechlichen Anklägern des eigenen, nur auf das Nützliche ausgerichteten, Schaffens geworden sind.

KAPITEL 2

Gang durch eine Ausstellung

Kreuch doch heraus, mein Mensch,
Du steckst in einem Tier,
Wo du darinnen bleibst,
Kommst du bei Gott nicht für.

Angelus Silesius

In den zwanziger Jahren besuchte ich in Berlin die Kunstausstellung beim „Adlon". Es überraschte mich, in der Masse kubistischer, puristischer und surrealistischer Arbeiten einige Werke zu entdecken, die in ihrer bedrückenden Umgebung geradezu befreiend wirkten. Lange hielten mich ein weiblicher Akt von hervorragender Schönheit, und besonders ein lebensgroßes Familienbild, würdig eines Velazquéz, in ihrem beseelenden Banne. Das Familienbild war das Werk eines ebenso bedeutenden, wie berühmten Meisters. Nach diesem versöhnenden Eindruck war ich eben im Begriffe, die Ausstellung zu verlassen, als eine Schar junger Damen, geführt von einem spitzbärtigen hageren Herrn, meine Aufmerksamkeit erregte und mich zum Bleiben veranlaßte. Was mir bei diesen Besucherinnen auffiel, war, daß sie weniger die Bilder als immerfort den redenden Herrn betrachteten, der seinen beredten Vortrag mit „Funktionismus", „Purismus" und anderen „Ismen" auffällig nach der Parole Le Corbusiers: „Man muß immer sagen, was man sieht . . ."[1]) spickte. Es wurde „erklärt" und immer wieder „erklärt". Die derart Geführten oder Angeführten reckten die Hälse und runzelten die Stirn, als wollten sie die Quadratur des Zirkels lösen. Um den Mund des bebrillten Spitzbärtigen aber huschte jenes spöttische Lächeln, das dem kritischen Beobachter auch bei manchem, seine Ware tüchtig anpreisenden Budenbesitzer auf dem Jahrmarkt begegnet. Ich folgte belustigt der mühselig arbeitenden Gruppe. Da fesselten mich unversehens in einem Nebensaal zwei gestikulierende Gestalten, zwei Intellektuelle, die von Bild zu Bild jagten. Sie begnügten sich jeweils mit einem flüchtigen Blick, worauf sie äußerst lebhaft diskutierten,

---

1) „Man muß immer sagen, was man sieht . . ." von Le Corbusier „An die Studenten. Die Charte d'Athènes" Rowohlt-Verlag, Hamburg, 1962, Seite 7 (Aus dem Motto des Buches).

was ihnen erst den eigentlichen Genuß zu bringen schien. Als sich die beiden dem großen Familienbild näherten, standen sie plötzlich wie erstarrt, sprachlos und unbeweglich. Dann konfrontierten sie sich mit einem jähen Ruck, blickten einander schmerzerfüllt in die Augen und ergriffen mit dem Ruf: „Schrecklich, entsetzlich!" die Flucht.

Die Qual der beiden Flüchtlinge war echt und ehrlich. Ich stand vor dem Rätsel, daß das gleiche Kunstwerk zwei völlig gegensätzliche Wirkungen auszulösen vermochte. Für mich wurde es zur Befreiung, für die beiden Fremden zur lähmenden Qual.

Wer von uns hatte recht? Mit dem üblichen „de gustibus non disputandum est" ist hier nicht auszukommen. So stellt sich zunächst die Frage: Wo ist der feste Standort, der es mir erlaubt, eine menschliche Leistung als Kunstwerk anzuerkennen oder abzulehnen?

Ausgangspunkt meiner Betrachtung sei die allgemein gültige Erkenntnis, daß der Mensch über dem Tier steht. Tier und Mensch haben viel Gemeinsames; um das Unterschiedliche herauszuschälen, muß das Gemeinsame abstrahiert werden, bis daß ein Rest übrigbleibt, der als ausschließlich und typisch menschlich betrachtet werden darf.

Der Biber baut fachmäßig konstruierte Deiche, die Biene konstruiert geometrische Waben, die Spinne zieht ihre Netze. Zahlreiche Tiere verständigen sich durch derart komplizierte Laute und durch eine solche Vielfalt von Berührungen, daß man von eigentlichen Tiersprachen reden kann. Viele Tiere, wie die Blattschneide- oder die Gärtnerameise Südamerikas leben in erstaunlichen staatlichen Organisationen. Es gibt Schimpansen, die ohne Schwierigkeit bis sieben zählen können. Wenn Paviane Krieg führen, verfügen sie über eine eigene Taktik mit Vordertreffen und Hintertreffen, und verwenden sogar natürliche Faustwaffen. Hunde und Elefanten zeigen untrügliche Beweise von Verstand und Überlegung. Man kann nicht leugnen, daß auch im Tierreich Fähigkeiten vorhanden sind, die Intelligenz und Entschlußkraft voraussetzen.

Was aber zunächst das Tier vom Menschen unterscheidet, ist nicht grundsätzlicher, sondern potentieller Natur.Die Fähigkeiten, die sich beim Tier rudimentär vorfinden, wie die Verständigung durch Laute, die Staatenbildung und die taktische Kriegsführung beruhen auf einfachen Denkvorgängen, die beim Menschen tausendfach potenziert, zu den glänzendsten Resultaten der Zivilisation führen.

Das modernste Düsenflugzeug, der Fernseh- oder Radioapparat unterscheiden sich nicht grundsätzlich vom Dammbau des Bibers. Sogar die Fähigkeit zu Entdeckungen, zur Verwertung und Nutzung des Vorhandenen ist kein menschliches Privileg. Wir wissen von gewissen Affenarten, die sich zusammenrotten, um Steine auf ihren Feind hinabzuwerfen, oder von Bienen, die in eine fremde Umgebung versetzt, die ungewohnten Lebensverhältnisse so lange erkunden, bis sie das ihnen Zweckdienliche gefunden haben. Diese sowohl Tier wie Menschen gemeinsamen Züge sind auf gemeinsame, aber in ihrer Potenz unterschiedlich entwickelte Faktoren zurückzuführen. Es sind Fähigkeiten, sich im Dienst des Lebenstriebes mit der Umwelt auseinanderzusetzen.

Hat das Tier ein Verhältnis zur Kunst? Es gibt Tiere, die auf Musik, auf Worte und auch auf Farben reagieren. Dagegen zeigten die Experimente Rudolf Toepfers, daß selbst hochentwickelte Tiere auf Formen nicht reagieren. Ein Hund wird sehr rasch eine bequeme von einer unbequemen Hundehütte unterscheiden können; deren Form läßt ihn jedoch gleichgültig. Man hat noch nie ein Tier beobachtet, das in den Anblick eines Gemäldes oder eines Bauwerkes versunken war. Dagegen weiß ein Hund sehr gut um die Einteilung von Räumen Bescheid, und er versteht es auch, die Annehmlichkeiten eines sonnigen Zimmers zu nützen. Das Tier ist rein und ausschließlich auf Nutzen eingestellt. Die Wabe der Biene, das Nest der Schwalbe, der Dammbau des Bibers sind reine Zweckkonstruktionen, Nutzgebilde, die dem Klima, dem Material und den Lebensbedürfnissen ihrer Erbauer angepaßt sind. Das ist eines der grundsätzlichen Merkmale, die Mensch und Tier maßgeblich unterscheiden: Es ist das vollständige Fehlen des ornamental-schöpferischen Sinnes beim Tier.

Die volle Bedeutung des Ornamental-Schöpferischen kann durch folgenden Vorgang aus der menschlichen Frühgeschichte veranschaulicht werden: Versetzen wir uns indie Frühzeit zurück. Die Menschen haben, von der Not getrieben, ihre Horde zu einem Gemeinwesen organisiert; sie haben Hütten, Wagen, Waffen hergestellt und gehen ganz im Kampf um das Dasein auf. Aber unter diesen vielen wächst einer heran, der anders ist als die übrigen. Seine Kraft erschöpft sich nicht in der Auseinandersetzung mit der Umwelt. Er besitzt ein Mehr. Er beginnt seine Umgebung nicht nur allein vom Standpunkt des Nutzens zu betrachten, sondern sucht, sie zu begreifen. Sein Blick ist nicht nur lauernd; er beginnt anzuschauen, und es bildet sich eine Distanz zwischen ihm und den Dingen. Er wird besinnlich, versonnen. Unter dem Tumult der Erscheinungen sucht er nach ihrem Wesen, nach dem ewigen Sein hinter dem ewig fließenden Schein. Sein Intellekt löst sich von den Fesseln der Triebe, die Tier und Mensch umklammert halten. Dann wird er ganz Erkennen und ganz Anschauung. Er schaut das Wesentliche der Dinge und der Erscheinungen. Er beginnt auf die Klänge des ewigen Grundakkordes der Natur zu horchen, welcher durch den Lärm und das Gedränge der treibenden Erscheinungen leise hindurchdringt. Und schließlich greift er, in königlicher Freiheit, zum steinernen Dolch und schnitzt sinnend und ohne Zeitgefühl in den Schaft seiner Axt verschlungene Ornamente und Drachengestalten, das Gleichnis seiner Erkenntnis der Dinge.

Hier ist etwas Unerhörtes geschehen. Ein Mensch ist zum ersten Mal aus dem das All umfassenden Kerker der Not ausgebrochen. Sein aus Freiheit und Fülle geborenes Tun fragt nicht nach Neigung und Zweck: Zum erstenmal hat ein Mensch gedichtet. Und wenn er später, nüchtern und müde, die verschlungenen Drachen und Linien wieder betrachtet, so erwacht in ihm und in manchem seiner Genossen erneut etwas von diesem zeitlosen Hochgefühl der Freiheit, der Fülle und Besonnenheit, die ihn beim Gestalten beseelten.

Der ornamental-schöpferische Sinn ist eine Form des Dichterischen, ist der Lebensodem jeder wahren Wissenschaft, Kunst und Religion. Wer den ornamental-schöpferischen Sinn verleugnet, verneint auch Kunst und Religion, er verneint die Menschenwürde und bekennt sich zum Tierhaften.

Das hier Veranschaulichte, hilft auch den grundsätzlichen Unterschied zwischen Zivilisation und Kultur zu deuten.

Die ganze Technik, die Beschaffung von Nahrung und Kleidungsmitteln, sowie das Nutz-Bauen, gehören dem Bereich der Zivilisation an. Sie sind der Ausdruck höher potenzierter Eigenschaften, die in geringem Maßstab auch beim Tier vorkommen und auf Anlagen, die jeder Kreatur gemeinsam sind, zurückgeführt werden können. Die Kultur als Sammelbegriff für Anschauung, Kunst und Religion, ist dagegen eine Funktion des Dichterischen und aus diesem Grunde eine Domäne des rein Menschlichen.

Da das Animalische in der ganzen Menschheit, vom Akkaneger bis zum größten Genie, schlummert, ist auch die Zivilisation als Funktion des Animalischen menschlicher Allgemeinbesitz. Die Zivilisation kennt keine Grenzen, keine Völkerunterschiede. Sie ist international. Die Zahnbürste, der Löffel und das Auto, werden von jedermann, vom primitivsten Buschneger bis zum Nobelpreisträger, vielleicht nicht benutzt, aber in ihrer Funktion ohne die geringste Schwierigkeit verstanden.

Die Kultur dagegen ist nicht international. Auf den Japaner wirkt die Aphrodite des Praxiteles grobschlächtig. Der Türke macht aus dem Parthenon eine Pulverkammer, und die Tibetaner stehen vor einer Raffael'schen Madonna ziemlich ratlos da. Alles Dichterische wächst eben aus der Anschauung. Die Anschauung benötigt konkrete Bilder, die wiederum durch den Typ des Beschauers individualisiert werden. Daher die merkwürdig verwandte Kunstgesinnung zwischen der nordischen und altspanischen Kunst.

Jede Kunst ist irgendwie national geprägt. Nicht weil sie es will, sondern weil sie es muß. Aus diesem Grunde wirkt große Kunst auch staatenbildend. Nicht Griechenland hat Homer, sondern Homer hat jenes Griechenland geprägt, das ihn als zweiten Sonnenaufgang des hellenischen Wesens feierte. Nicht aus bloßer Laune lauschte Herder auf „die Stimmen der Völker in Liedern". Die Kräfte, die Tschechen, Serben und Polen zum Kampf um ein eigenstaatliches Dasein anfeuerten, stammen nicht zuletzt aus der Wiedergeburt der alten, verschütteten Volksdichtungen.

Mit solchen Erkenntnissen sind wir erst in der Lage, ein Kunstwerk von einem Machwerk, ein Denkmal der Menschenwürde von einem Nutzprodukt der Zivilisation zu unterscheiden.

Läßt uns ein Werk in den Zustand der Beschauung versinken, erregt es unsere Phantasie; vermag es zu beseelen und zu befreien, dann stehen wir vor einem Kunstwerk, einem Zeugnis der Menschenwürde.

Erweckt aber ein Werk, das sich als Kunstwerk anpreist, in uns nur intellektualistische Überlegungen, wie ein Bilder- oder Kreuzworträtsel, wird unsere Phantasie nicht angeregt, sondern nur unser Kausalitätsdenken, das Fragen nach den Gründen, nach dem Wie und Warum, nach den Beziehungen und Relationen, so stehen wir nicht vor einem Kunstwerk, sondern vor einem Machwerk, das eine Karikatur einer kulturellen Leistung darstellt.

Die Betrachtung einer Maschine regt unseren Intellekt an. Wir verfolgen mit Spannung das sinnreiche Zusammenspiel der Kolben,

Zylinder und Räder. Haben wir dann das Funktionieren der Maschine richtig begriffen, so ist unser Verstand befriedigt und der Wissensdurst gelöscht. Es bleibt ein Gefühl der Anerkennung für die Leistung des Erfinders. Das Verstehen einer Maschine setzt technische Intelligenz, mehr nicht, voraus.

Ganz anders die Wirkung eines Kunstwerkes. Es überträgt die seelischen Schwingungen seines Schöpfers auf den Beschauer.

Das echte Kunstwerk schenkt seinen Gehalt zurück, es weckt Besonnenheit, es rüttelt auf zur Objektivität. Selber Form geworden, fordert es zum neuen Formen auf: Aus Freiheit geboren, ruft es zur Freiheit. Jedes echte Kunstwerk befreit und beseelt.

KAPITEL 3

Vom Treppengiebel zum Schnurrbart der Mona Lisa

Die allgemein verbreitete materialistische Auffassung, die Kunst sei Produkt oder Spiegelbild ihrer Zeit, hält einer kritischen Betrachtung nicht stand. Die Kunst, wie die Kultur überhaupt, hat sich stets nur im Kampf gegen destruktive Kräfte durchgesetzt, die sie überwinden und überprägen mußte. Nur aus der Ferne und durch das Medium ihrer Kunstwerke gesehen, erscheint uns die hellenische Welt als ausgeglichen und harmonisch. In Wirklichkeit war die Blütezeit der griechischen Antike durchaus zerrissen und jedenfalls unharmonisch. Nach der Vollendung des Parthenon überhäuften die Athener Perikles mit Vorwürfen und warfen ihm Geldverschwendung vor. Plato, der philosophische Künder einer im Geiste verklärten Welt, kämpfte gegen den Dämon der Verzweiflung. Christus der Erlöser ist die gewaltige Antithese zu seiner Umwelt. Er wird vom eigenen Volke angespieen und gekreuzigt. Die mittelalterlichen Dome als Symbole der Glaubenseinheit und christlichen Verklärung enthalten geschmückte und steinerne Abbildungen heidnischer Herkunft. Sie entstanden in Jahrhunderten größter geistiger Zwiespältigkeit. Die künstlerische Geschlossenheit und Harmonie der Renaissancebauten ist unvergleichlich. Dennoch sind sie Gegenpol einer Umwelt von unglaublich seelischer Zerrissenheit. Während die Kuppel Michelangelos ihre steinerne Harmonie zum Himmel steigen läßt, widerhallen die Gassen von den Schreien der Erdolchten und in den herrlichsten Prunkgemächern verrichten die Giftmischer ihre unselige Arbeit. Dem königlichen Sarg Ludwig XIV. folgte eine johlende und pfeifende Menge, die Steine schleuderte und den Namen des toten Königs verwünschte. Der Bauherr von Versailles hinterließ seinem Volk ein unvergängliches Monument der Schönheit und eine erdrückende Steuerlast.

Die Bedrohtheit und Unsicherheit der Kultur und deren überprägender Charakter über eine gleichgültige oder gar ablehnend feindselige Umwelt zeigen sich am deutlichsten in den leicht überschaubaren ländlichen Regionen. So besitzt beispielsweise Zurzach im nördlichen Aargau (Schweiz) Bildhauerarbeiten von einem der genialsten Künstler des 18. Jahrhunderts, der Arnold Böcklin zutiefst inspiriert hat. Die Mascarons dieses Künstlers sind Köpfe aus dem 18. Jahrhundert. Es sind die gleichen Alltagsgesichter der

Gegenwart, der Leute, die so achtlos an diesen Meisterwerken vorbeigehen, wie ihre Vorfahren vor zweihundert Jahren. Unschwer errät man jedoch aus dem grimmigen Humor, der diese steinernen Köpfe beseelt, die tragische Einsamkeit des Künstlers, der seinen Auftrag nur dem Bestehen einer kleinen Elite von Männern verdankt, die ihn schätzten und schützten und die über den nötigen Einfluß verfügten, um ihren Willen durchzusetzen.

Jedes Kunstwerk appelliert an eine Anschauung, die den Betrachter aus dem niederen Bereich des Vegetativ-Animalischen emporreißt. So wirkt die hypnothisch-suggestive Wirkung des Kunstwerks auf den Durchschnittsmenschen, dessen Natur so plastisch und weich ist wie die Wolke am Himmel, und der im Vegetativen eingebettet für jede Umprägung empfänglich ist. Wahre Kunstwerke sind nicht Ausdruck ihrer Zeit, sondern Neufassung und Überwindung der Zeit durch den schöpferischen Genius. Große Männer haben die gleichgültige, widerstrebende und amorphe Zeit geprägt, haben ihr Gestalt, Farbe und Gesicht verliehen; „das Genie rettet sich wie mit einer Geheimschrift in sein Jahrhundert hinüber" (Hebbel).

Die uns überlieferten Kunstwerke enthalten somit Aufrufe, Ermahnungen, Befehle, und beinhalten stets einen Protest gegen Zeitgeist und Umwelt. Jedes Kunstwerk bezeugt eine Behauptung und ein Fürwahrhalten. Jedes Kunstwerk enthält ein Credo und eine Aussage, die sich im Widerstreit gegen die vorhandenen Negationen erhärtet. Die Negation aber ist zu allen Zeiten das Sinnenhafte-Vegetative im Menschen, das selbst die Edelsten unter uns bedroht. So gleichen die Kunstwerke Rolandsrufen im Kampf gegen den Dämon. Sinn und Wirkung dieser Rufe sind stets die gleichen. Darum gibt es weder eine alte noch eine neue Kunst, sonder nur Kunst oder Kunstlosigkeit, weder einen alten, noch einen neuen Geist, sondern nur Geist oder Geistlosigkeit. Jede erkennbare Wandlung kann nur als zeitbedingte Variation der gleichen Grundmotive des Geistigen begriffen werden.

Damit erhält die künstlerische Tradition einen bedeutsamen, nur von wenigen verstandenen Sinn. Denkmäler und Dome, Volkslieder und Märchen, Gedicht und Epos sind abgestimmt auf den gleichen Grundakkord des Widerspruchs gegen jeden Nihilismus, sind Bekenntnisse zum Werthaften. Der Kulturumsturz aber, mit dem wir uns hier zu befassen haben, läßt sich ausdrücken in der Formel „Vernichtung aller Werte und Wertungen". Diese Formel ist der Schlüssel zum Verständnis der machtpolitisch bedingten Traditionsfeindlichkeit, die die werthaften und zeitlosen Kunstdenkmäler der Vorfahren als gefährliche, antirevolutionäre Kraftzentralen bekämpft.

Zu allen Zeiten gab es erkennbare Wechselwirkungen zwischen Kunst und Politik. Sie sind seit der französischen Revolution in Vergessenheit geraten. Wie oft war in der Geschichte die elementare Macht plastischer Symbole Gegenstand politischer Auseinandersetzungen? Es bedurfte eines außerordentlichen Senatsbeschlusses, damit Julius Cäsar sein Haus mit einem Giebel krönen durfte. Dieser Beschluß war die höchste Ehre, die der Senat zu vergeben hatte. Bis dahin war der zum Himmel strebende Giebel ausschließlich Privileg des Tempels gewesen, der die Symbole der Gottheit birgt.

Während des Dreißigjährigen Krieges belohnte der Kaiser eine Stadt in Tirol für ihre Tapferkeit. Er ließ ihr die Wahl zwischen einer Steuerermäßigung und dem Recht, im Wappen einen Stern zu führen. Die Stadt entschied sich für den Stern. Es bedurfte meist hoher Opfer und Taten, damit alte Geschlechter eine sogenannte Wappenverehrung oder Wappenverbesserung erfahren durften. Die Heraldik gibt viele solcher Beispiele. Bis zur französischen Revolution waren Wetterfahnen, Turm- und Treppengiebel als Symbole vorchristlicher Macht- und Rechtsanschauungen ausschließliches und streng gehütetes Privileg und Wahrzeichen adeligen und kirchlichen Besitzes.

Die Geschichte des Treppengiebels, wie noch an zahlreichen alten Gebäuden zu sehen, ist hierfür besonders instruktiv. Diese Giebelform erwächst weder aus utilitären, sachlichen, konstruktiven oder gar wirtschaftlichen Motiven, sondern ausschließlich aus mythischreligiösen Vorstellungen.

Das Hervortreten der Dachhaut über die Mauerflucht dient hauptsächlich als Giebelschutz. Der Treppengiebel schafft dagegen keinen Schutz gegen die Mauerfläche und verlangt zudem noch komplizierte Spenglerarbeiten für rückwärtige Dachanschlüsse und zusätzlich erhebliche Mauer- und Dachdeckerarbeiten. Er ermöglicht unerfreuliche Schneelöcher und verursacht beträchtliche Kosten und häufige Reparaturen. Ein Kniestock käme kaum teurer zu stehen, würde aber neben der erstrebten hervorragenden Baumasse zusätzlichen Platz im Dachstock schaffen.

So müssen es ganz besonders gewichtige Gründe nicht utilitärer Natur gewesen sein, die im Frühmittelalter zur Gestaltung einer derart wirtschaftlich unvernünftigen Treppengiebel-Konstruktion geführt haben. Und diese Gründe gab es in der Tat.

Der Treppengiebel erinnert an die Notariatssignete, in der Form eines Pfahls auf einer dreistufigen steinernen Pyramide im 14. und 15. Jahrhundert verwendeten Rechtswahrzeichens. Der folgende Auszug meines Aufsatzes im „Internationalen Bulletin des Archives Héraldiques", (Nr. 3-4, Jahrgang 1954) Organ der „Société suisse d'Héraldique", wirft einiges Licht auf den Sinn und die Entstehung des Treppengiebels: „Das unter dem Namen „Ruodlied" bekannte, 1023 im Kloster Tegernsee lateinisch geschriebene Epos bringt die erste Erwähnung der fraglichen Pyramide bei der Schilderung der Rechtsformalitäten einer Eheschließung: „... Der Bräutigam aber zog sein Schwert und strich es an der piramis. Ein goldener Ring war an seinem Griff befestigt, den reichte er der Braut..." etc. Diese ‚piramis' ist nichts anderes als die aus dem Ahnengrab entstandene Stufenpyramide des Gerichtspfahles oder des Dingpfahles, der auf der Gerichtsstätte bei dem Steine steht (vgl. die Femeformel „Stock, Stein") oder auf ihn gesetzt ist, der „truncus super lapidem". Dieser „truncus" war ursprünglich der Kultpfahl, Träger des „Megin" der Ahnen, und hatte seine Entsprechung im Lebensbaum als Lebensträger wie der schwedische „botra". Hier liegt auch der Ursprung der Sage von dem dürren Baume, der wieder grünen wird, wenn der heimkehrende König seinen Schild daran hängt. Die Stufenpyramide hat ihre Entsprechung im französischen „Perron", der ursprünglich der Königliche Gerichtsstein in Paris war. In anderen Ortschaften wie Tréboul, Perros-Guirec, Querqueville, etc. gab es ebenfalls Stufenpyramiden, bei denen der Pfahl durch ein Kreuz ersetzt wurde. Dagegen erscheint im Stundenbuch der Anne de Bretagne aus dem 15. Jahrhundert die Stufenpyramide aus Erde, aus der ein Maibaum wächst. Als Zeichnung erscheint diese Pyramide auf einer irischen Harfe des 13. Jahrhunderts. Aber hier wächst aus ihr als Ahnengrab oder Handgemal statt des Pfahles oder Baumes eine Hand. Es ist die Hand des Ahnherrn selbst, die sich sinnbildlich aus dem Grabe reckt und derjenige, der die „Handfeste" vollzieht, sinnbildlich ergreift.

Über diese aus der „piramis" wachsende Hand schwebt die „Manrune" und über dieser wiederum Kleeblätter als Wahrzeichen Irlands. Das Herforder Rechtsbuch aus dem 14. Jahrhundert bringt einen einzigartigen bildlichen Beleg für die Rechtssymbolik der „piramis", denn auf dem Tische vor dem Richter sieht man das modellartige Gebilde einer dreistufigen Pyramide und davor das Schwert, das auch stets auf dem Steintisch der Feme als Gerichtswahrzeichen lag."

Dieses europäisch-religiöse Symbol der Kontinuität der Geschlechter durch bildliche Verbundenheit mit den verstorbenen Ahnen findet sich auch sonst vielerorts, so in Ägypten, Indien und bei den Majas Amerikas in der Heraldik als eine der Spuren des „weißen Mannes".

Zweifellos blieb der sakrale Charakter dieses übrigens auch optisch überaus reizvollen charakteristischen Motivs während Jahrhunderten unvergessen. In Gamburg erscheint beispielsweise im 16. Jahrhundert der steinerne Pfahl mit Wetterfahne in der gespaltenen höchsten Stufe ganz ostentativ wie eingepflanzt. Mit der Aufklärung verdünnte sich der tiefere Sinn des Treppengiebels und wurde zum bloßen Standesprivileg bei Ratshäusern, kirchlichen Bauwerken und Adelshäusern.

Aber selbst in dieser nur noch schattenhaften Symbolik witterte der Jakobiner von 1789 eine seinem Weltbild feindselige Macht, die nur durch Zerstörung unschädlich gemacht werden konnte, ein Verfahren, das unsere geschichtslosen Neojakobiner auch heute noch befolgen. Kunst und Politik stehen in enger Wechselwirkung. Von Fritz Kreisler wissen wir, daß zu Beginn der französischen Revolution das Absingen der Marseillaise den bedrohten Trägern der legitimen Gewalt gefährlicher schien als aufwieglerische Reden und bewaffnete Zusammenrottungen. Die Marseillaise begeisterte die Menschen zu jedem Opfer, zu Kampf und Tod. „Ich bin überzeugt", so deutet Kreisler die Macht dieses mächtigen Liedes, „daß die Marseillaise in einem Land, in dem man nichts von der französischen Revolution wüßte, und in dem man mit diesem kraftvollen Lied Frankreichs nicht vertraut wäre, sehr wohl zu religiöser Erneuerung benützt werden könnte". Gewaltig ist der Einfluß den Theater, Film und sogar die Oper auf das politische Leben ausüben. Beaumarchais „Figaros Hochzeit" stand an der Wiege der französischen Revolution.

Die Oper „Nabucco" von Verdi war gleichsam das Fanal zum italienischen Freiheitskampf. Sie wurde mit ihrem leidenschaftlichen nationalen Grundzug zusammen mit anderen Frühwerken Verdis zu einem Symbol des italienischen Freiheitsideals. Ebenso bekannt ist, daß das Studium der künstlerischen Vergangenheit in der Renaissance gewaltige staatsbildende Kräfte frei gemacht hat.

Ähnliches geschah in der jüngeren Vergangenheit bei der Gründung Polens, Jugoslawiens und der Tschechoslowakei.

Die Franzosen haben während der Besetzung im Ruhrgebiet die Aufführung des „Wilhelm Tell" als Kraftquelle deutschen Freiheitswillens verboten, und in der Sowjetzone wandelte Intendant Wolfgang Langhoff „Wilhelm Tell" in einen „Bruder Lustig". Der entscheidende Anstoß zum belgischen Aufstand gegen Holland war die Aufführung der „Stummen von Portici", wonach das begeisterte Volk zu den Waffen griff.

Im hungernden Deutschland der sogenannten „goldenen Zwanziger Jahre" war der Kerngehalt der modernen Bühnenkunst die umstürzliche kommunistische Propaganda. So schrieb der Kritiker Alfred Kerr in einem Bericht über die eine Aufführung von Gerhart Hauptmanns „Die Weber" im Berliner Tagblatt vom 6. Februar 1928 u. a.: „Mir ist, wie bei Piscator, ein Propagandawerk ohne Kunst schlimmstenfalls recht, weil Propaganda heute wichtiger ist wie Kunst." Jessner wußte mit dem unpolitischen „Hamlet" einen revolutionären Propagandaerfolg zu erzielen, und Erwin Piscator, recte Alfred Neumann, stellte in der Aufführung von Schillers „Räuber" den Demagogen Spiegelberg als den berufenen Führer des Proletariats mit dem „steifen Hut in der Maske Trotzkis" hin, wie das Bruno E. Werner auf dem Dada-Weltkongreß in München 1960 lobend erwähnte. Während in der „Provinz", in Bad Kreuznach, das Stück „Zürich 1917" von Wenzel Goldbaum über die Bretter ging, in dem der Bolschewismus und die Weltrevolution gefeiert wurden, inszenierte Erwin Piscator in Berlin das kommunistische Werbestück „Singende Galgenvögel" von Upton Sinclair, eine Propaganda-Aktion reinsten Stils für die Freilassung der fast ausnahmslos wegen gemeiner Verbrechen in deutschen Gefängnissen sitzenden Kommunisten. Der auf dem Dada-Weltkongreß in München sehr gepriesene, dazugehörige Kommentar Alfred Kerr's im Berliner Tagblatt vom 2. März 1928 lautete: „Kunstwertung hin, Kunstwertung her: Du ahnst ein Vorwärts ..." Von den vierzig Berliner Theatern, deren 38 in kommunistischen Händen waren, unterstützten alle, selbst mit eigens umgemodelten klassischen Werken, ausnahmslos die kommunistischen Ideen.

Der „Tages-Anzeiger" in Zürich vom 8. Dezember 1961 veröffentlichte einen Artikel über „Engagierte intellektuelle und politisierende Kunst". Er schrieb von einem italienischen Testfall unserer Zeit. Wirklich engagierte Künstler stellen die Kunst in den Dienst einer Politik. Ihre Werke, insbesondere die Filme, wandeln sich zusehends zu Propaganda- und Agitationsmitteln, und damit zu Waffen der Politik, die sie sekundieren, und die extrem subversiv und staatsfeindlich sind. Die italienischen Linksintellektuellen, zu denen die Mehrzahl der Filmleute zählt, sind nicht länger geistig unabhängige Kritiker der bestehenden Gesellschaftsordnung, sondern Handlanger des Kommunismus. Ist es bloßer Zufall, daß heute in den sechziger Jahren, der gleiche Erwin Piscator der Zwanziger-Jahre als Regisseur an deutschen Bühnen wiederum nach einem „politischen Theater“ ruft? So lesen wir in der „Lahnzeitung“ vom 16./17. März 1963. Ist es ein Zufall, daß Radio Zürich am 10. Januar 1963 das linksradikale Kabarett des Dada Walter Mehring im Berlin der Zwanziger-Jahre als künstlerische Leistung hervorhob und daß Carola Giedion-Welcker in der illustrierten Monatsschrift „Du“ vom März 1962 ihre und ihres Mannes Beteiligung an der roten Räte-Regierung in München offen zugibt? Sollen die Sechziger-Jahre langsam aber sicher, dank des Dada-Weltkongresses in München 1960 immer mehr zu einem Abklatsch der roten, sogenannten „Goldenen Zwanziger-Jahre“ werden? Mit Hilfe von Hans Kohn ist das „Atlantische Institut“ gegründet worden, das, laut „Rheinischer Merkur“ vom 2. März 1962, beabsichtigt, einen geistig-politischen Generalstab des Westens heranzubilden. In diesen Zusammenhang gehören auch jene Kritiken, die alle Gegner der abstrakten Kunst als „Nazisten“, „OAS-Extremisten“ oder gar als „Anti-Demokraten“ anprangern, wodurch sie freilich — von ihnen unbeabsichtigt — auch die abstrakte Kunst mit einer politischen Richtung identifizieren.

Auch Plastik und Malerei erzeugen mächtige Strahlungen im Kraftfeld der Politik und der menschlichen Auslese. Die hellenischen Göttergestalten sind der aristokratischen Oberschicht nachgebildet. Wenn das griechische Volk diesen steinernen Gestalten, die in Ausdruck und Gebärden der herrschenden Schicht entsprachen, göttliche Ehren erwies, so mußte sich zwangsläufig diese Verehrung auch auf deren lebende Vorbilder übertragen. Das Emporschauen zu den Idealgestalten wirkte bestimmend auf die Auslese. Das Idealbild drängte nach Verwirklichung. Ein bedeutender Kunsthistoriker hat nachgewiesen, daß sich der zunächst amorphe Menschenschlag des italienischen Volkes nach der Renaissance, die so zahlreiche plastische und gemalte Idealbilder schuf, verschönert und vereinheitlicht hat. Die selektive Wirkung der Kunst kann weder in Italien noch in Griechenland geleugnet werden.

Dem unter dem Namen „Dada-Kommunismus" durchgeführten heutigen Bildersturm kommt somit eine tiefere Bedeutung zu, als gemeinhin angenommen wird. Er gleicht der Vernichtung einer belagerten Stadt, mittels der Vergiftung des Trinkwassers durch unterirdische Bohrungen. Das zentrale Angriffsmittel zum vernichtenden Schlag ist der Dada-Bolschewismus in der Baukunst.

Das Schlagwort zahlreicher moderner Kunstkritiker bei der Beurteilung von Gemälden, Architektur oder Musik heißt: *„Eindruck."* Die Macht des Eindrucks wird unterstrichen, ohne zu fragen, ob dieser Eindruck sinnvoll oder sinnlos ist. So werde ich beispielsweise beim Anblick des Reiters von Bamberg durch den Eindruck des Mitreitens in imperiale Horizonte gebannt; trete ich aber durch Unachtsamkeit in einen Kuhfladen, so hinterläßt mir diese Begebenheit ebenfalls einen Eindruck und zwar einen nachhaltigen. Alles in der Welt macht schließlich Eindruck. Beeindrucken beinhaltet somit überhaupt nichts. Wichtig ist die Qualität des Eindrucks und des Eindruckempfängers. Wert und Stärke des Eindrucks werden durch zwei Faktoren bestimmt: erstens das Werk und zweitens der Charakter des Beeindruckten. Ich denke an sehr verbreitete, einflußreiche und mit diktatorischer Macht ausgerüstete Kreise, die den Reiter von Bamberg am liebsten mit Dynamit sprengen möchten, und die aus Rachsucht, wie unlängst geschehen, Leonardos „Mona Lisa" mit einem Schnurrbart verunstalteten.

KAPITEL 4

Rastaqueres und Fellachen

In meiner Gymnasiastenzeit gab es nicht wenige zugereiste Kameraden am „Collège de Genève“, die von recht weit her kamen. Es waren Studenten aus Mexiko, Südamerika, aus den südlichen und östlichen Mittelmeerrandstaaten. Sie fielen auf durch ihre schlechte französische Aussprache und ihre Art sich zu kleiden; wir nannten diese Zugewanderten kurz und bündig „Rastaqueres“ oder abgekürzt „Rasta“. Groß war mein Erstaunen, als der einzige „Rasta“ meiner Klasse, ein ausgezeichneter Mathematiker, sich als unfähig erwies, auch nur das Elementarste von der auf Raumvorstellungen aufgebauten darstellenden Geometrie zu erfassen, und bei mir Rat holte. Als ich später am Eidgenössischen Polytechnikum in Zürich studierte, mußte nicht nur dieser Student, sondern auch noch ein anderer „Rasta“ meines Semesters das Studium plötzlich wegen seines totalen Unvermögens, die Grundgesetze der darstellenden Geometrie und der Perspektive zu begreifen, abbrechen. Diese Erfahrungen gaben mir viel zu denken. Die Vermutung stieg in mir auf, daß vielleicht doch nicht alle Menschen gleich veranlagt seien, eine Ansicht, die schon in der Religionsstunde durch die calvinistische Prädestinationslehre, die implicite ein Auserwähltsein anerkannte, erschüttert worden war. Meine Überlegungen führten 1908 zu ihrem ersten Niederschlag in der Zürcher Monatsschrift *„Wissen und Leben“*, wo ich eine Ausstellung französischer Impressionisten folgendermaßen glossierte:

„... Abgesehen von der oft zutage tretenden Verachtung der Form ist noch ein Mangel an räumlicher Tiefe bei den meisten Bildern auffallend. Sie sind flach gemalt, ohne Perspektive. Eine ganze Anzahl Bilder haben einen entschieden ostasiatischen Charakter und erinnern stark an indische, japanische und sogar an indianische Malereien. Man vergegenwärtige sich nur die Bilder von Henri Gauguin, Henry Matisse, Jean Matzinger und Rauson ...

Es liegt eine derartig ungeheure Kluft zwischen den neoimpressionistischen Malereien und der bisherigen europäischen Art zu malen, daß eine Erklärung dieser auffallenden Tatsache nur in der Anthropologie zu finden ist. Diese lehrt uns, daß Frankreich von keiner einheitlichen Bevölkerung bewohnt wird. Zwei Haupttypen bilden die Masse der Bevölkerung:

1. die eigentlichen Europäer (homo europäus-Linné) und
2. allerlei vorgeschichtliche Volkstrümmer (homo alpinus, Mongoloide, Negroide)

... Die Anthropologen haben bewiesen, daß die europäischen Bewohner Frankreichs im Aussterben begriffen sind: das alte Reich der Franken geht infolge des Verschwindens der homo europäus-Bestandteile seiner Bevölkerung unter... Anstelle des untergehenden Frankreichs erleben wir die Auferstehung des alten Galliens, das unter der Herrschaft der Franken in Frankreich unbemerkt sein Dasein weiterfristet." (Ähnlich äußerte sich die Zürcher „Tat"; auch Roul Francé machte die gleichen Beobachtungen).

Ich veröffentlichte 1915 im „Werk" (Organ des Bundes Schweizer Architekten) einen Artikel, in dem ich mich mit den verschiedenen Begabungen von Studenten in der Erfassung des Raumes beschäftigte. Erneut griff ich dieses Thema 1918 in meinem Buch „Krisis der Architektur" auf und brachte dieses Phänomen erstmals in Beziehung mit dem Schleich'schen Gesetz.

Der Dadaismus, der der abstrakten Kunst und der abstrakten Architektur zum Siege verhilft, ist durch die Verneinung des dreidimensionalen Raumes und der Perspektive sowie durch die Verherrlichung der zweidimensionalen Fläche charakterisiert. Folgende Zitate von abstrakten Dada-Künstlern belegen die mit ausgesprochener Raumfurcht verkoppelte Verherrlichung der Fläche. „Das Innere war so angefüllt mit ‚Gerümpel', daß kein Raum für Leute blieb. Auch hier scheint jene Raumangst zu wirken, die sich mit Dingen sicherte."[1]) — Im Jahre 1915 schrieb ein derart robuster Geist wie Beckmann: „Hu, dieser unendliche Raum, dessen Vordergrund man immer wieder mit etwas Gerümpel auffüllen muß, damit man seine schaurige Tiefe nicht so sieht."[2]) — „Die Fläche ist stets der verpflichtende Grundwert seines Bildes, der Raum nur ein Wert der Erinnerung, den eine Hieroglyphe der Bildfläche anschlagen kann."[3]) Der Titel einer Buchbesprechung über moderne Architektur in der „Neuen Zürcher Zeitung" vom 2. März 1962 lautete bezeichnenderweise: „Baukunst zweidimensional".

Im Zürcher „Brückenbauer" schrieb Peter Moll unter dem Titel „Künder des Körperlosen": vom „Zusammenbruch des Raumes, der

---

[1]) [2]) [3]) Werner Haftmann: Malerei im 20. Jahrhundert, Prestel-Verlag, München 1954.

zum Nichts wurde, weil ihn der Körper nicht mehr ausfüllte." Von Siegfried Giedion stammt das Zitat: „Durch Wegfall des einseitigen Blickpunktes gewinnt die Fläche eine Bedeutung wie nie zuvor."[4]) Die „Tat" vom 28. Dezember 1960 schrieb über den abstrakten Maler Dubuffet, er sei nicht nur der „geniale Erfinder der Hundeperspektive, sondern auch der nicht weniger inspirierte Entdecker der Laus-Perspektive. Die eine wie die andere ist da als wohlverstandener Gegensatz zur Raumperspektive der Renaissance und als vollwertiger Ersatz derselben gedacht, denn die moderne Malerei hat sie ja fast ganz abgeschafft. Dubuffet wertet also das klassische Menschheitsideal und Menschenbild des Mittelalters ab, das die Renaissance, zu deutsch Wiedergeburt, wiederaufgewertet hat. Und folgerichtig wertet Dubuffet mit ihnen auch die Raumperspektive ab, welche die bildliche Darstellung dieses Menschenbildes ... überhaupt erst richtig möglich gemacht hat ..." Dennoch gehört beides untrennbar zusammen.

Bei all diesen Aussprüchen ist auffallend, daß den dada-abstrakten Künstlern das Raumbewußtsein fehlt. Damit schlägt sich die Brücke zu den Rastaqueres. Die Frage drängt sich auf, ob alle abstrakten Dadas Rastas sind oder ob der Dadaismus und die abstrakte Kunst die Reaktion des Rastas auf den für sie unfaßbaren, qualvoll wirkenden Raum darstellen. Ist das der Grund, warum sie die schmerzhaft auf sie einwirkende Dreidimensionalität beschimpfen und die zweidimensionale Fläche verherrlichen? Auffallend ist die sehr große Zahl von Rastas, die in der „modernen Kunst" eine führende Rolle spielen und die, wie es scheint, die gebürtigen Franzosen mit ihrer dreidimensionalen Kunst an die Wand gedrückt haben. Einige Namen drängen sich in diesem Zusammenhang auf: Picabia, Picasso, Tristan Tzara, Moholy-Nagy, Apollinaire, Chagall, Schönberg, Van Rees, Janko, Kandinsky, Cocteau, van Doesburg, Mies van der Rohe, Dali, Dubuffet, Tapies, Pollock, Foujika, Fini, Tremois, Zadkine, Miro und andere mehr.

Es gibt noch andere Menschen, die ähnlich wie die „Rastas" reagieren. Perrot und Chipiez schilderten 1882 in ihrer berühmten „Histoire de l'art", auf Seite 743 folgende Wahrnehmung. „Der ägyptische Fellache vor einem geöffneten thebanischen Grab erkennt sofort die Tiere, die von seinen Ahnen dargestellt wurden

---

[4]) Siegfried Giedion: Architektur und Gemeinschaft, Rowohlt Verlag, Hamburg 1960, Seite 58.

und erfaßt den Sinn der Gruppen und der Gebärden; Willkinson hat mehr als einmal die gleiche Beobachtung gemacht. Aber der gleiche Fellache reagiert gegenteilig, wenn man ihn einer europäischen Zeichnung gegenüberstellt. Die Abkürzungen, die Perspektive, das Spiel der Schatten verwirren ihn total ... oft kann er nicht einmal mehr einen Ochsen von einem Esel oder einem Pferd unterscheiden ..."

Der Schweizer Hugi beschreibt ganz ähnliche Eindrücke in einem aus Lahore (Indien) im Schweizer Spiegel" (September 1954) veröffentlichten Brief u. a.: „Der Orientale hat ein Bewußtsein, welches von dem unseren verschieden ist. Auch scheint sich ihm die Welt anders darzustellen als uns: er sieht nicht den Raum, sondern nur die Fläche. Wie redlich habe ich mich bemüht, einem eingeborenen Maschinenmeister die Begriffe Grund- und Aufriß beizubringen! Er weiß nun zwar, daß es so etwas gibt — aber er sieht es nicht ..."

Die Rentierjäger vor dreißigtausend Jahren besaßen, wie ihre Bilder aus der Höhle Lascaux beweisen, ebenso wenig Raumbewußtsein wie die Fellachen. Das Fehlen des Raumbewußtseins oder dessen Regression in die Zweidimensionalität wird heute von den Dada-Theoretikern euphemistisch glossiert als „unbewußter, auf eine geheime Einheit hinweisender Gleichklang der Formelemente ... der Malerei, in der Konstruktion und in der Architektur; alle haben ein Formelement gemeinsam, das seit dem Beginn der Renaissance entwertet war, DIE FLÄCHE."[5]) Und weiterhin behauptete Sigfried Giedion: „Es ist eine neue Anschauung der Welt, die um 1910 auftritt und die wohl ebenso einschneidend sein dürfte wie die optische Revolution im 15. Jahrhundert."[6].)

Nach diesen Zitaten zu schließen scheint der dreidimensionale Raum, ähnlich wie bei Fellachen und Asiaten, auch auf bestimmte in Europa lebende Menschen höchst unangenehm zu wirken. Dagegen wird die zweidimensionale Fläche, die den dreidimensionalen Raum seit etwa 1910 verdrängte, derartig gefeiert, daß von einer „optischen Revolution" die Rede ist, die für das Aufkommen der modernen Kunst charakteristisch und notwendig sein soll.

———

[5]) Siegfried Giedion: Architektur und Gemeinschaft, Rowohlt Verlag, Hamburg 1960, Seite 57.

[6]) Siegfried Giedion: Architektur und Gemeinschaft, Rowohlt Verlag, Hamburg 1960, Seite 58.

Von einigen Kunsthistorikern ist die Behauptung aufgestellt worden, daß diese Verdrängung der Dreidimensionalität Ausdruck eines immanenten, gesetzmäßigen Determinismus der Kunst sei. Der weitere Inhalt dieses Buches soll diese Behauptung widerlegen und darstellen, daß dieser mit der Charakteristik „Revolution" dramatisierte Rückbildungsprozeß nichts anderes ist als ein tönendes Schlagwort, das das Wiederauftauchen uralter verschütteter Bewußtseinsformen mit einem modern-jugendlichen Glorienschein tarnen will.

Auch hier sind Verallgemeinerungen unzulässig. So entspricht die Behauptung, daß alle Dadaisten entweder Rastas oder Altorientalen sind, nicht immer den Tatsachen. Es gibt mitunter auch Rastas und Altorientalen, die aus Gründen, mit denen wir uns später befassen, der Dada-Schule nicht angehören. Ebensowenig kann behauptet werden, daß ein schlechtes Bild, weil perspektivisch recht gemalt, ein Kunstwerk sein muß, wie einem zweidimensionalen Teppich die künstlerische Leistung bestritten werden darf. Die aufgeworfenen Fragen können nicht ohne weiteres mit der allzuprimitiven Formel einer Auseinandersetzung zwischen Gut und Schlecht gelöst werden. Vollends unzulässig ist es, die künstlerische Auffassung zum gültigen Wertmaßstab des schöpferischen Menschen zu machen. Starke und vollwertige Künstlernaturen können unter dem mächtigen Druck einer auf die Veränderung des Bewußtseins zielenden Propaganda ihre ursprüngliche Bewußtseinsstruktur vorübergehend einbüßen, um dennoch nach einer vorübergehenden dadaistischen Periode aus dem Trauma erwachend, wieder zu sich selbst zurückzufinden.

Sprechende Beispiele dafür sind Hugo Ball und Emmy Hennings. Auch der Maler Georg Muche, ehemals Professor am Bauhaus Weimar, hat mit den Jahren den Weg in seine geistige Heimat, den Raum, zurückgefunden. So brachte im Jahre 1935 der „Observateur de Genève" (Nr. 7, 1935) unter „Bolchéwisme musical" folgende Notiz: „Einer unserer Freunde vernahm am Schluß eines klassischen, von Henry Wood dirigierten Konzertes, folgende Bemerkung des Genfer Kapellmeisters Ansermet: „Ich habe erkannt, daß Beethoven uns nichts mehr zu sagen hat. Gottseidank haben wir einen Strawinsky, um die Musik als Kunst zu retten." Auch Ernest Ansermet, wohl einer der berühmtesten Schweizer Dirigenten hat, wie Muche, wieder zu sich zurückgefunden. Er hat sein tapferes Buch „Die Fundamente der Musik im menschlichen

Bewußtsein" (Hauser-Verlag, La Baconnière SA, Boudry-Neuenburg, 1961) gegen den Hauptvertreter der modernen Musik, Arnold Schönberg, veröffentlicht und es persönlich dem gleichgesinnten Wiener Dirigenten Alois Melichar zugesandt. Beglückt schrieb mir der Wiener Meister am 3. Juli 1962: „Das Buch Ansermets habe ich schon vor Weihnachten von ihm zugeschickt bekommen. Es ist epochal, die Totenglocke des Zwölftonschwindels ..."

Ähnliches erlebte ich mit meinem Freunde Othmar Schoeck, der mir von seiner wenig bekannten und bald überwundenen Zwölftonperiode erzählt. Gleich ihm erlebte und überwand auch Hindemith seine dadaistische Krankheit. Der zurückgewandelte Expressionist Gottfried Benn, schrieb im Vorwort seines Buches „Kunst und Macht" (Deutsche Verlangsanstalt Stuttgart-Berlin, 1934): „Die Antike, das Christentum, die Renaissance, der Humanismus, die modernen Naturwissenschaften, diese Mächte waren ja keine zufälligen und artfremden und aufgezwungenen, sondern durch Jahrhunderte gewachsene, psychologisch motivierte, im Rhythmus des historischen Wandels erlebte, erbhaft erarbeitete, einmalige, tiefe der depigmentierten Rasse schöpferische entsprechende Gebilde ..."

Der Schweizer- Maler Reinhold Kündig, der im Mätz 1962 im Helmhaus Zürich seine „naturfrommen" Bilder ausstellte, hat ebenfalls seine dadistische Lebensperiode überwunden. „Heute besitzt er wieder das Vertrauen in die Natur, das die moderne Malerei weithin verloren hat, dessen Verlust wohl der tiefere Grund für das Aufkommen der abstrakten Kunst ist.", wie ein Kunstkritiker treffend feststellt.

KAPITEL 5

Die Kunst als hypnotische Waffe

Das Eingehen auf zwei Zitate von Le Corbusier und Siegfried Giedion aus ihren Schriften der Jahre 1960 und 1962 und die Ausführungen von P. Walter Brugger SJ führen mitten in das Problem der Kunst als hypnotische Waffe.

So schreibt Le Corbusier zur Analysierung von 33 Städten durch die CIAM u. a.: „Sie illustrieren die Geschichte der weißenRasse." Von Siegfried Giedion, dem Generalsekretär der CIAM stammt die Aussage: „Wir wollen wissen in der Art der Biologen, welche Kräfte das Leben einer Kultur formen ... wir müssen die vertikalen Entwicklungslinien betonen, die durch die Geschichte gehen und ihr Fundament in der Struktur des Menschen haben."

Diese vernünftigen Absichten, alte Postulate von Cornelius Gurlitt, werden aber nicht ausgeführt, sondern verlieren sich meist in dem okkulten Wirrwarr einer Apollinaire'schen Ideenwelt. Da aber das Wissen um diese Dinge nicht nur interessant, sondern auch lehrreich ist, sehe ich mich gezwungen, den von Le Corbusier und Giedion fallen gelassenen Faden wieder aufzunehmen.

Ich bediene mich dabei der Stichworte Le Corbusiers und Giedions: „Weiße Rasse", „Biologie", „Kräfte, die eine Kultur formen", „Struktur der Menschen", Stichworte, die nicht ich — ich betone das ausdrücklich — hervorgeholt habe, sondern die die Dadas hervorhoben.

Europa ist nicht von einer sogenannten „weißen Rasse", wie Le Corbusier sagt, sondern von mindestens fünf verschiedenen Rassen und unzähligen Mischtypen besiedelt. Schädelmessungen, Hautfarben, usw. (Phänotypik), bieten keine ausreichenden Wertungsmöglichkeiten.

Dagegen können aus dem Tun der europäischen und außereuropäischen Rassen Wertungsmöglichkeiten abgeleitet werden. Die bildenden Künste zeigen diese am klarsten; sie offenbaren die unsichtbare, höchst labile und oszillierende Bewußtseinsstruktur. Vorausgeschickt sei, daß der Neger eine andere Bewußtseinsstruktur besitzt wie der Europäer in seiner Eigenart als homo europaeus Linné. Sollte jedoch der Neger unter seinen vielen Vorfahren einen homo europaeus Linné haben, so ist es immerhin denkbar, daß er die Bewußtseinsstruktur dieses Ahnen besitzt und zwar auf Grund der mosaikartigen Weise, in der die einzelnen Eigenschaften gemäß den Mendel'schen Gesetzen vererbt werden.

Daraus darf man schließen, daß nicht die Phänotypik des Menschen, sondern seine Genotypik, die sich am klarsten in den bildenden Künsten offenbart, ausschlaggebend ist. Zu bemerken ist ferner, daß der Mensch mit der voll ausgebildeten Bewußtseinsstruktur die obersten Bewußtseinszonen potentiell immer, aktuell aber nur zeitweise besitzt, das heißt, je nach Beschaffenheit der auf sein Bewußtsein einwirkenden Eindrücke. Der Jesuitenpater Walter Brugger bestätigt, daß es Rassenseelen und damit auch Rassenunterschiede, sowohl bleiblicher wie seelischer Art, in der Gattung Mensch gibt. Er behauptet auch, es könne nicht geleugnet werden, daß die „einzelnen Rassen in Bezug auf gegebene Kulturziele wie Wissenschaft, Kunst, Staatenbildung" etc. verschieden sind.

Wegen seiner Übereinstimmung mit meinen Anschauungen insbesondere auf dem Gebiete der Kunst, zitiere ich nachstehend den von Walter Brugger SJ verfaßten Artikel „Rassen", der im „Philosophischen Wörterbuch" unter Mitwirkung der Professoren des Bergmannskolleg in Pullach bei München erschienen ist. (Achte neubearbeitete Auflage, 1961, Verlag Herder, Freiburg). Wir lesen:

„Rasse ist ein Unterbegriff der Art. Für die Philosophie bedeutsam, ist seine Anwendung auf den Menschen. Eine biologische Menschen-Rasse ist eine Menschengruppe, die in den allen Menschen gemeinsamen, aber nach unbestimmten Merkmalen (wie Hautfarbe, Augenfarbe, Haarfarbe, Körpergröße, Körperform, Kopfform, usw.) eine gemeinsame, auf Abstammung beruhende, von anderen Gruppen sich abhebende, korrekte Artung zeigt (z. B. helle Haut, helle Augen, blonde Haare, hohen Wuchs, schlanke Form, langen Kopf). Verbunden mit diesen biologischen Merkmalen ist jeweils auch eine im Leib-Seele-Verhältnis des Menschen begründete seelische Artung, die von der Rassenpsychologie erforscht wird. Das Menschengeschlecht tritt also in einer Vielzahl von Rassen auf, deren Abwandlungen zusammen erst die Idee des Menschen zur konkreten Erscheinung bringen. Es kann nicht geleugnet werden, daß die einzelnen Rassen in Bezug auf gegebene Kulturziele (wie Wissenschaft, Kunst, Staatenbildung u. a.) verschieden sind. Eine Bewertung fremder Rassen setzt jedoch immer einen für alle gültigen Maßstab voraus, der vieles als bloß verschiedenartig erweist, was dem in der eigenen Art befangenen Auge zuerst als verschieden — oder minderwertig erscheint. Die Geistnatur der Seele schließt aus, daß die

Unterschiede der Rassen bis an die letzten Wurzeln des Menschseins gehen. Auch für die Angehörigen verschiedener Rassen ist der logisch identische Bezug auf dieselben Gesetze des Denkens, Seins und Sollens möglich, wenngleich der erlebnismäßige Nachvollzug seelischer Akte für einen Fremdrassigen oft schwer oder unmöglich ist.

Von einer Rassenseele kann man nur im Sinne einer rassisch bedingten psychischen Ähnlichkeit, nicht im Sinne einer rassisch übergreifenden psychischen Wesenheit sprechen.

Das Streben nach Erhaltung der eigenen Art ist wohlbegründet und der Natur gemäß.

Nicht alle Rasse-Verbindungen bedeuten jedoch eine Schädigung des rassischen Erbgutes. Es können sich dabei die rassischen Anlagen harmonisch ergänzen (verwandte Rassen) oder miteinander im Widerstreit liegen (Fremdrasse).

Aufgabe der Rassenpflege ist es, durch geeignete, das allgemeine Sittengesetz nicht verletzende Maßnahmen schädigende Rassen-Verbindungen zu verhindern und günstige zu fördern. Rasse und Volk sind nicht dasselbe, da sowohl ein Volk aus mehreren Rassen als auch eine Rasse in mehreren Völkern bestehen kann." (Brugger).

Während Pater Brugger SJ unterstreicht:

a) Die einzelnen Rassen sind in Bezug auf Kulturziele verschieden.
b) Der Nachvollzug seelischer Akte ist für einen Andersrassigen schwer oder unmöglich.
c) Rassenpflege ist sinnvoll,

schreibt Le Corbusier in seiner Schrift „Vers une nouvelle architecture" (Seite 193):

„Das Haus wird nicht mehr dieses archäische Gebilde sein, welches... zum frommen Kultus der Familie und der Rasse beigetragen hat..."

Was aber sollen wir mit den folgenden Zitaten anfangen, die ich zunächst kommentarlos wiedergebe, um den Leser mit einer Welt vertraut zu machen, in der er lebt, ohne ihrer Planmäßigkeit bewußt zu werden?

„Nein, die Malerei ist nicht erfunden, um Wohnungen auszuschmücken. Sie ist eine Waffe zum Angriff und zur Verteidigung gegen den Feind." (Pablo Picasso, zitiert in „Der Spiegel" vom 26. 12. 1959)

„Die Architektur soll zu einer Waffe im Klassenkampf werden." („Die Bauwelt", Heft Nr. 4, 1931).

„Auch dieses Mal ist die poetische Revolution der politischen Revolution vorangeeilt und hat vielleicht dazu beigetragen, letztere herauszufordern... So gibt es überhaupt keine wirkungsvolleren Kräfte als die Kunst und die Literatur, trotz ihres luxuriösen und uneigennützigen Scheines und trotz der Geringschätzung, mit welcher man ihr gelegentlich entgegentritt". (Robert Aron: „Briefe an einen Studenten", gedruckt in „Esprit Nouveau", Nr. 25. Herausgegeben von Le Corbusier).

„Wir werden die Kunstwerke sowohl als Werkzeuge der Propaganda und der Unterdrückung betrachten, als auch als Angriffsmittel in den Händen der neuen Macht aufsteigender Klassen... Die Kunst bezweckt die Veränderung des Gefühls, der Überzeugung und des Handelns... Jede Kunst ist gleichzeitig Propaganda, bisweilen unbewußte, aber sehr häufig bewußte." (Der kommunistische Zürcher „Kämpfer", Nr. 1, 1929 Beilage).

„Der Hypnotismus ist eine der Eigenschaften der Kunst." (Esprit Nouveau", Nr. 18, herausgegeben von Le Corbusier).

Professor Moholy-Nagy vom Bauhaus Dessau erklärte laut „Deutsche Bauhütte", (Nr. 6, 1929) die ganze europäische Kunst sei „vorbolschewistisch" und erhob die Forderung einer „proletarischen Diktatur in Kunstsachen".

Vom Bolschewisten Lunatscharski stammt das aufschlußreiche Zitat in der „Proletarskaia Kultura": „Im Namen unseres Morgen wollen wir Raffael verbrennen, Sammlungen zerstören, Blüten hoher Kunst vernichten."

Die sowjetrussische Zeitung „Krasnaia Niva" veröffentlichte in ihrer Nummer vom 12. August 1928 Verordnungen über die sowjetische Bauweise, die vom Präsidenten des Departements der kommunalen Architektur in Moskau M. V. Kvionkow stammten. Diese Verordnungen deckten sich zum Teil wörtlich mit den Leitsätzen über Architektur, die Le Corbusier unter der Bezeichnung „Revolution in der Architektur" im „Zürcher Tages Anzeiger" Nr. 6, 1929, veröffentlicht hatte. Die Gedankengänge, die die „Krasnaia Niva" und der „Tages Anzeiger" abdruckten, entsprachen wiederum den Forderungen der kommunistischen Zelle von La Sarraz, der Stammorganisation des „Congrès internationaux d'Architecture Moderne."

Das Zentralsekretariat dieser unter der Abkürzung CIAM auftretenden Organisation liegt in den Händen von Siegfried Giedion, Zürich, der sich seinerzeit vergeblich bemühte, Professor am Bauhaus Dessau zu werden. Die CIAM vernebelt seitdem die Zielsetzung ihrer Zelle von La Sarraz durch eine Propaganda in Frack und Handschuhen. So drückte sich Siegfried Giedion in „Architektur und Gemeinschaft“, (Rowohlt Verlag, Hamburg, 1960, Seite 42) sehr vorsichtig aus, indem er von den „ungreifbaren kosmischen Kräften ... vom Wiedererinnern an den ewigen Ursprung ... von kosmischen Kräften ... von symbolischen Darstellungen, ... von symbolischem Ausdruck, von sakralem Ernst, der ins Kosmische mündet ... von magischen Zeichen V, ... von der Tiefe unserer Seele ... gefühlsmäßigen Bedürfnissen, ... von historischen Geschehen..., von der Vergangenheit, die unaufhörlich in die Zukunft beißt“ fabelte.

Dieser letzte Ausspruch ist besonders reizvoll, wenn man weiß, daß der eigentliche Gründer und Inspirator der CIAM den Satz prägte: „Der Mensch ist ein geometrisches Tier“ und diese Liebesbezeugung durch sein ganzes weiteres Schaffen bis auf den heutigen Tag bekräftigt hat.

Die Lehren des bedeutenden Kunsthistorikers Alois Riegl, die von Pinder und Wölfflin übernommen wurden, befassen sich mit der hypnotischen Kraft der Kunst. Sie sollen hier kurz skizziert werden!

Alois Riegl, der in den jüngeren Jahren seines Schaffens eine immanente Gesetzmäßigkeit der Kunst zu erkennen glaubte, kam erst später — um 1900 — zu bedeutsamen gegenteiligen Ergebnissen, die den künstlerischen Determinismus erledigten, und die oben angeführten Zitate in das richtige Licht stellten. Diese Ergebnisse lassen sich durch folgende Darstellung (siehe Figur 1), graphisch zusammenfassen. Diese Tabelle zeigt, daß zwei sprüngliche Richtungen des Kunstwollens bestehen: die altorientalische und die indogermanische. Die altorientalische Kunst nennt Riegl im Gegensatz zur indogermanischen haptisch, plastisch, objektiv, nahesichtig. Sie entsteht aus einer Steigerung der isolierenden Merkmale; sie ist eine Funktion des Tastsinnes, auf dessen Erweckung sie tendiert; sie strebt nach Entfernung von Raum und Zeit. Riegl stellt fest, daß die orientalische Kunst voller Klarheit im Zweidimensionalen die Höhe und Breite erreicht; er hebt ihren Sinn für objektiv-materielle Wirklichkeit und besonders ihre Raum- und Zeitlosigkeit hervor.

Diese wissenschaftlichen Erkenntnisse bekommen erst ihre volle Bedeutung, wenn sie zum Schleich’schen Gesetz in Beziehung gesetzt werden. Im Jahre 1925 veröffentlichte Carl Ludwig Schleich ein kleines Buch „Bewußtsein und Unsterblichkeit“, in dem er u. a. ein Schema der Funktionsschichten der Hirnrinde bis zu den tiefsten Hirnlagern, wie sie die Narkose aufdeckte, veröffentlichte. Dieses Schema, aufgestellt auf Grund von über tausend Narkosen an deut-

Figur 1

Abbildung 1

Alois Riegl, um 1900	
Zwei urtümliche Richtungen des Kunstwollens	
Orientalen	*Indogermanen*
Haptische Kunstauffassung Plastisch objektiv Plastisch nahsicht. Kunst — Steigerung der isolierenden Merkmale Isolierung = Funktion des Tastsinnes = Kunstschaffen auf Erweckung des Tastsinnes gerichtet, sowie auf Entfernung von Raum und Zeit — — volle Klarheit im II = dimensionalen = = Höhe und Breite — — Sinn für objektiv materielle Wirklichkeit. Alle altorientalische Kunst ist objektiv, raum- und zeitlos.	Optische Kunstauffassung Optisch subjektiv Naturbetrachtung — naturalistischer Trieb Optisch fernsichtige Kunst — Steigerung der verbindenden Merkmale — Erfindung der Komposition — — der Kontraste — des Kontrapostes — Entwicklung nach allen III Dimensionen (Hildebrand) —
Retardierend	*Vorwärtsstürmend*

Gegensatz

Altorientalisch + Indogermanisch

beherrscht die Entwicklung der Menschheit.

Folgerung von v. Senger:

Keine Entwicklung der Kunstgeschichte, sondern eine Auseinandersetzung zwischen	
Orientalen	*Indogermanen*
II = dimensional — haptisch — adynamisch	III = dimensional — optisch — dynamisch

Dynamische Kunstgeschichte

schen Soldaten während des ersten Weltkrieges, erscheint hier als Figur 2:

Figur 2

Das Schleichsche Gesetz

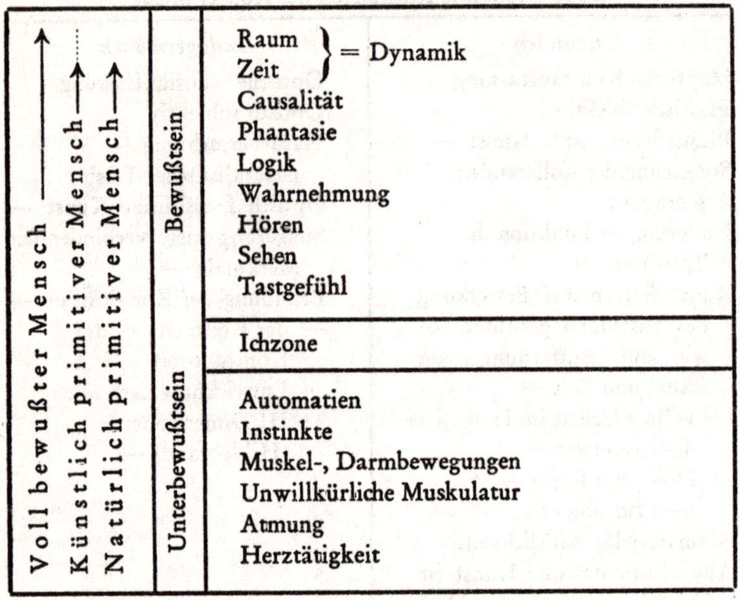

Diese Darstellung ergibt deutlich, daß die jüngsten und die empfindlichsten Hirnschichten die Bewußtseinszonen des Raumgefühls (Dreidimensionalität) und des Zeitgefühls sind. Entwicklungsgeschichtlich gesehen, bilden sie die allerjüngste Ganglienzelle. Da jede Bewegung oder das Dynamische eine Funktion von Raum und Zeit sind, muß diese empfindlichste und jüngste Funktionsgeschichte der Gehirnrinde als dreidimensional-dynamisch bezeichnet werden.

Die Abblendung und das Erlöschen der verschiedenen Sprossen des Gehirnbaumes folgen stets in der oben skizzierten, durch das entwicklungsgeschichtliche Alter bestimmten Reihenfolge und zwar:

a) durch Narkose,
b) durch Hypnose oder Suggestion (also ohne materielle Einwirkung),
c) durch Somnambulismus (wie b),
d) durch den eintretenden Schlaf,
e) durch den eintretenden Tod.

Narkose und Hypnose, die auch einen bestimmten Kunsteindruck auslösen kann, Somnambulismus und Schlaf wirken abblendend auf die Bewußtseinszonen im Sinne einer Verringerung und Annäherung in Richtung des Unterbewußtseins. Beim Indogermanen — (Homo europäus Linné) der im Gegensatz zum Altorientalen zwei weitere Bewußtseinszonen des Oberbewußtseins besitzt — beginnt der Schwund dieser Bewußtseinszonen früher als beim Altorientalen, dessen Bewußtsein erst bei der Zweidimensionalität aufgerufen wird. So fühlt sich beispielsweise der Indogermane oder homo europäus durch eine zweidimensionale Musik, Malerei — und durch die zweidimensionale Kunst überhaupt — in einen hypnotoiden Zustand durch Abblenden der Raum- und Zeitzonen versetzt; der Altorientale bleibt dagegen vor diesem hypnotoiden Einfluß immun, weil sein Oberbewußtsein erst mit der Zweidimensionalität beginnt. So konnte auch Schleich in Bezug zum dreidimensionalen homo europäus bei zunehmendem hypnotischen Zustand schreiben: „Der Mensch wird in eine Art zeitlich tiefer liegenden Zustand, gleichsam in eine stammesgeschichtliche geistige Rückbildung versetzt, so als wenn er mit dem Aufstieg seines Ich-Bewußtseins über diese Zone heraus noch nicht fertig wäre und das Ich-Bewußtsein etwa dem der höheren Tiere ausmachte."

Isoliert sind Kohle, Salpeter und Schwefel ziemlich harmlose Sachen; vermischt bilden sie das Sprengpulver. So sind auch die wissenschaftlichen Erkenntnisse von Alois Riegl und das Gesetz von Carl Ludwig Schleich isoliert betrachtet interessant, aber harmlos und ohne jede Sprengkraft. Dagegen entsteht geistiger Sprengstoff, wenn beide zueinander in Beziehung gebracht werden. Auf diese Wechselwirkung werde ich noch oft zurückkommen müssen und zwar stets unter Heranziehung der Figuren 1 und 2.

Nach Schleich schwebt das Bewußtsein des Menschen im Zustand einer ständigen Labilität. Es ist mannigfaltigen Einflüssen, Suggestionen, Hypnosen, Induzierungen und Katalysen ausgesetzt. Ich habe mich mit der Absicht getragen, meine Thesen der Labilität filmisch darzustellen, weil das Verständlichmachen dieser neuen Erkenntnis durch Beschreiben ausschließlich labiler Möglichkeiten tatsächlich nicht leicht ist. Vielleicht hilft da folgendes Beispiel zur Veranschaulichung:

Man stelle sich zwei Turmhäuser mit gleichem Grundriß, gleicher Einteilung von Keller, Treppenhaus und Wohnung vor. Das eine Turmhaus zählt vierzehn, das andere sechzehn Stockwerke und demzufolge breitere Fundamente, stärkere Mauern, größere Spannungen in den tragenden Bauteilen und eine andere Architektur. Das Material ist das gleiche. Entfernt man von dem sechzehnstöckigen (europäischen) Haus die zwei oberen Stockwerke, so entsteht nicht etwa ein richtiges vierzehnstöckiges (altorientalisches) Haus, sondern ein verkrüppeltes europäisches. Was bewirkt diese Verkrüppelung? Es sind die nicht mehr passenden Maße der Fundamente und Mauern, der Unterzüge und der Architektur. Ähnlich verhält es sich beim dreidimensionalen Menschen, wenn man ihm die beiden jüngsten, oberen Bewußtseinszonen: Raum und Zeit weghypnotisiert.

Denn bei dem dreidimensionalen Menschen (siehe Figur 1 und 2) besteht stets die Gefahr, daß er durch stoffliche oder nichtstoffliche Einwirkungen (Einflüsse der Kunst) auf das Niveau eines altorientalischen Bewußtseins herabsuggeriert werden kann und dabei psychisch verkrüppelt. Dagegen bleibt es dem zweidimensionalen orientalischen Menschen verwehrt, das dreidimensional-dynamische Bewußtsein zu erklimmen. Hier erscheint die grundsätzliche, bedeutsame Verschiedenheit. Der dreidimensionale Mensch kann immer sinken, ja er steht durch mannigfaltige Beeinflußungen in der ständigen Bedrohung eines möglichen Herabsinkens. Der zweidimensionale Mensch dagegen vermag weder zu steigen noch zu sinken: er erreicht somit niemals die dreidimensional-dynamische Bewußtseinszone, sondern bleibt stets der zweidimensionalen Bewußtseinszone verhaftet. Somit steht der zweidimensionale orientalische Mensch im Vergleich zum dreidimensionalen Europäer in einer zwar tieferen, aber umso gefestigteren stabilen und stärkeren Bewußtseinssituation. Diese erweist sich als die große Konstante, oder um mit Riegl zu sprechen, als das retardierende Moment in der ganzen Kulturgeschichte.

Der dreidimensionale Mensch oder homo europäus, der ja auch vorübergehend zweidimensional empfinden kann, wie sein Interesse für die zweidimensionale Kunst beweist, verhält sich demnach anders als der zweidimensionale Altorientale, der das Vorhandensein einer höheren Bewußtseinszone ahnt, sich aber von ihr ausgeschlossen weiß. Daraus resultiert das Ressentiment, das sich nicht selten bis zum Zorn und Haß gegenüber jeglicher Art von Dreidimensionalität steigert. Dieses negative Spannungsverhältnis steht polar zum Entspannungszustand des homo europäus beim Herabgleiten in die Zweidimensionalität, ein Herabgleiten, das einem hypnotoiden Zustand entspricht, hervorgerufen durch die eingetretene Deformierungs- und Rückbildungssituation des Überbewußtseins. Der Zweidimensionale festigt und bestätigt sich selbst durch eine zweidimensionale Kunst, Literatur usw. und drückt durch Suggestion das Bewußtsein des homo europäus in eine niedere Zone herab, ein Vorgang, der eine biologische Verkrüppelung der Bewußtseinsstruktur erzeugen muß, falls er durch den Druck der Propaganda chronisch wird. Wird aber der zweidimensionale Mensch in eine dreidimensionale Kulturwelt versetzt, so gerät er in jenen chronischen Zustand der Gereiztheit und Negation, der leicht ins Revolutionäre umschlägt, wie unsere Gegenwart zeigt. Wenn aber Arnold Gehlen schreibt: »Ein neues Weltzeitalter zieht herauf, überall werden die Fundamente aufgegraben, um sie umzukonstruieren", so irrt er und unterliegt einer optischen Täuschung. Zwar ist der Prozeß der Aufgrabung Tatsache, aber er stößt nicht auf „Fundamente", die „umkonstruiert" werden können. Der Aufgrabungsprozeß ist weiter nichts als der Zerstörungsprozeß der tausendjährigen europäischen dreidimensionalen Kulturschicht. Und darunter finden sich keinerlei Spuren mit Fundament-Ähnlichkeit, sondern nur solche einer amorphen, voreuropäiden, zweidimensonalen, längst verschollenen Fellachenzivilisation, die heute fälschlicherweise als die Morgenröte eines „neuen Weltzeitalters" gepriesen wird. Zur Zeit Karls des Großen berichteten italienische Mönche von Aachen nach Rom, die Franken würden ihre frommen Weisen in unmoralisch-lasziver Weise mit vermischten Stimmen singen. Diese aus dem Raumbewußtsein erzeugte Polyphonie entwickelte sich im Lauf der Zeit bis zum 16-stimmigen Choral. Beim Konzil von Trient wurde von spanisch-kirchlicher Seite gefordert, die aus dem Raumbewußtsein der Franken erwachsene polyphone Musik auszurotten, ein Antrag, der ohne das Veto des Kaisers sicherlich ausgeführt worden wäre. In der heutigen Zeit rotten gewisse Kreise die Polyphonie des homo europäus nicht nur rücksichtslos aus, sondern begünstigen immer zahlreichere Aufführungen von Musikstücken, die unverhüllte Angriffe auf die biologische Bewußtseinsstruktur der europäischen Hörerschaft sind. Nicht umsonst spricht Wilhelm Furtwängler in seinen veröffentlichen Gesprächen von einer „biologischen Minderwertigkeit der atonalen Musik". In der Architektur zeigt folgendes Beispiel analoge Vorgänge:

Im Laufe der Zeit befreiten sich die Franken immer mehr von der Suggestion der zweidimensionalen Mittelmeerkultur und schufen wie in der Musik eine dreidimensional-dynamische Architektur, die in der Gotik ihren höchsten Ausdruck fand. Die Gotik ist im Gegensatz zu der wesentlich zweidimensional-statischen Antike, eine polyphone, aus Raumtiefen des Bewußtseins gestaltete steinerne Symphonie, wie man sie sehr eindrücklich an der Hauptfassade des Straßburger Münsters erleben kann. Dort führen Bauelemente, die bis in fünf verschiedene Ebenen gestaltet sind, zu Überschneidungen, die sich vor den Blicken des wandernden Beschauers in der Form eines zeitlichen Ablaufs von Bildern entfalten. Dieser Ablauf simultan beweglicher Bilder aus verschiedenen Raum-Kategorien gleicht jener in Stein gehauenen polyphonen Symphonie, die zweidimensionale Menschen als barbarisch, unmoralisch, lasziv und vernichtungswürdig bezeichnen.

Wie reagiert nun Herr Jeanneret, genannt Le Corbusier, auf eine solche rein optische Wundersymphonie aus Stein? Er begnügt sich mit folgenden zwei Worten: „Stachelig und verrenkt"! Die Gotik wirkt auf Le Corbusier nicht optisch wie bei einem Europäer, sondern haptisch wie bei Fellachen (Figur 1). Er erlebt die Gotik nicht mit den Augen, sondern durch das Tastgefühl mit den Fingern, das der niedrigsten Bewußtseinszone des Oberbewußtseins angehört (Figur 2). So ist auch Le Corbusiers Kirche Ronchamp nicht für die oberste Bewußtseinszone des Raumes, sondern für die niedrigste des Tastgefühles gebaut. Außer vagen orientalischen Anklängen erscheinen an diesem Bau rundlich-unbestimmte quallende Formen, Formen die der Anthroposoph Rudolf Steiner, ebenfalls Meister der Hypnose, verwendet hat. Die freskenartigen Gebilde im Innenraum der Kirche ähneln den Höhlenbildern der Jugendsteinzeit und schweben beziehungslos ohne Sinn und Ort zweidimensional ohne Raumangabe.

Nicht nur die Zürcher Bewegung der Dada, sondern auch die Basler-Rede des deutschen Professors Wichert scheint auf diesen Bau ausgestrahlt zu haben. Beschwor nicht Wichert die Schweizer Architekten, sich in Zukunft an orientalische Bauarten zu lehnen, mit der Begründung, „das Einströmen östlicher Seelenhaltung in die westliche Kultur sei kein Zufall."

Die überaus starke Betonung der Senkrechten ist die optischbedingte Voraussetzung zur Erfassung des Raumes, einer Dimension, die er nicht erfassen kann, da ihm gleich dem Fellachen die höchste Stufe des Oberbewußtseins fehlt. (Siehe Figur 2). So sind seine Bauten flach, ungegliedert, dehnen sich gleichförmig in primitiven Additionen und monotonen Horizontalen. Sie bieten niemals ein

Miteinander, sondern wie bei den alten Ägyptern ein Nebeneinander von Eindrücken. Musikalisch gedeutet meint man den monophonen Schlag auf der Negertrommel zu hören.

Die Gotik war das Ausgangsklima, in dem die deskriptive Geometrie empirisch durch die Baurisse mittelalterlicher Steinmetzen geschaffen wurde. Diese Männer waren gezwungen, Zeichnungen zu erfinden, die ihrer raumträchtigen, durch keine antike Bildung belasteten Seelenhaltung entsprachen. Diese Baurisse wurden nach Jahrhunderten durch Monge als Raumwissenschaft kodifiziert und 1799 unter dem Namen „La Géometrie déscriptive" herausgegeben. Die Antike kannte aus biologischen Gründen keine darstellende Geometrie: Diese jüngste Wissenschaft wird somit zum Kriterium für die jüngste Menschenart, den homo europäus Linné. Man hat widerspruchslos die scheinbar sinnlose Feststellung von Le Corbusier hingenommen: „Der Mensch ist ein geometrisches Tier", eine Feststellung mit einem verdächtig okkulten Beigeschmack. Dieses, der schwarzen Magie entnommene Schlagwort verliert in der Tageshelle exakter wissenschaftlicher Forschung seinen Zauber. Es wird gültig ersetzt durch die Aussage: „Der Mensch der darstellenden Geometrie ist der homo europäus."

Die Perspektive, ein Spezialfall der darstellenden Geometrie, erblickte das Licht der Welt rein empirisch in der Renaissance in einer zweidimensional-aperspektivischen Welt. Wer heute die Perspektive wie Picasso und seine Anhänger, wie vor Jahrhunderten beim Trientiner Konzil die polyphone Musik, ächten will, muß als Feind und Mörder des Europäertums bezeichnet werden.

Der Fall Picasso ist noch aus einem anderen Grund interessant. Als er nach Paris kam, war die dreidimensionale Malerei vorherrschend. Damit war er in eine Situation gestellt, die ihn in seinen ersten wenigen überzeugenden Schaffensperioden zur Anpassung zwang. Als die Fläche Trumpf wurde, fühlte sich Picasso wie der Fisch im Wasser. Er zerlegte die Welt der Erscheinungen in Flächen, ähnlich Picabia, der seinen Wecker in dessen Bestandteile, Räder, Kolben und Spiralen auflöste, um diese auf eine Fläche zu kleben. So erfüllte Picasso die von Alois Riegl definierten charakteristischen Merkmale der altorientalischen Kunst. Er verschrieb sich der Zweidimensionalität. Besonders auffallend ist die Überbetonung der isolierenden Merkmale, so daß er, gleich den alten Ägyptern, Augen „en face" im Profil malte und halbe Gesichter und halbe Profile in einer einzigen Fläche umklappte.

Dieser durch die Malerei verursachte Mordprozeß des europäischen Oberbewußtseins vollzog sich nicht lärmend und prasselnd mit brennenden Scheiterhaufen, sondern in der Form eines gebildeten, künstlerisch-literarischen Propagandafeldzuges. Dieses Verfahren gleicht (siehe Figur 2) dem Beginn eines hypnotischen Zustandes. Daß eine Hypnose vorliegt, haben die einleitenden Zitate zweidimensionaler Menschen bestätigt. Mit Recht erklärte Picasso, die Malerei sei eine Waffe im Klassenkampf, mit Recht schrieb der „Kommunist" in Zürich: „Wir werden die Kunstwerke als Angriffsmittel benutzen, denn sie bezwecken die Änderung der Persönlichkeit"; mit Recht nennt die „Bauwelt" die Architektur „eine Waffe im Klassenkampf". Mit Recht erklärte Moholy-Nagy: „Wir streben die Diktatur in Kunstsachen an." Mit Recht schrieb Lunatscharski: „Wir wollen Sammlungen und Blüten hoher Kunst vernichten", und mit Recht druckte Le Corbusier folgenden Satz: „Der Hypnotismus ist eine der Eigenschaften der Kunst." Sein Jünger Robert Aron aber hat ihn mit folgenden Worten ergänzt: „... es gibt keine wirkungsvolleren Kräfte als die Kunst." Und mit gleichem Recht und der gleichen erschreckenden Deutlichkeit ruft der bolschewistische „Apostel" A. K. Gastjev zur Zerstörung der beiden oberen Bewußtseinszonen „Raum und Zeit" auf und damit zur Zerstörung des homo europäus Linné:

„Was Euch fehlt, Genossen, ist:
Scharfer Blick, Schnell-Entschluß, gestählter Wille,
Aus ihnen schafft *in Euch*
Die neue Organisation!
Damit wir Zeit und Raum
überwinden —
Die ewigen Hindernisse!"

Lange nach der Niederschrift dieses Kapitels wurde ich auf den mir bis dahin unbekannten Jesuitenpater und Paläontologen Teilhard de Chardin aufmerksam. Seine und meine Leitgedanken scheinen mir in vielem kongruent zu sein. Die Schrift N. M. Wildiers über „Teilhard de Chardin", (Herder Bücherei Freiburg) gab mir nähere Aufschlüsse. Wildiers schreibt u. a.: „Die Haltung gegenüber dem Leben, die Teilhard so rühmt, zeigt vor allem einen dynamischen Charakter"; und zitiert aus dem Buche Teilhards „Le Phénomène spirituel",

„Alles versuchen und alles bis zum Ende in Richtung des größten Bewußtseins drängen: das ist in einem Universum, dessen Zustand der geistigen Umwandlung man erkannt hat, das allgemeine und höchste Gesetz der Sittlichkeit: *diese Kraft beschränken ..., das ist die Sünde.*"

Eine auffallende Ähnlichkeit der Leitideen des Jesuitenpaters de Chardin mit denen des Mediziners und Chirurgen Ludwig Schleich treten hier zutage. Der Jesuit nennt die Zurückdrängung und Beschränkung des größten Bewußtseins „Sünde", und der Arzt bezeichnet das „Abblenden der Bewußtseinszonen" als „stammesgeschichtliche geistige Rückbildung".

II. Teil

KAPITEL 6

Mariechen, warum weinest du?

> „Bei Tschertschenwitsch ist die heilige Jungfrau schon ein naives Mariechen." L'Esprit Nouveau, Nr. 11, 12.

Der Bolschewismus wurde auf Schweizer Boden im Sommer 1915 im Berner Dorf Zimmerwald geboren. Lenin, der in Zürich lebte, der Schweizer Nationalrat Grimm (Bern), der Schweizer Naine und der Russe Trotzki waren neben zahlreichen anderen Delegationen die Prominenten dieses Gründungskongresses. Seit Zimmerwald wandte sich die starke sozialdemokratische Partei der Schweiz mehr und mehr dem Kommunismus zu. Im Jahre 1916 flammten die ersten Unruhen im Industriezentrum La-Chaux-de-Fonds, der Heimat Le Corbusiers auf. Im Jahre 1917 reiste der Führer der Schweizer Marxisten, Grimm, nach Stockholm und Rußland. Im April brachen nach Weisungen Lenins große Unruhen in Genf aus. Ende des gleichen Monats gab Herr von Bethmann-Hollweg und, nicht wie angenommen Ludendorff, dem ganzen bolschewistischen Generalstab die Reise nach Rußland aus der Schweiz frei. Dieser Generalstab, der jahrelang in der Schweiz gewühlt hatte, bestand aus 16 Verschwörern, die sich später als die Henker Rußlands einen Namen machten. Als Hauptpersonen seien Lenin, Axelrod, Zinowiew und Trotzki genannt.

Im Mai 1917 kam es erneut zu Unruhen in La-Chaux-de-Fonds, so daß die Truppe eingreifen mußte. Im November begannen blutige Unruhen in Zürich mit sieben Toten und Dutzenden von Verwundeten.

1918 schlug der rote Generalstab seinen Sitz in Zürich und Berlin auf und gehorchte auf direkte Weisungen von Lenin. Eine Delegation der Sowjets arbeitete in Bern. Der schweizerische Bundesrat bekam vor dem Roten Komitee in Olten weiche Knie. Grimm, der initiative, extremlinke Führer der schweizerischen Sozialdemokraten entwarf damals einen Plan für die terroristische Agitation. Seit Juni 1918 verfügte die Sowjetdelegation in Bern zur Revolutionierung der Schweiz über 10 Millionen Schweizer-Franken, die vom bolschewistischen Gesandten Jaffé von Berlin nach Bern geschickt worden waren. Im April 1918 des gleichen Jahres entdeckte die Polizei in Zürich umfangreiche Waffenlager und Stapel von rotem Propagandamaterial. Die antimilitaristische Propaganda der Linken lief auf Hochtouren und berichtete von Meutereien bei der mobilisierten Truppe. Im Juli 1918 fand ein Sturm auf das Rathaus in Biel statt, wobei zahlreiche Verwundete und ein Toter zu beklagen waren. Im September kam es erneut zu bedrohlichen Unruhen in Zürich. Im September gab Moskau die Weisungen zur Auslösung des Generalstreikes in der Schweiz. Der Plan der Sowjets fiel in die Hände der Schweizer Behörden. Er enthielt den Befehl 2 000 Persönlichkeiten als Geiseln zu verhaften und notorische Antibolschewisten sofort zu erschießen. Zum Sowjetdiktator war Radek bestimmt, der damals in Berlin die Spartakistischen Unruhen vorbereitete. Der bolschewistische Aufstand in der Schweiz war auf den 10. November festgesetzt. Leider blieb der Bundesrat untätig. Der Generalstreik wurde proklamiert. Da intervenierten die militärischen Führer. Es wurde mobilisiert, die Sturmglocken läuteten. Der bürgerliche Stadtrat von Zürich kapitulierte vor den Bolschewiken, aber Oberstdivisionär Sonderegger rettete die Stadt durch seinen bekannten Befehl: „Es ist ohne Warnung zu schießen!" Aufstandsversuche am 10. November in Zürich wurden durch Maschinengewehrfeuer und Kavallerie-Attacken erstickt. Am 11. November kam es zu Arbeiterrevolten in Biel und Solothurn mit Toten und Verwundeten, desgleichen am 13. November in Granges. Im April 1919 erneut Unruhen in Zürich, die am 13. Juli einen besonders schweren Charakter annahmen. Am 1. August 1919 blutige Unruhen in Basel und Barrikadenkämpfe, die acht Tote und zahlreiche Verwundete kosteten. Damit war der Revolutionsversuch an der Wachsamkeit der schweizerischen Armee gescheitert. Die Kämpfe hatten Tote und zahlreiche Verwundete gefordert.

Otto Bauer erklärte auf einem marxistischen Parteitag in Wien: „Nur von Internationale zu Internationale, nur zwischen Zürich und Moskau kann die Einheitsfront des Proletariats gegründet werden." So war es durchaus logisch, daß den Gründerplänen der

Bolschewisten das Signal für die europäische Revolution von Zürich aus gegeben werden sollte und zwar durch die Proklamierung der „Helvetischen Republik des Sowjet". Zürich und Moskau waren als scharfe Arme einer Zange gedacht, die Mitteleuropa zerreißen würde. Somit sind Zürich und die Schweiz ein ideales Untersuchungsfeld, um die Verzahnungen und Wechselwirkungen zwischen kulturvernichtenden und staatszerstörenden Kräften zu beobachten und deren internationale, landesfremde Antreiber zu entlarven.

Wir Architekten hatten nach dem Ende des ersten Weltkrieges keine goldenen Zeiten. Aufträge waren sehr selten. Gelegentlich wurden Wettbewerbe ausgeschrieben, so die Konkurrenz für das große Verwaltungsgebäude der Schweizerischen Mustermesse in Basel. Ich beteiligte mich an diesem Wettbewerb, allerdings ohne Erfolg, kam aber in die engste Wahl. So beschloß ich mit einigen Zürcher Kollegen des „Bundes Schweizerischer Architekten" die ausgestellten Pläne in Basel, Ende April 1919, zu besichtigen. Treffpunkt für die gemeinsame Abreise war Zürich. Dort traf ich etwa ein halbes Dutzend Kollegen, darunter den Sieger im Wettbewerb, Herter den Bärtigen, mit dem melancholischen Blick. Abgesehen von einem in Zürich niedergelassenen Basler war ich mit allen andern aus dem Aargau und dem Züribiet gut befreundet. Unter ihnen befanden sich auch die beiden ganz hervorragenden Architekten Gebrüder Otto und Werner Pfister. Mit einem kräftigen Händedruck begrüßte ich diese beiden alten Freunde am Hauptbahnhof. Wir nahmen im gleichen Abteil Platz und begannen wie auf Kommando zu rauchen: Brissago, Stumpen und ich wie üblich meine Pfeife. „Warum rauchen denn alle Architekten?" Über diese Frage wurde hin und herdisputiert, um schließlich beim damaligen Tagesgespräch des Generalstreiks zu landen. Ein Zürcher Kamerad bemerkte: „Selbst diese unmöglichen Zeiten haben ihr Gutes gehabt. Unser Land, das auseinanderzubrechen drohte, ist wieder zusammengeschweißt. Der Graben, der uns von den Welschen getrennt hat, ist wieder zugeschüttet."

Wir waren uns alle darüber einig, daß die Unruhen von langer Hand mit revolutionären Münchner- und Berliner-Elementen geplant und zeitlich abgestimmt worden waren. Es waren Landesfremde, Papierschweizer und Papierdeutsche gewesen, die jahrhundertalte Traditionen zerstören wollten. Als typisch für die Gesellschaft erwähnte ich den Fall des Berliners Kurt Eisner (recte Kosmanowsky), der kaum in München niedergelassen, die bayrische Revolution in Schwung brachte und eine von ihm unterschriebene Proklamation mit folgenden Worten schloß: „Die Dynastie Wittelsbach ist abgesetzt!“ Ein hergelaufener Berliner obskurer Herkunft hatte mit einem Federstrich eine der ältesten Dynastien Europas von der Liste der Herrschenden gestrichen.

Bei der Agitation des Jahres 1918 spielten die gegen dreißigtausend Fahnenflüchtigen aus ganz Europa, die sich in unser Land geflüchtet hatten, eine ganz üble Rolle. Diese Leute, die ihr eigenes Vaterland in der Stunde der Gefahr im Stich gelassen hatten, mißbrauchten das großzügig gewährte Gastrecht, um die Brandfackel des Bürgerkrieges zu entzünden. „Es gibt noch eine andere, ebenso gefährliche Sorte von Deserteuren“ bemerkte trocken der Basler, „ausgerechnet diejenigen, die von unserer Presse und unseren bürgerlichen Kunstkritikern aufgepäppelt werden“. Er zog die „Basler Nachrichten“ vom 30. April 1919 aus seiner Tasche und las uns folgenden Artikel vor:

„Skandalöse Soirée.“

«Am 9. April veranstaltete, die nicht nur in Zürich, ihrer Geburtsstadt, sondern auch im Ausland und besonders in Deutschland nur allzu bekannte Künstlergruppe ultramodernsten Schlages „Dada“ im großen Saal „Zur Kaufleuten“ ihre achte Soirée. Die Neugierde, welche die zahllosen Zeitungsnotizen erregt hatte, und das, was bisher an absurden und grotesken Emanationen von den Zürcher und deutschen Dadaisten ausgegangen war, hatten vermocht, den etwa tausend Personen fassenden Saal bis auf den letzten Platz zu füllen.

Man sah sogar die meisten, gegenwärtig in Zürich weilenden Vertreter der deutschen Literatur und Presse und besonders zahlreich die besten Gesellschaftskreise.

Während die ersten Rezitations- und Musikvorträge lediglich mit mehr oder weniger ironischem Jubel aufgenommen wurden — besonders amüsierte ein von Tristan Tzara dirigiertes und von zwanzig Personen exekutiertes simultanistisches Gedicht — kam es, als Walter Serner ein von leidenschaftlicher Gehässigkeit strotzendes „Manifest“: „Letzte Lockerung“ verlas, zu einem Skandal, von dem alte Zürcher behaupten, sich nicht erinnern zu können, jemals einen ähnlichen erlebt zu haben. Sätze wie:

„Die Kunst war eine Kinderkrankheit“.

„Damenseidenstrümpfe können begriffen werden, Gaugins aber nicht.“

„Eine Vicekönigin ist ein Fauteuil“.

„Weltanschauungen sind Vokabelmischungen,"
waren noch die mildesten. Man piff, schrie, warf kleine Geldstücke, Orangenschalen und Schimpfworte auf die Bühne, stampfte mit den Füßen und Stühlen.

Er konnte nicht mehr weiterreden. Ebenso erging es dem Franzosen Tristan Tzara, der eher brasilianischer Herkunft zu sein scheint. Er brüllte mit wütender Stimme in einem stilleren Augenblick seine „Proklamation Dada 1919" in den Saal, die jedoch nach wenigen Sekunden in einem ohrenbetäubendem Lärm unterging.

Immerhin verstand man folgende Sätze:

„Kunst, dieses Papageienwort wollen wir durch Dada, Plesiosaurus oder Toschertuch ersetzen. Die Kunst bedarf eines operativen Eingriffs."

Hier wäre es fast zu Tätlichkeiten gekommen ... Es war ein Skandal ohnegleichen, an denen die übrigen Mitwirkenden Hans Arp, V. Eggeling, H. Richter, Susanne Perrotet, Käthe Wulff redlichen Anteil hatten. Die Zeitschrift der Dadaisten führt den Namen „Das Hirngeschwür".»

„Die Frechheit dieser Hergelaufenen kennt doch bald keine Grenzen mehr", sagte Otto Pfister zornig, indem er den Zeitungsausschnitt zusammenfaltete. Welche Frechheit, unsere alte Meierei in der Spiegelgasse zu ihrem Hauptquartier zu machen.

„Was", rief ich, „ausgerechnet die Meierei?" Unsere biedere altzürcherische Wirtschaft, wo meine Verbindung „Les Suisses Romands" ihren Stammtisch hatte? Wo wir, mit den goldbestickten schwarzen Mützen auf dem Kopf, die Pfeife im Mund, bei der blonden Paula aus dem Oberland unser Bier bestellten, um den runden Tisch mit unseren eingekerbten Namen saßen und unser „Roulez Tambours" sangen?

Unter solchen Gesprächen gelangten wir nach Basel.

In der Klingenthal-Turnhalle waren die 113 Entwürfe für das Gebäude der Schweizerischen Mustermesse ausgestellt. Wir gruppierten uns um das mit dem ersten Preis ausgezeichnete Projekt unseres Kollegen Herter, vor dem eine Tafel mit Lorbeerkranz und Angabe des Siegerpreises von Fr. 6 500.— angebracht war. Neidlos gratulierten wir unserem Kollegen. Sein Erfolg war reichlich verdient. Wir hörten seinen knappen Erläuterungen aufmerksam zu und zerstreuten uns darauf in kleinen Gruppen oder vereinzelt zur weiteren Besichtigung der ausgestellten Pläne. Nach einer Weile vernahmen wir gedämpfte Rufe aus einer abgelegenen Ecke des Saales, wo unser Basler-Kollege händewinkend stand. Wir eilten herbei und drängten uns vor den ausgestellten Plänen mit dem Motto: „Mariechen, warum weinest du!"

Auf den weißen, mit Linien überzogenen Papieren erkannten wir mit Mühe Baukörper, die auf Pföstchen gestellten schweren Zigarrenkästchen glichen. Das Ganze war wie ein Spiel von dünnen Linien ohne Ort, ohne Schatten, ohne einen Anflug von Absicht, Architektur darstellen zu wollen. Diese Technik war wohl einem Graveur entliehen, der mit Metallspitzen auf Metallplatten Risse zu machen pflegt. Kreuz und quer verliefen sinnlos schwebende Diagonalen, Spiralen und unter zerstreuten Sternchen ovale Linien und Kreise, untermischt mit Beschimpfungen auf das Preisgericht. Es verschlug uns zunächst die Sprache. Nachdem sich der erste Zorn gelegt hatte, meinte unser Basler Kollege ironisch: „Falls diese Pläne mit dem Motto „Mariechen, warum weinest du?" nicht ein verspäteter Fastnachtsscherz sind, kann es sich nur um eine graphische Synthese unserer Eisenbahngespräche handeln." Und er wiederholte die Stichworte: Generalstreik, Sowjetdiktatur, Dada und sagte abschließend: „Für naive Leute, die sich einbilden, Kunst und Architektur seien ein bloßes Produkt oder Abklatsch der Zeit, muß dieses Projekt von Mariechen echteste Kunst sein. Wir sollten dem Verfasser von „Mariechen, warum weinest du?" eigentlich dankbar sein; seine Arbeit schafft Klarheit. Sie dokumentiert, daß er sich mit dem chaotischen Irrsinn gleichschaltet, der durch die gewaltsame Erdrosselung und Herzlähmung Europas verursacht wurde. In seinem Werk bejaht er nicht nur das vor unseren Grenzen drohende Chaos, sondern er verneint im gleichen Atemzuge auch die von unseren Vorfahren gebaute Kultur."

Als wir uns trennten, wußte keiner von uns, daß er zum ersten Mal vor einem Dada-Bauprojekt in der Schweiz gestanden hatte. Auch ahnte keiner, daß zehn Jahre später fast alle Schweizer Architekten, ausgenommen die Gebrüder Pfister und der Verfasser dieses Buches, Dada-Projekte machen würden, und daß heute — 45 Jahre nach dieser Basler Ausstellung — nicht nur die Dadaisten als solche, sondern die Dada-Derivate wie das Bauhaus Weimar und die Corbusier-Bauten als genialste Schöpfungen von Heroen des Geistes gefeiert werden. Wer hätte damals geahnt, daß 1960 in München ein internationaler geisteswissenschaftlicher Kongreß die Mariechen-Dada-Kultur diktatorisch zur alleinseligmachenden Kunst Europas proklamieren würde?

KAPITEL 7

Propaganda in Frack und Handschuhen.

Im Rowohlt-Verlag, Hamburg erschien 1962 ein Buch von Le Corbusier unter dem Titel „An die Studenten — die Charte d' Athènes". Die ersten vierzig Seiten bringen Ansprachen in seinem Atelier an junge Leute, die er Studenten nennt. Weitere 75 Seiten befassen sich mit der „Charte Athènes", die aus einer Athenertagung der CIAM (Congrès International d'Architecture Moderne) im Jahre 1930 hervorgegangen ist. Damals wurden die Grundsätze einer Charta für den Städtebau aufgestellt. Acht Jahre später, 1941, erschien in Paris eine anonyme Schrift mit dem Titel „Charte d'Athenès". Der Name Le Corbusier fehlte und trat erst 21 Jahre später als Urheber der Charte in Erscheinung.

Die „Charte d' Athènes" besteht aus zwei Geleitworten und drei Teilen. Der fünfte Abschnitt des zweiten Teiles führt den Titel „Historisches Erbgut der Städte". Dieser Titel ist für jeden überraschend, der die radikalen, traditionsfeindlichen Anschauungen des früheren Le Corbusiers kennt und weiß, wie oft er ausgerechnet die Zerstörung der kostbarsten alten Stadtteile verlangt hat. Die Überraschung wächst beim kontrastreichen Vergleich des farbigen Titelbildes, einem bienenwabenartigen Gebilde nach dadaistischer Manier, mit folgenden unerwarteten Feststellungen, die der „Charte" entnommen sind: „Jeder Mensch, der sich in das Wagnis der architektonischen Erfindung begibt, muß sich auf Lektionen stützen, die ihm die Jahrhunderte vermittelten. Die Zeugen, die aus den Zeiten stehengeblieben sind, haben für den Menschen Ewigkeitswert ...[1]) „Der Respekt vor der Vergangenheit ist eine kindliche Einstellung, jedem schöpferischen Menschen angeboren: Der Sohn liebt seinen Vater und achtet ihn.[2]) Die Polychromie trägt zum Aufblühen des Lebens bei."[3]) Oder etwa bei dem Bekenntnis, das uns mitten in die Rassenfrage führt: „Jede Rasse bringt ihre persön-

---

[1]) Le Corbusier „An die Studenten — Die Charte d'Athènes", Rowohlt-Verlag, Hamburg 1962, Seite 35.

[2]) Le Corbusier „An die Studenten — Die Charte d'Athènes", Rowohlt-Verlag, Hamburg 1962, Seite 36.

[3]) Le Corbusier „An die Studenten — Die Charte d'Athènes", Rowohlt-Verlag, Hamburg 1962, Seite 42.

liche Art zu sehen."[4]) Ich komme nicht aus dem Staunen, denn weiter unten lese ich folgende Bekenntnisse:

„Ebenso könnte ich mich für den alten Hafen in Marseille einsetzen ... Weiterhin für das alte Barcelona, das mir Gelegenheit gab, eine Methode vorzuschlagen, das historische architektonische Erbe der Städte zur Geltung zu bringen."[5]) ... „Es sind kostbare Zeugen der Vergangenheit, auch weiterhin respektiert, einmal wegen ihres historischen oder gefühlsmäßigen Wertes, sodann, weil einigen ein schöpferischer Wert innewohnt, der eine Verkörperung des menschlichen Genius auf seiner höchsten Stufe ist. Sie gehören zum Erbgut der Menschheit. Und diejenigen, in deren Besitz oder Obhut sie sind, haben die Verantwortung und Verpflichtung alles zu tun, was zulässig ist, um den kommenden Jahrhunderten dieses noble Erbe unversehrt zu überliefern."[6])

Der Gedanke drängt sich förmlich auf, das Le Corbusier mit wehenden Fahnen in das Lager der von ihm bisher so tief verachteten traditionsgebundenen Architekten eingeschwenkt sei. Welch ein Trugschluß! Das mit den Bienenwaben gemusterte Titelbild seines Buches zeugt von der weiterhin traditionsfeindlichen Grundhaltung und genau wie in den Zwanzigerjahren forderte Le Corbusier unlängst in der „Stuttgarter Zeitung" eine Revolution für die „veralteten Städte" um die „dringend notwendige Neuordnung" durchzusetzen, worauf das mutige Berner Wochenblatt „Schwarz auf Weiß" vom 29. November 1961 mit folgendem Artikel reagierte.

„Der Superarchitekt Le Corbusier, alias Jeanneret von La-Chaux-de-Fonds, hat vom Franklin Institut in Philadelphia eine hohe Anerkennung erhalten, die Frank-Brown-Medaille. Es entspricht dies durchaus dem Irrsinn unserer Zeit, den Stelzen-Architekten derartig zu verhimmeln, der nun auch unseren Agglomerationen und Neuquartieren seine häßlichen Blockkisten auf Betonpfosten beschert.

Wir würden es gar nicht der Mühe wert finden, den Monsieur Corbusier auf unserem Fechtboden herzunehmen, hätte er sich nicht

---

[4]) Le Corbusier „An die Studenten — Die Charte d'Athènes", Rowohlt-Verlag, Hamburg 1962, Seite 68.

[5]) Le Corbusier „An die Studenten — Die Charte d'Athènes", Rowohlt-Verlag, Hamburg 1962, Seite36.

[6]) Le Corbusier „An die Studenten — Die Charte d'Athènes", Rowohlt-Verlag, Hamburg 1962, Seite 110.

kürzlich herausgenommen, in einer öffentlichen Versammlung zu erklären, Barock, Gotik, Renaissance und sogar die prächtigen altgriechischen Bauten seien Bockmist, deren Überbleibsel man von der Erde vertilgen sollte. Nun, Corbusier ist kein Künstler und schon gar kein Ästhet, er ist eben ein Kistenmacher in Großformat und das einzige, was wir ihm an Genie zubilligen, ist, daß er ein guter Rechenschieber und Konstrukteur ist, dessen öde und phantasielose Betonkisten leider solid genug sind, nicht verdientermaßen beim ersten Erdbeben umzukippen."

Diese hier gegeißelte Anschauung Le Corbusiers deckt sich haargenau mit seinen Äußerungen in den Zwanziger Jahren in seiner Zeitschrift „L' Esprit Nouveau", so daß seine Ausführungen über „Ehrfurcht vor der Vergangenheit", über das „Historische architektonische Erbe der Städte", in der neuangelegten „Charte" doch weitgehend als Propaganda in Frack und Handschuh gewertet werden können.

Getreu den Usanzen der Symbolisten und Dadaisten wählte Le Corbusier für sein Buch einen großsprecherischen Titel. Die Beschlüsse der CIAM erhebt er zur „Charta" und damit zu einer weltverpflichtenden Urkunde. Mit der Bezeichnung „Charta" will er „einen ausdrücklichen Befehl aufrecht zu denken" erlassen, dem der Name des berühmten „Athen" als „Leuchtender Schild"[7]) dienen soll.

Der „Congrès International d'Architecture Moderne" (abgekürzt CIAM) figuriert deutsch unter dem Namen „Internationaler Zusammenschluß des neuen Bauens." Der Zusammenschluß kam Juni 1928 in La Sarraz — Schweiz „auf Initiative" einer Schloßherrin zustande[8]), die treibende Kraft aber war Siegfried Giedion, Zürich, der seither als Generalsekretär der CIAM dient.[9])

Zu den Gründungsmitgliedern dieser Kernzelle zählen die Dadaisten Le Corbusier, der die Satzungen mit seinen Gesinnungsgenossen in Paris vorbereitete, Gropius, der verstorbene ETH-Professor Moser, Zürich und der Wiener Adolf Loos. Gropius und Loos waren fleißige Mitarbeiter des „Esprit Nouveau". Loos darf für

---

[7]) Le Corbusier „An die Studenten — Die Charte d'Athènes", Rowohlt-Verlag, Hamburg 1962, Seite 55.

[8]) Siegfried Giedion „Architektur und Gemeinschaft" Rowohlt-Verlag, Hamburg 1960, Seite 137.

[9]) In „Krisis der Architektur", Rascher-Verlag, Zürich 1928.

sich die zweifelhafte Ehre in Anspruch nehmen, Anwärter für den Posten eines Akademiedirektors in der 1919 geplanten österreichischen Sowjetrepublik gewesen zu sein.[10])

Das Programm des Internationalen Zusammenschlusses des neuen Bauens" (CIAM) erschien 1928 ohne Kommentar in der schweizerischen Bauzeitung und in der „Neuen Zürcher Zeitung" (1928 Nr. 1295). Einige charakteristische Sätze dieses Programmes lauten: *„Es muß einmal geklärt werden, welche Ansprüche der Bewohner eines Hauses stellt"*, mit anderen Worten, die Durchsetzung einheitlicher Wohnvorschriften und die Schaffung eines Wohnschemas, das die Herstellung industriell-fabrizierter Kataloghäuser ermöglicht:

„All die Gesetze, die mit Hilfe der sogenannten ästhethischen Ausgleichung jedes Vorwärtskommen auf das empfindlichste unterdrücken, kommen ebenso in Wegfall, wie die Kommissionen, die sich damit beschäftigen." Das bedeutet: Die ästhetischen Baugesetze und die Kunstkommissionen müssen beseitigt werden, weil sie das Vorwärtskommen der industriellen Bauproduktion hemmen.

„Die Anforderungen der Konsumenten, Besteller und Bewohner des Hauses werden heute durch eine Reihe von Faktoren bestimmt, die eine klare Formulierung der berechtigten Ansprüche verhindern. In den Schulen sollen die elementaren Grundsätze des Wohnens verbreitet werden. Dadurch wird der heranwachsenden Generation als zukünftige Konsumenten gelehrt, wirklich funktionelle Anforderungen an ein Haus zu stellen." Das bedeutet: Die Bauindustrie erlaubt nur solche Ansprüche, die sie befriedigen kann; Ansprüche geistiger Art werden als geschäftshemmend abgelehnt.

„Die architektonischen Erziehungsmethoden sind zu revidieren und den Grundsätzen anzugleichen, die andern Wissenschaften zukommen." Das bedeutet: Die Architektur muß aus den Fachschulen verschwinden, weil die Bauindustrie mit einer Architektur, die sich der Kunst verpflichtet weiß, nichts anfangen kann.[11]) Die Studenten der Architektur sollen zur Verwendung möglichst vieler Produkte der Bauindustrie erzogen werden.

„So werden sich wohl in kurzer Zeit um diese Kernzelle (Das neue Bauen) alle sammeln, die auf dem Wege sind, unsere Zeit von den hemmenden Schlacken zu befreien." Mit andern Worten:

---

[10]) In „Brandfackel Moskaus", Kaufhaus-Verlag, Zurzach 1931.

[11]) In „Brandfackel Moskaus", Kaufhaus-Verlag, Zurzach 1931.

Glaube, Geschmack, Kunst und Heimatliebe sind für die industrielle Bauproduktion nicht mehr und nicht weniger als hemmende Schlacken. Alles Wesenhafte widerstrebt den Serienprodukten und versperrt deren Absatz.[12])

Somit bezweckt die Kernzelle der CIAM: Abschaffung der Architektur und ihrer Akademien, Industrialisierung und Internationalisierung des Bauens. In Zukunft darf es keine geschmacklich individuellen Bauherren mehr geben. Das Hauptgewicht liegt auf den „Konsumenten", deren Wohnansprüche staatlich zu reglementieren sind. Der Staat soll verpflichtet werden, schon den Kindern in der Schule die Lehren der „CIAM" einzuprägen.

In diesem Zusammenhang ist folgende Feststellung aufschlußreich:

Die sowjetrussische Zeitung „Krasnaia Niva" veröffentlichte im Gründungsjahr der CIAM, am 12. August 1928 Verordnungen über die sowjetische Bauweise, die von M. V. Kvionkow, dem Präsidenten des Departements der kommunalen Architektur in Moskau stammen.

Diese Verordnungen decken sich zum Teil wörtlich mit den Leitsätzen über Architektur, die Le Corbusier unter dem Titel „Revolution in der Architektur" im „Zürcher Tages Anzeiger". Nr. 6, Jahrgang 1929, veröffentlicht hat. Diese in „Krasnaia Niva" und dem „Zürcher Tages Anzeiger" publizierten Gedanken entsprechen wiederum den Forderungen der CIAM-Charta von La Sarraz.

Camille Mauclair bezeichnete in seinem bekannten Buch „L' architecture va-t-elle mourir?" die „Kernzelle" von La Sarraz und damit der CIAM, deren Kraftmittelpunkt das Bauhaus Dessau war, als „kommunistisch".[13]) Der Generalsekretär der CIAM, Siegfried Giedion, forderte die Mitglieder in Zürich auf, den ersten Kongreß der CIAM in Moskau mit Reisevergünstigungen zu besuchen. Dieser für Moskau geplante Kongreß wurde im letzten Augenblick verlegt und auf einem im östlichen Mittelmeer kreuzenden Dampfer abgehalten. Das unerwartete Erscheinen meiner ersten Kampfansage im Juli 1928, ein Datum, das mit dem Zeitpunkt der Aufforderung zum Besuch in Moskau fast genau zusammenfiel, mag zur Verlegung des Kongresses mit beigetragen haben. All diese Tatsachen

---

[12]) In „Brandfackel Moskaus", Kaufhaus-Verlag, Zurzach 1931.

[13]) In „L'Architecture va-t-elle mourir", von Camille Mauclair Editions de la Nouvelle Revue Critique Peris 1933, Seite 87.

sind historisch immerhin interessant. Sie werden vom heutigen moralisierenden Le Corbusier wie Nebensächlichkeiten einfach übergangen. Vergeßlichkeit? Wohl kaum. Denn mit peinlicher Genauigkeit weiß er 1962 noch alle dreiunddreißig Städte zu nennen, die nach seinem Dafürhalten „die Geschichte der weißen Rasse illustrieren" und die 1933 auf dem Athener Kongreß der CIAM analysiert wurden.[14]) Und ebenso gewissenhaft nennt er die zehn Städte, in denen die CIAM ihre Kongresse abgehalten hat.[15])

*

Aus der kommunistischen Zelle von La Sarraz erwuchs die CIAM. Die „Charte d' Athènes" ist die Formulierung der Beschlüsse der CIAM in Athen 1933. Nachgewiesenermaßen besteht also ein Kausalzusammenhang zwischen La Sarraz und der „Charte d' Athènes". So war es nichts als folgerichtig, daß der allererste Kongreß der CIAM, der 1928 unmittelbar auf die Gründung folgte, nach Moskau einberufen werden sollte und ebenso folgerichtig, daß kürzlich Professor Iwan Nicolaiev, Rektor der Universität Moskau, maßgeblicher Dozent für neue Architektur, den Franzosen Le Corbusier als „seinen Gott" pries.[16])

Es gehört freilich einige Aufmerksamkeit dazu, beim Lesen des weitschweifigen modernen Textes Le Corbusiers, der trotz der konservativen Tarnung in Frack und Handschuh, notwendig geworden durch den Wandel der Zeiten und die Taktik des Kalten Krieges, immer noch die eigentliche Substanz darstellt, den kommunistischen Kern der Charte zu erkennen.

Moskau war seit jeher genau im Bilde. Die bolschewistische Regierung hat Le Corbusier in den Jahren 1929-1932 verschiedene Aufträge erteilt. Er beteiligte sich am Wettbewerb des „Centrosoyus" in Moskau, und wir sahen ihn 1932 kurz vor dem Athener-Kongreß im engeren Wettbewerb für das Projekt des Sowjet-Palastes in Moskau.[17]) Diese Überschneidung überrascht nur den, der sich nicht erinnert, daß Le Corbusier 1925 in Gegenwart eines französischen Ministers damit geprahlt hat, seine Zeitschrift „L' Esprit Nouveau"

---

[14]) Le Corbusier „An die Studenten usw.", Seite 115.

[15]) Le Corbusier „An die Studenten usw.", Seite 115.

[16]) Am 21. Juni 1961 im Café Landolt Genf: Professor Ivan Nicolaiev, Rektor der Universität Moskau und Guiseppe Patané.

[17]) An die Studenten ..., Seite 30.

habe seit 1920 auch im bolschewistischen Moskau viele Abonnenten.

Der erste Teil des Corbusier-Buches trägt den Titel *„An die Studenten"*. Einige Zitate mögen den Inhalt charakterisieren: *„Die Akademien ... Hüterinnen der Vergangenheit, hemmen den sozialen Fortschritt — Da sie den Unterricht mit Beschlag belegen, verderben sie von vorneherein den Beruf des Architekten."*[18]) — *„Der* Akademismus ist eine Art des Nichtdenkens ..."[19]). Die Herabwürdigung der Akademien und Hochschulen mit ihren „Kathedergreise" war in den goldenen Zwanziger-Jahren bei den Dadaisten besonders im Schwunge und ebbte erst ab, als es ihnen auf dem Rücken des Linksradikalismus gelungen war, selbst Lehrstühle an Akademien und Hochschulen zu erobern.

Noch immer scheint Le Corbusier von der Sehnsucht nach einer akademischen Lehrtätigkeit getrieben. Wie wäre er sonst auf den akademischen Titel „An die Studenten" verfallen, in denen er Gespräche mit diplomierten Architekten schildert, die längst keine Studenten mehr sind? Diese Gespräche wurden in Le Corbusiers Pariser Atelier mit „annähernd zweihundert jungen Architekten aus allen Windrichtungen des Planeten"[20]) geführt, wobei der Geschäftsleiter sein eigenes Licht in keiner Weise unter den Scheffel stellt.

Bei den Aufzählungen verschiedener Gruppen von Architektur ist die Rede „von einem Architekten und Baumeister von außerordentlicher Bedeutung," der, „ein Leben des Kampfes gegen eine starrsinnige Clique (seine mit Diplomen versehenen Fachgenossen)" erfolgreich führte und triumphierte. „Sie haben unseren Helden erkannt?" fragte Le Corbusier. „Es ist Auguste Perret. Der andere ist meine Wenigkeit. Perret ist übrigens — genau wie ich — ohne Diplom." Le Corbusier hat dabei großmütig übersehen, daß sich sein zitierter „Held" 1925 über das von ihm erbaute Pavillon des „Esprit Nouveau" in Paris sehr ungnädig mit den Worten geäußert hat:

„C' est idiot. Ca ne tient pas debout. Ca manque de raisonnement. Il n' y a pas là d' architecture."[21])

---

[18]) An die Studenten ..., Seite 30.

[19]) An die Studenten ..., Seite 37.

[20]) An die Studenten ..., Seite 50.

[21]) In „Almanach d'Architecture Moderne", Les Editions G. Crès et Cie, Paris 1925, Seite 151.

Ein volles halbes Jahrhundert hat Le Corbusier benötigt, um zu erkennen, daß seine aufsehenerregenden Theorien aus den Goldenen Zwanziger Jahren etwas reparaturbedürftig geworden sind. 1962 entdeckt er endlich, daß die Architektur kein internationales Abstraktum ist, sondern daß *„jede Rasse ... ihre persönliche Art hat zu sehen, ihren persönlichen Lebensanspruch in Vorschlag ... bringt."*[22])

Le Corbusier, der nicht müde wurde, jede Farbe und jedes Ornament zu verdammen, und wörtlich zum „Kreuzzug mit Kalkmilch und Diogenes" aufzurufen, erklärt heute, 1962, seinen „Studenten": *„Ich entdeckte die farbige Architektur, diese Bildnerin ..., die dem Elan der Seele antwortet ..., die Polychromie trägt zum Aufblühen des Lebens bei"*.[23]) Le Corbusier verherrlicht plötzlich die Farbe; welch ein Widerspruch zu seinen früheren Lehren!

Auch auf anderen Gebieten benötigte Le Corbusier fast ein halbes Jahrhundert um auf Ergebnisse zu stoßen, die für jeden Architekten, der diesen Namen verdient, zum selbstverständlichen Rüstzeug gehören. Wir wollen uns darüber freuen. Dagegen überraschen die Klagen, die er seinen „Studenten" vorbringt. Der frühere Eiferer, der nicht müde wurde, mit hemmungsloser Rücksichtslosigkeit jedermann anzugreifen, der seine Meinung nicht teilte, will heute „Mißverständnisse klären, die auf gewisse Leute zurückzuführen sind und die den Versuch unternommen haben, einen Keil zwischen uns zu treiben". Sind diese Verleumdungen einmal als solche entlarvt, so wird es sich zeigen, daß wir alle von demselben Glauben an die Architektur beseelt sind. Ich hätte diese Klagen übersehen, wäre ich nicht auf den Seiten 47 und 48 viermal auf meinen Namen „Alexander de Senger" gestoßen. Zunächst dürfte es meine heutigen Leser interessieren, in welchen Büchern sich der zitierte junge Alexandre de Senger mit Le Corbusier auseinandergesetzt hat.

Im Januar 1928 erschienen in der Suisse Libérale (Neuchâtel) drei Leitartikel. Mein sachlicher Titel „La crise dans l' architecture" wurde ohne mein Wissen mit dem Zusatz „Le Corbusier bolchéwiste, un nouveau danger pour la civilisation" versehen. Im Juli 1928 folgte das Buch „Die Krisis der Architektur", (Verlag Rascher, Zürich). Im April 1931 die Streitschrift „Die Brandfackel Moskaus", (Kaufhausverlag, Zurzach) und im gleichen Jahre das

---

[22]) An die Studenten ..., Seite 68.

[23]) An die Studenten ..., Seite 42.

Buch „Le cheval de Troie du bolchévisme“, (Verlag Les Editions du Chandelier, Bienne: gedruckt in Autun, Frankreich.)

Mehr als 30 Jahre sind vergangen, bis ich aus Le Corbusiers eigener Feder erfahren darf, welchen Widerhall meine damaligen Bücher gefunden haben. Meine Vorwürfe wurden, laut Seite 47 seines Buches „An die Studenten — Die Charte d'Athènes“ „zum Glaubenssatz“ und erfüllten laut Le Corbusier zwei Aufgaben. Sie wurden „im Laufe der Jahre (seit 1928) überall dort, wo man sie brauchen konnte, in Städten und Ländern verbreitet, in die Akten aufgenommen ... zur passenden Stunden wurden sie dann hervorgezogen, beispielsweise 1942, acht Tage nach meiner Abreise nach Algier, genau an dem Tag, als der Stadtrat dort über meinen Gesamtbebauungsplan für Algier und dessen Umgebung abstimmen sollte ... acht Tage später verwarf der Stadtrat von Algier auf einen Bericht der Baukommission hin das Bebauungsprojekt ...“ (Seite 48).

Daß dieser algerische, durch meine Bücher bewirkte Mißerfolg Le Corbusier noch heute schmerzt, überrascht nicht, wenn man liest: „1942 habe ich dem Präfekten von Algier einen Generalbebauungsplan vorgelegt, der der Entwicklung und dem Aufbau der Stadt und der zwanzig umliegenden Gemeinden für die nächsten fünfzig oder hundert Jahre eine Richtschnur sein sollte. Mein Plan war das Ergebnis eines Jahrzehnts unermüdlicher Studien.“ (Seite 26).

Meine Bücher dienten ferner bedeutenden Persönlichkeiten im Kampf gegen Le Corbusier und sein dadakommunistisches Wirken als Rückhalt und Richtlinie. So bekennt Le Corbusier (Seite 47), daß Camille Mauclair seinen „Rohstoff in seinem Feldzug gegen die moderne Architektur“ von mir erhalten habe. Camille Mauclair, der bedeutende Pariser Kunstkriktiker, rezensierte mein gegen Le Corbusier gerichtetes Buch als „livre calme, mais terrible, qui mérite de devenir célèbre“. Auf Seite 49 erfahre ich, daß ich für Louis Haute-Coeur, den Direktor des Musées Nationaux und Professor an der Ecole Nationale Supérieure des Beaux-Arts und an der Ecole du Louvre in Paris, der „Kronzeuge“ in seinem Kampf gegen Le Corbusier gewesen bin.

Was Le Corbusier an meinen Schriften zu beanstanden hat, darüber mag sich der Leser selbst ein Urteil bilden. Nur einige Irrtümer seien richtig gestellt. Le Corbusier behauptet, die Artikel in der „Suisse Libérale“ seien identisch mit der „Brandfackel Moskaus“, die drei Jahre später erschienen ist. Le Corbusier will glaubhaft machen, daß die „Krisis der Architektur“ in einer „kleinen Stadt der Schweiz“ erschienen sei. Diese „kleine Stadt“ heißt Zürich. Weiter heißt es von „Le cheval de Troie“: „Dieses kleine Buch von einem kleinen Drucker in einem ganz kleinen Schweizer Dorf hergestellt.“ Das ganz kleine Schweizer Dorf heißt Biel, ein Fehler, der dem Jurassier Le Corbusier wohl nicht ganz aus Versehen unterlaufen ist.

Die Methode Le Corbusiers spricht Bände. Mit dem Hinweis „kleiner Drucker“ in „ganz kleinem Schweizer Dorf“ versucht er auch den Inhalt meiner Bücher zu verniedlichen und zu entwerten. Umso merkwürdiger ist es, daß ungeachtet der „kleinen Stadt“ Zürich und des „ganz kleinen Schweizer Dorfes“ Biel diese Werke zum „Glaubenssatz“ für viele werden konnten. Es ist Le Corbusier zu keiner Zeit gelungen, deren Inhalt zu widerlegen, auch nicht in seinem jüngsten Buche. Er schreibt nur ganz allgemein von „geglaubtem Unsinn“ und von „Verleumdungen“ und übersieht dabei, daß er damit gleichzeitig auch seine Originalzitate aus seiner Zeitschrift „L' Esprit Nouveau“ in Frage stellt, die im französischen Originaltext in meinen Büchern zu lesen sind.

Befremdlich ist die Behauptung Le Corbusiers, ich selbst sei der Verfasser des Zitates „Sch... für Beethoven“, das ich in meinem französischen Buche bekämpft habe. Er selbst hat dieses Zitat seinerzeit gewählt und in seiner Zeitschrift abgedruckt. Wenn er nun wegen dieses Zitates, das ich weiter unten im Wortlaut wiedergebe, mein Buch „als Pyramide von Schmutz“ beschimpft, so trifft er damit wiederum nicht mich und mein Buch, sondern sich selbst und seine Zeitschrift. Mich kann es nur erheitern, wenn Le Corbusier in seinem „Atelier der Forschung“ seine Studenten aus allen Windrichtungen des Planeten mit derartigen Greuelmärchen abspeisen will. Wenn er diesen „Studenten“ aber zu verstehen gibt, meine Waffen seien „Defäkationen“ und dies mit dem Zitat „Sch... auf Beethoven“ belegt, wobei er wissentlich unterschlägt, daß es sich hier nicht um meine Erfindung, sondern um ein von Le Corbusier veröffentlichtes Zitat handelt, dann muß ich leider feststellen, daß Le Corbusier selbst es war, der seine Ehrlichkeit in der eigenen „Pyramide von Schmutz“ zu Grabe getragen hat.

In Heft 26 seines „Esprit Nouveau“ ließ Herausgeber Le Corbusier seinen Favoriten Guillaume Apollinaire, durch drei gleichgesinnte Zeitgenossen preisen. Es waren dies: Roche Grey, Ivan Goll und Henry Herz.

Roche Grey: „Für die Franzosen ist Guillaume Apollinaire der Nationaldichter, der einzigartige Schöpfer des modernen Epos, der einmalige Schöpfer, der die Aufmerksamkeit der ganzen Welt auf die heutige französische Dichtung lenkt und sie mit neuem Ruhme umwebt."

Ivan Goll: „Apollinaire ... sollte Paris eines Tages vom Erdboden verschwinden, gleich den verschütteten Städten Asiens. Dein Name lebt mit denen der reinsten Dichter unverfänglich in der Geschichte."

Henry Herz: „Alte Freunde, junge Jünger sind entschlossen ihn zum Gott zu erheben ... Durch Apollinaire ist der französische Klassizismus zu einem exotischen Genre in der Art der Neger geworden."

Als Krönung und Untermauerung gab Le Corbusier dem Gefeierten selbst das Wort. Und wie lautet diese Aussage Appollinaires?

„Zerstörung, Unterdrückung der Geschichte, des dichterischen Schmerzes ... der Syntax ... der Satzzeichen ... der Zeiten, Personen, Verben ... der theatralischen Formen ... der künstlerischen Erhabenheit ... der Häuser ...

Sch ... (merde) ... den Kritikern, Pädagogen, Professoren ... Sch... den Historikern ... Venedig ... Toledo ... Benares ... den Verteidigern von Landschaften ... den Philologen ... Sch... Bayreuth ... Florenz ... den Spiritualisten ... Dante ... Shakespeare ... Goethe ... Aeschylos ... Fiesole ... Wagner ... Beethoven."

So lautet der Auszug eines von Guillaume Apollinaire eigenhändig unterschriebenen Aufrufs. Es dürfte somit klar sein, wer der Verfasser des von Le Corbusier mir unterschobenen Zitates „Sch... für Beethoven" ist, das leider mehr als nur ein Zitat ist — ein Programm nämlich, das sich inhaltlich mit den Richtlinien des Manifestes des Dada-Führers Tristan Tzara sinngemäß völlig deckt und das aus diesem Grunde Dada Walter Mehring in seinem 1958 im Diogenes-Verlag Zürich erschienenen Buch „Die verrufene Malerei" in extenso abgedruckt hat.

All dies macht verständlich, wenn auch nicht verzeihlich, warum sich Le Corbusier in seinem jüngsten Buch zwar als Mitgründer des „Esprit Nouveau" in enger Zusammenarbeit mit Paul Dermée bekennt, gleichzeitig aber verschweigt, daß er seit der 17. Nummer nicht nur Präsident des Verwaltungsrates, sondern auch Herausgeber und zeichnender Redakteur gewesen ist.

KAPITEL 8

Das Genie in der Wellblechhalle

Siegfried Giedion stellt auf Seite 105 seines Buches „Architektur und Gemeinschaft“ (Rowohlt-Verlag 1960) fest, daß die von Le Corbusier in Marseille erbaute „Unité d’Habitation“ zweifellos einen ungeheuren Einfluß auf die Formung der kommenden Generationen haben wird, und dies nicht zuletzt, „da hier soziale Imagination mit der Kraft eines Genies Gestalt findet.“ Diese Le Corbusier zuerkannten Eigenschaften dienen ihm auch als farbige Untermalung der im gleichen Werk (Seite 120—123) enthaltenen Schilderung der Einweihungsfeierlichkeiten der Kirche von Ronchamp:

„Auf einer balkonartigen Empore singt der rotgekleidete Knabenchor ... Le Corbusier, der Architekt, überbringt dem Erzbischof von Besançon die Schlüssel der Kirche. Der Kirchenfürst in violetter Soutane spricht von der Kanzel zu Le Corbusier und der sonnenüberstrahlten Menge und sagt u. a.: „Sie haben einmal gesagt, im Jahrhundert der Kathedralen hat sich ein Stil gebildet, der mit sich einen Strom geistiger Erhebung brachte, die zu einer Hingabe an die Kunst, zum Selbstvergessen und zur Lebensfreude führte. Etwas von dieser inneren Steigerung, so meinen wir, müßten Sie empfunden haben, als Sie diese Mauern in den Raum warfen. Dieser „Wolkenkratzer Marias“, der weitherum die Landschaft beherrscht, war für Sie, wie Sie es von den Baumeistern des 13. Jahrhunderts sagten: Ein Akt des Optimismus ... hier Monsieur haben Sie für Gott und unsere Liebe Frau gearbeitet ...“

Das Kirchenschiff steht im Dämmerlicht ... Die Südmauer läßt das Licht ein durch frei verteilte kleine Luken. Auf ihre Verglasung schrieb der Architekt Stellen aus dem Kult in seiner Handschrift oder malte Symbole darauf ... „Untrennbar verbunden mit der Übergabe der Kirche an die Öffentlichkeit war das Bankett, das als Schlußakt stattfand ... In einer Wellblechhalle wurden mehr als 500 Gläubige gespeist. Auf einer der rohgezimmerten Bankreihen saß mitten in der Menge der Erzbischof neben Le Corbusier ... und mit ihnen die Arbeiter, die am Bau beteiligt waren, die Widerstandskämpfer, die hier gefochten hatten, die Gendarmen, die den Ordnungsdienst hemdsärmlig ohne Uniformrock besorgten.“ Es wird wohl dieses Bild gewesen sein, das Siegfried Giedion zur Frage veranlaßte: „Stehen wir in der Tat an einer Zeitwende?"

Auch mich reizt dieses Bild. Seine Bischöfliche Gnaden, der hochwürdigste Herr Erzbischof Dubois von Besançon, in violetter Soutane mit seinem Tischnachbarn Le Corbusier, der — bildlich gesprochen — Handschuhe und Zylinderhut nicht abgelegt hat, auf der gleichen roh gezimmerten Bank mitten unter dem Volk und unter hemdsärmeligen Gendarmen.

Das von den beiden Persönlichkeiten geführte Gespräch blieb wohl nicht auf Wiederholung und Entgegennahme des Lobes beschränkt. Bestimmt wurden auch architektonische Fragen diskutiert. Wäre ich am Platz des Erzbischofs gewesen, ich hätte den Architekten um Auskunft gebeten, warum er die Anweisungen seines Lehrmeisters und Mitarbeiters Adolf Loos, der jedes Ornament ein Verbrechen nannte, nicht mehr befolge. Dadurch, daß Le Corbusier die Wände von Ronchamp mit Ornamenten schmückte, stand er nicht nur im Widerspruch zu seinen eigenen Theorien, sondern stellt sich nach Adolf Loos in die Kategorie „der Verbrecher oder Entarteten", die „die Wände besudeln".[1]) Das erinnert an das Jahr 1925, als einer seiner Freunde an Le Corbusier die Frage stellte: „Müssen Sie den Grund Ihrer Ideen erklären, indem Sie sich selbst erklären?"[2]). Le Corbusier beantwortete diese Frage mit einem Kapitel „Confession" in seinem Buch „L'art décoratif d'aujourd'hui". Welch eine Kluft zwischen dieser „Beichte" und dem autobiographischen Kapitel „Über den Verfasser" im Buche „An die Studenten — Die Charte d'Athènes". Und selbst diese neueste Lebenserscheinung stimmt nicht überein mit den sehr präzisen Daten und Mitteilungen, die mir aus La Chaux-de-Fonds zugekommen sind. So erfuhr ich die bisher unbekannte und wichtige Tatsache, daß Le Corbusier seinerzeit in der Kunstgewerbeschule nicht zum Architekten, sondern in einem vieljährigen Kurs zum Graveur und Ziseleur auf Metall ausgebildet worden ist. Dies erklärt mir die harte Darstellung seiner mit feinen Strichen übersäten Pläne. Le Corbusiers körperlose, unplastische und schattenlose Darstellung von Baukörpern hat inzwischen bei der Architektenschaft des ganzen Planeten Schule gemacht.

---

[1]) L'Esprit Nouveau", Nr. 2

[2]) „L'Art décoratif d'aujourd'hui" von Le Corbusier, Les Editions G. Crès et Cie., Paris, 1925, Seite 197

Ebenso wurde es in Anlehnung an Le Corbusier Mode, perspektivische Darstellungen nicht mehr in der Augenhöhe des normalen Menschen zu zeichnen, sondern aus der Vogelschau, als ob sich der Mensch nicht länger auf zwei Beinen auf der Erde bewegen, sondern dauernd in den Lüften schweben würde. Diese Technik ist darum unentbehrlich geworden, weil entworfene Dada-Bauten mit eigentlicher Architektur nichts mehr zu tun haben. Vom normalen Standort dargestellt, müßte dieses Manko selbst für den Laien augenfällig werden.

Le Corbusier erzählt in seiner „Beichte", wie er nach zehnjährigem Studium der Architektur „der unbesiegbaren Anziehungskraft des (zweidimensionalen Mittelmeerraumes"[3]) erlegen sei und damit eine Neuorientierung erfahren habe, die ihren späteren Niederschlag in der Zeitschrift „La Méditéranée" fand, an der nicht nur Le Corbusier, sondern auch Hindemith und der ganze Planungsstab mitwirkte. Eine Parallele zu dieser Neigung zur Zweidimensionalität zeigt sich in seiner Begeisterung für die eindimensionale Musik der Serben und Spanier, die er „exakt, kurz, stark, abgegrenzt"[4]) nennt. Den Anblick der gotischen Kathedralen findet er dagegen recht unerfreulich und „plastisch ärmlich"[5]), während er sich gleichzeitig für die zweidimensionalen Risse der gleichen Kathedrale auf dem Papier begeistert.

Le Corbusiers Herüberwechseln zur zweidimensionalen Mittelmeerkultur und zur eindimensionalen Musik der Serben, sowie seine Abneigung gegen den Anblick der Raumpyramiden gothischer Kathedralen sind deutliche Symptome einer Wandlung des typisch europäischen dreidimensionalen Oberbewußtseins zu der von Alois Riegl geschilderten altorientalischen Zweidimensionalität. Die Architektur ist für Le Corbusier nicht mehr eine beseelende Bildersprache, sondern nur Anregung für intellektuelle Diskussionen und weitschweifige literarische Abhandlungen. „Man muß immer sagen, was man sieht" lautet das Motto seines Buches „An die Studenten — Die Charte d'Athènes".

---

[3]) „L'Art décoratif d'aujourd'hui" von Le Corbusier, Les Editions G. Crès et Cie., Paris, 1925, Seite 210

[4]) „L'Art décoratif d'aujourd'hui" von Le Corbusier, Les Editions G. Crès et Cie., Paris, 1925, Seite 32

[5]) „L'Art décoratif d'aujourd'hui" von Le Corbusier, Les Editions G. Crès et Cie., Paris, 1925, Seite 208/9

In Tat und Wahrheit sieht man nur das, was man genau kopiert. Vor allem kann man architektonische Details nur erkennen, wenn die Skizzen mit allen erreichbaren Maßen versehen sind, ein Verfahren, von dem Le Corbusier, nach seinen Arbeiten zu schließen, nichts wissen will. Leider haben Le Corbusier und seine die Tradition verachtenden Freunde und Kollegen die Architektur und die wirklichkeitsnahe Welt der Bilder entfremdet und diese Einstellung zum Ausgangspunkt einer uferlosen, intellektuellen Diskussion in Wort und Schrift gemacht. So kann sich Le Corbusier rühmen, statt zwanzig Skizzenbücher mit Maßen, gleich einem modischen Romanschriftsteller in zwanzig Jahren zwanzig Bücher geschrieben zu haben.[6])

Das Architekturgespräch des kunstfreudigen Erzbischofs mit dem revolutionären Architekten, wird sich vermutlich im Rahmen der zweckbedingten „Beichte“ bewegt haben. Ob Erzbischof Dubois als geistlicher Führer moderner Architektur seine Rückfahrt zum Bischofssitz ebenso unbeschwert angetreten hätte, wenn ihm die literarische Produktion seines Tischnachbarn, des Erbauers der Liebfrauenkirche von Rochamp bekannt gewesen wäre?

In dessen Zeitschrift findet sich auch eine Würdigung der Gottesmutter: „Bei Tschertschenwitsch ist die Heilige Jungfrau schon ein naives Mariechen. Die anderen Dichter werden weitergehen. Sie speien schimpflich Blut in die geisteskranken Augen Gottes, sie versichern, daß sie den mageren Körper Christi in der Tscheka verrenken werden.“[7])

---

[6]) „An die Studenten — Die Charte d'Athènes“ von Le Corbusier, Rowohlt-Verlag, Hamburg, 1962, Seite 47

[7]) L'Esprit Nouveau“, Nr. 11, 12

KAPITEL 9

Ronchamps und die Höhlenmenschen

Die Wallfahrtskirche von Ronchamp erhebt sich auf einem kuppelartigen, breiten Wiesenhügel, über dessen Scheitel sich ebenfalls kuppelartig gewölbte Umrisse abheben. Diese Angleichung der Architektur an die Landschaft ist für die Architektur des Dada charakteristisch. Laut Adolf Loos „verlangt die Ebene eine vertikale Baugliederung, das Gebirge eine horizontale.“ In diesem Sinn hat Le Corbusier sein Projekt für den Genfer-Völkerbundpalast in horizontale Baukörper gegliedert, weil, wie er schrieb, die Horizontale die Dominante der Genfer Landschaft sei. Dazu bemerkte François Fosca, der Le Corbusier als Primarschüler ohne jedes ästhetische Empfinden tadelt: „Sollte Le Corbusier recht haben, so müßten wir schließen, daß die Kathedrale von Chartres, die ihre Vertkiale in den Ebenen der Beauce aufrichtet, sowie die Pyramiden Ägyptens ... in einer topfebenen Landschaft völlig verfehlt und deplaciert sind. Kuppelbauten dürften demnach nur noch in Gegenden, wo die „ballons d'Alsace“ erscheinen, entstehen ... Le Corbusier ignoriert“, schreibt Fosca weiter, „einen der Grundsätze der Kunst: Das Gesetz der Kontraste“[1]).

Die Schweiz und das Elsaß besitzen eine ganze Anzahl origineller und künstlerisch wertvoller Kapellen, die zum Studium anregen und mannigfaltige Hinweise und Lösungen für Türme oder Dachreiter zeigen, die mit dem Baukörper organisch verbunden sind. Der Erbauer von Ronchamp aber, der die europäische Tradition verachtet, hat einen anderen Weg beschritten.

Der Grundriß von Ronchamp erinnert an die Nuragen Sardiniens mit ihren regenwurmartigen, den rechten Winkel vermeidenden Grundrißgebilden. Diese Nuragen sind nicht grundsätzlich verschieden von den Ovalhäusern Kretas, den heutigen süditalienischen Trulli und den afrikanischen Hüttenniederlassungen. Sie sind Werke der sogenannten „Pelasker“, vorgeschichtlicher Bevölkerungen des Mittelmeerraumes. Nun hat sich der rechteckige Megaron mit seinem Giebel nicht, wie man glaubt, aus der ovalen regenwurmartigen pelaskischen Architektur „entwickelt“. Diese rechteckige Grundrißform ist vielmehr ein Import der Nordvölker, die siegreich in den

---

[1]) François Fosca „Annexe pour l'architecture moderne contre le Corbusier“ in „Le Cheval de Troie du Bolschévisme“. Les Editions du Chandelier, Bienne 1931, Seite 167 ff.

Mittelmeergrund eingedrungen sind und die bodenständige pelaskische Kultur zerstört oder kulturell überschichtet und überprägt haben. Die ehrfürchtige Verbeugung Le Corbusiers vor dem Parthenon gilt somit nicht einem vermeintlichen Abstraktum Architektur, sondern, ohne es zu wissen, einem in seinem Wesenskern nationalen, von Nordeuropa geprägten Gebilde.

Die in Le Corbusiers Grundriß erscheinende Abkehr vom rechten Winkel und die Hinwendung zum regenwurmartigen Grundriß der Pelasker ist also weder gut noch böse, weder schön noch häßlich, sondern der plastisch-adäquate Ausdruck eines Bewußtseinszustandes, der weit unter dem Niveau des von Alois Riegl geschilderten zweidimensionalen altorientalischen Menschen liegt.[2]) Zu den Werken, die aus zweidimensionalen Bewußtseinszonen stammen, gehört auch der Glockenturm. In frühchristlicher Zeit war auch die Basilika, der die antike Markthalle als Vorbild diente, ohne Turm. Erst später wuchs der Turm als ein vom Baukörper losgelöster Campanile.

In Ronchamp wirkt, wenn auch abgewandelt, der Turm wie ein durch eine Zange gehaltener, ägyptoider und korbbogenartiger Campanile. Basilika und Campanile, diese konstruktiv wie architektonisch zweidimensionale, von bescheidenen geistigen Kräften zeugende architektonische Komposition, wurde von den Franken und ihren Brudervölkern anläßlich der Christianisierung übernommen, aber bald durch das dreidimensional-dynamische Bewußtsein dieser Nordvölker in die architektonischen Wundergebilde fränkischer (fälschlich als romanisch bezeichnet) rheinischer Kirchen umgeprägt und umgedichtet.

Wenn die Architektur nicht literarisch, sondern optisch und in Bewegung erlebt wird, so ist die in der Zeit abrollende Bilderfolge mit ihren Überschneidungen bei der Basilika und dem Campanile außerordentlich dünn bemessen. Dagegen erscheint eine überreiche Folge von Bildern, wenn sich der Wanderer einer rheinischen Kathedrale mit ihren vier Türmen und der Vierung nähert oder deren Innenraum betritt (St. Michael in Hildesheim etc.).

Bei der Basilika mit dem getrennten Campanile treten die von Alois Riegel genannten isolierenden Merkmale des zweidimensionalen Bewußtseins in Erscheinung. Die Türme der rheinischen Kathedrale wirken nicht mehr isoliert und getrennt, sondern organisch mit dem

---

[2]) Siehe Figur 2 dieses Buches auf Seite 44.

Baukörper zu einem Ganzen verschmolzen. Ein schöpferischer, der Antike unbekannter Vorgang, der nicht nur rein konstruktiv hohes Können, sondern auch eine dreidimensional-dynamische Bewußtseinszone voraussetzt. Wie Beethoven auf drei gleichen Tönen und einem ungleichen Ton die polyphone Herrlichkeit seiner fünften Symphonie komponiert und entfaltet, so baut der dreidimensionale Genius auf den zwei bescheidenen Motiven: Basilika und Campanile die optisch-polyphone Herrlichkeit einer rheinischen Kathedrale auf.

Die alten Kapellen der Schweiz sind zwar keine Kathedralen, aber sie zeigen immerhin in nuce den gleichen Prozeß der organischen Verschmelzung der Türme und Dachreiter mit dem Baukörper. Die überwundene Wiederaufnahme der altorientalischen Trennung von Baukörper und Turm geschah in Ronchamp offenbar durch die Regression in die Zweidimensionalität, ein Vorgang, der für den Dadaismus charakteristisch ist.

Siegfried Giedion zeigt sich als echter Jünger dieser Kunstrichtung, wenn er das Dach dieser Kirche beschreibt: „Graubraun wie Nachtfalterflügel senkt sich das geschwungene Dach auf gekurvte kalkweiße Mauern ... die verehrte Marienstatue ist so eingebaut, daß sie vom Chor im Innern und vom Chor im Äußern sichtbar ist ... Von einer balkonartigen Empore in der konkaven Rückwand singt der rotgekleidete Knabenchor. Die Einweihung vollzieht sich im Freien, geschützt nur durch das geschwungene Betondach wie unter einem Felsüberhang in einem der Heiligtümer des Magdaléniens."

Wir befinden uns offensichtlich in der Unterstufe der Altsteinzeit, Magdaléniens benannt, also jener Epoche der menschlichen Urzeit. in der zum erstenmal der Mensch auf der Erde nachweisbar ist. Dieser von Giedion hier ausdrücklich betonte und als Fortschritt gerühmte säkuläre Rückbildungsprozeß bis in die Altsteinzeit ist für den Dadaismus durchaus logisch und gar nicht überraschend. Seine die ganze europäische Kultur verneinende Tätigkeit zielte ja von Anbeginn an auf das Urmenschentum zurück, nicht nur durch seine rabiate Propaganda für Fläche, Kalkmilch und Rippolinanstrich, sondern auch durch seine Verherrlichung des Kubismus und der Negerplastik, jener „Nahrung" des „göttlichen" Apollinaire, die er „unter den zerstreuten Trümmerhaufen des vorsintflutlichen Paradieses suchte", nachdem er noch rechtzeitig „dem blöden Zorn des Herrn entronnen" war.[3])

---

[3]) Esprit Nouveau, Nr. 26

So war es durchaus folgerichtig, die magischen, vom europäischen Genius postsintflutlich geschaffenen Gebilde wie Säulen, Kapitäle, Gesimse, Bögen, rechtwinklige Grundrisse, gothische Kathedralen oder barocke Schlösser „ehrwürdiges Aas“[4]) zu nennen, weil dieses Gebilde für die Dadas — horribile dictu — die hochgepriesene Moderne nicht auszudrücken vermögen. Es gibt nur einen Ausdruck für die Moderne mit ihren Autos, Düsenflugzeugen, Atombomben und Astronauten: Es sind die vorgeschichtlichen, dem vorsintflutlichen Paradies entstammenden Regenwurmgrundrisse oder Felsblöcke, die dem Höhlenmenschen der Steinzeit als Unterschlupf dienten.

Nach dem Preislied Siegfried Giedions auf diesen Betonfelsblock, der an ein Heiligtum des Magdaléniens erinnert, setzt er seine Beschreibung fort und rühmt die „Wölbungen, die die Mauern im Winkel wie ein Schiffsbug schneiden.... In völlig ungewohnter Weise erhebt sich als ungeheure Hörmuschel der Glockenturm neben der Kapelle und wirft den Glockenklang über die Ebene. Le Corbusier spricht von akustischer Architektur.... Die weißen Wände... halten das Dach in die Höhe... die Prinzipien der heutigen Kunst gehen in die Architektur über, verschmelzen mit ihr.“[5])

Dieser letzte Satz von Siegfried Giedion stimmt auffallend, denn die Wallfahrtskirche Marie Du Haut Ronchamp, die einem Felsblock für Höhlenmenschen gleicht, erscheint als das legitime Kind des die heutige Kunst prägenden, vor 47 Jahren in der Meierei, Zürich, lancierten Dadaismus. Eigentlich verkörpert dieser Bau den betonierten Aufruf des Dada-Gottes Apollinaire mit seinem bekannten Schlußwort: „Sch... für Beethoven...“, der erst vollverständlich wird durch die Interpretationen von Dada-Arp und Dada-Schwitters. Dada-Arp liebt den magischen Triangel und eine Kunst die nach seiner Aussage „aus den Gedärmen“[6]) quillt, Dada-Schwitters aber prägte den lapidaren Satz: „Die Kunst ist ein Reihenscheißhaus!“[7])

---

[4]) Esprit Nouveau, Nr. 21

[5]) Siegfried Giedion „Architektur und Gemeinschaft“, Rowohlt-Verlag, Hamburg, 1960, Seite 122 ff.

[6]) „Unser täglicher Traum“ von Hans Arp, Arche Verlag, Zürich, 1955, Seite 54

[7]) Fotokopie im Besitz des Verfassers.

KAPITEL 10

Americana

Der gegenwärtige Zerstörungsprozeß der europäischen Architektur wurde durch den Amerikanismus eingeleitet. Adolf Loos „der Erwecker moderner Gesinnung im Bauen, der Mann, der richtunggebend für das gesamte Schaffen der modernen Architektur ist, war in den entscheidenden Jahren seines Lebens 1893—1896 in den Vereinigten Staaten tätig. Dort fesselten ihn nicht die beachtenswerten Bauten eines Richardson, sondern die Unternehmerkonstruktionen aus Glas und Eisen. Nach Wien zurückgekehrt, begann er seinen Vernichtungskrieg gegen alles Ornamentale. „Mit der grandiosen Vehemenz seiner Lebenskraft" trat er leidenschaftlich „als Lebensreformer und Lehrer der Menschheit" auf. Wegen seiner offenen Sympathie für den Bolschewismus merkten ihn die österreichischen Sowjets als Kunst-Diktator für die rote Republik vor.

Das Auftreten dieses Begründers der „modernen Architektur" als amerikanisierter Wiener, Lebensreformer und Menschheitslehrer, der auf alle seine Jünger prägend und typisierend wirkte, ist in mehr als einer Hinsicht aufschlußreich. Seit Loos genügten sich nicht nur Gropius und Le Corbusier, sondern auch alle ihre zahllosen Gesinnungsgenossen nicht mehr in der Rolle schlichter Architekten, sondern trieben leidenschaftliche Propaganda für Amerikanismus, Lebensreform, und für die Schaffung eines neuen Menschentypus. Dieser heute vorherrschende Architektentypus sieht wie Loos vorsätzlich an all den Herrlichkeiten der europäischen Architektur vorbei und richtet als Privatmann oder als Baubeamter seine Blicke ununterbrochen nach Amerika. Dort werden nämlich die Voraussetzungen geschaffen, um, wie Gropius schon 1923 proklamierte, „den Amerikanismus auf Europa zu übertragen" und „Tempo und Hochspannung des Merkantilen zum Zweck und Maßstab aller Wirkung" bei den Europäern durchzusetzen. Zunächst verdient die für einen Architekten besonders merkwürdige Vergottung des Merkantilismus einige Beachtung, namentlich wenn sich dieser Merkantilismus auf die für die USA typische Kunst des billigen Einkaufs und teuern Verkaufs bezieht. Diese Sonderart des angelsächsischen Merkantilismus der heute für die ganze USA charakteristisch ist, hat sich schon früh herausgebildet. So kann man im Museum von Saratoga im Staate New York folgenden hundert Jahre alten Zeitungsausschnitt lesen:

„Die einzigen Irländer, die für England überhaupt
von Bedeutung sind, sind diejenigen, die nach
Amerika auswandern und dort britisch hergestellte Ware
kaufen und verbrauchen."

Diese alte Zeitung erschien zur Zeit, wo in Londoner Wirtschaften Anschläge wie: „Irländer und Hunde haben keinen Zutritt", durchaus gebräuchlich waren. Diese Gesinnung, die Irländer auf das Niveau von Hunden herabwürdigte und Menschen ausschließlich als kaufende und verbrauchende Konsumenten taxiert, ist heute trotz der Menschenrechte allgemein gültig geworden, denn der Amerikanismus betrachtet heute alle Erdenbewohner als eine Masse von „Konsumenten".

Dies bestätigen die Bücher des Amerikaners Vance Packard: „Die geheimen Verführer" und „Die große Verschwendung". Im erstgenannten Buch werden die angewandten Methoden beschrieben, die den Konsumenten zum Kauf verführen sollen. Dazu gehören: künstliche Erweckung verborgenen Verlangens, mit dem Zweck, neue Märkte zu erschließen, die Methoden zur Verführung von Kinderseelen, Schaffung von Neuland für die Verbraucherwerbung durch Suggestion und Manipulation des Bürgers durch Gehirnmassage, bis daß er schließlich zum Käufer wird. Hierfür einige Beispiele: Zum Thema Kaugummi stellte ein für die Firma arbeitender Tiefenpsychologe fest, Amerika sei „in Wirklichkeit ein Land der enttäuschten Säuglinge". Die für die Steigerung des Umsatzes konsultierte Firma Weiß und Geller arbeitete mit Psychoanalytikern und anderen Experten. Der Werbeplan für den Kaugummiverkauf wurde auf Grund ihrer Expertise entworfen.

Experten zur Förderung der Selbstbedienungsläden stellten fest, daß das weibliche Geschlecht durch eine raffinierte Art der Ausstellung und farbige Verpackungen in eine „hypnoide Trance", die zum Kaufen verführt, versetzt wird.

Besonders hübsch ist die Geschichte der Dörrpflaumenhändler, die wegen des schlechten Geschäftsganges der Verzweiflung nahe waren. Auch hier wurden tiefenpsychologische Experten herbeigezogen, um die Ursache der Abneigung des Publikums gegen Dörrpflaumen herauszufinden. Daraufhin wurden die Dörrpflaumen durch eine massive Reklame als die „neuentdeckte Wunderfrucht" in einer besonderen Verpackung auf den Markt geworfen, und seither erleben die Dörrpflaumenhändler aus Kalifornien goldene Tage.

Die Geschichte dieser Dörrpflaumen, die man wegen ihres verrunzelten Ansehens nicht „konsumieren“ wollte, erinnert unwillkürlich an die Bauten von Gropius und seines Kreises. Diese häßlichen und in mehr als einer Hinsicht verfehlten Bauprodukte aus Beton wurden wie die Dörrpflaumen bis zu dem Zeitpunkt abgelehnt, wo sich eine raffiniert aufgezogene Verführungspropaganda des Publikums bemächtigte. Der Baudadaismus wurde zwar nicht in „neue Wunderarchitektur“ umgetauft, erhielt aber zur Tarnung seines penetrant gleichschalterischen Geruches die harmlose, geruchlose Bezeichnung „Neues Bauen“.

Die Propaganda für „das neue Bauen“ glich auffallend der Verpackungsreklame in den Selbstbedienungsläden. In Illustrierten wurden Projekte und Fotos von Dadabauten massenhaft „verpackt“ und dem konsumierenden Publikum so lange angepriesen, bis auch hier die „hypnoide Trance“ zum Ziel, d. h. zum erfolgreichen Geschäft für die Dada-Architekten und damit zu erfreulichen Erfolgen für die Produkte der Bauindustrie führte. Diese „hypnoide Trance“ wurde durch Lawinen von Zeitungsartikeln, Radiovorträgen, selbst durch Prophezeihungen von Hellsehern und durch Flugblätterstreuungen mit Hilfe von Flugzeugen unterstützt.

Das zweite Buch von Vance Packard „Die große Verschwendung“ enthüllt ebenfalls einige Tatsachen, die für den Bau-Dadaismus aufschlußreich sind. In diesem Buche werden hauptsächlich Mittel und Wege untersucht, um „die Menschen zu überreden ihre Wünsche und Bedürfnisse zu steigern“, denn so heißt es: „Millionen Verbraucher müssen manipuliert, trunken gemacht, geistig gedrillt, stimmungsmäßig beeinflußt und durch faulen Zauber getäuscht werden.“

Der Marketingberater Viktor Lebow ist unumwunden für einen „Zwangskonsum“ eingetreten und hat dazu bemerkt: „Unsere ungeheuer produktive Wirtschaft ... verlangt, daß wir den Konsum zur Weltanschauung machen, daß wir Kauf und Gebrauch von Gütern zum Ritual erheben, daß wir die geistige Befriedigung unseres Ichs im Verbrauch suchen ..., die Dinge müssen immer schneller konsumiert, verzehrt, verschlissen, ersetzt und weggeworfen werden.“ Dazu lautet Packards Kommentar: „Was man brauchte, war eine Strategie, die die Amerikaner in Massen zu gierigen, verschwenderischen Zwangsverbrauchern macht ...“ Zur Realisierung dieses Zwangsverbrauchs sollen die Mittel und Methoden der „Geheimen Verführung“ dienen. So wie der amerikanische Politiker von einst zum Stimmenfang jedem Wähler zwei Hühner in den Topf versprach, lautet fortan die Werbeparole des Neuen Bauens: „Zwei Heime für jede Familie". So erklärte ein Vertreter der Sperrholzindustrie: „Das zweite Haus wird jedem Unternehmer in der Industrie für Baustoffe und für Haushaltartikel, im Baugewerbe, im Grundstückhandel, in der Baufinanzierung, usw. riesige Märkte erschließen." Noch einen Schritt weiter geht Dada-Architekt Adolf Loos, den Heinrich Kulka in seinem biographischen Buch (Schroll-Verlag, Wien 1931) „als Lebensreformer und Lehrer der Menschheit" feiert. Seine amerikanische Schulung bezeugt der Ausspruch: „Wie oft hört man beim Ausbruch eines Brandes die Worte: „Gott sei dank, jetzt haben die Menschen wieder etwas zu tun." Da weiß ich ein gutes Mittel. Man zünde eine Stadt an, man zünde das Reich an, und alles schwimmt in Geld und Wohlstand. Man verfertige Möbel, die man nach drei Jahren einheizen kann, weil man selbst im Versteigerungsamt nicht einmal ein Zehntel des Herstellungspreises erzielen kann, wir werden reicher und reicher!"

Die Werbeagentur J. Walter Thomson schrieb u. a.: „Mit der Zweihäuserfamilie ist Amerika offensichtlich in ein neues Zeitalter des Bedarfs an Haushaltgeräten eingetreten. Die Familie mit zwei Häusern benötigt wahrscheinlich drei bis vier Badezimmer, zwei bis vier Fernsehempfänger, zwei vollausgestattete Küchen, vier bis zwölf Betten, zahlreiche Sätze an Möbeln, Wäsche, Teppichen, Porzellan, usw. . . ." Ebenso müssen alle Mitbürger, die heute noch Opfer der „Einwagenknechtschaft" und wie „mittelalterliche Leibeigene an die Scholle gekettet sind", für den Zweiwagenbesitz umerzogen werden. Zu diesem Umerziehungsverfahren gehört auch der wirtschaftliche Fortschritt durch geplante „Obsoleszenz" d. h. eine absichtlich schlechte Fabrikation von Waren, die die letzte Ratenzahlung nicht überdauern und so einen neuen Kaufabschluß erzwingen. Ein Kommentar der Zeitschrift „Printers Ink" vom 29. 1. 1960 besagt recht treffend: „Am wichtigsten ist vielleicht, daß die „Marktforscher" sich an die letzte und entscheidende Frage der Werbung heranmachen: „Wie kann man den Verbraucher, in der Art von Pawlows Hunden angewöhnen, eine bestimmte Marke zu kaufen?"

Zu diesen Auffassungen gehört auch die Anpreisung des Geburtenüberschusses, um für die Zukunft einen größeren Kundenkreis zu schaffen. So war die Begeisterung durchaus echt, mit der ein vorbeifahrender Amerikaner das muntere Treiben auf einem lärmenden Kinderspielplatz begrüßte: „Sehen Sie sich nur alle diese glücklichen, kleinen Dollarzeichen an!“

Eine Variante der „Obsoleszenz“ ist das Hinuntermachen und das Diskriminieren guter Produkte oder wertvoller Bauten durch Suggestion und Schlagwörter wie: „altmodisch, sentimental, großväterlich.“ Dazu gehören die Proklamationen eines Gropius: „Tod der Vergangenheit, dem Mondschein und der Seele“, oder Le Corbusiers Aufforderung, die Museen zu verbrennen und die ganze europäische Kultur als ausrottungswürdig zu erklären. Le Corbusier ging sogar noch weiter, er forderte die Zerstörung von Paris, sowie aller Städte des Kontinents, um wie er wörtlich erklärte, glänzende Investitionsmöglichkeiten mit großem Gewinn für den amerikanischen Kapitalismus zu schaffen. Dabei bekundete er einen ganz besonderen Haß gegen das „verfaulte“ Herz von Paris.

Man kann dem paradadaistischen Städtebauer, der ursprünglich Metallgraveur war, nicht zur Last halten, daß er nicht weiß, was er tut, wenn er den Herztod europäischer Städte verlangt. Es gibt in Europa kaum eine Stadt oder einen Flecken, dessen Mittelpunkt nicht ein Heiligtum, eine heilige Quelle oder eine vorchristliche Kulturstätte gewesen ist, auf der sich später die mittelalterlichen im Herzen der Städte erbauten Kapellen und Dome erhoben. Leider hat sich bis heute kein amerikanischer Le Corbusier gefunden, der aus Geschäftsgründen die Städte seines Landes, die sich um das Herzstück eines Bahnhofes, eines Kaufhauses oder einer Großbank gruppieren, aus Geschäftsgründen niederreißen will, trotzdem in der „geheimen Verführung“ der Satz zu lesen ist: „Die Gebrauchsgüter müssen immer schneller konsumiert, verzehrt, verschlissen, ersetzt und weggeworfen werden.“ Die Arbeitsweise amerikanischer Architekten ist nicht ganz so radikal wie die Le Corbusiers, aber sie hinterläßt doch tiefgehende Spuren, was Packard zur Betrachtung veranlaßt:

„Was der Amerikareisende in den Städten außerhalb Neu-Englands am meisten vermißt, ist ein Herz, ein „Brennpunkt“. Die meisten europäischen Städte haben ihren schönen Arc de Triomphe, oder ihren Piazza San Marco, die der ganzen Stadt Wärme und Majestät verleihen.

In den meisten amerikanischen Städten ist das Herz der Stadt einfach die Straßenkreuzung, wo das größte Warenhaus und die größte Bank einander gegenüberstehen. Und geht man fünf Straßenzüge weiter, ganz gleich in welcher Richtung, befindet man sich inmitten von Elendsquartieren, Lagerschuppen und Parkplätzen.

Wer das Übel der amerikanischen Städte packen will, muß nicht unbedingt Bauten der kilometerlangen Straßenzüge niederreißen und sie durch dreißig-stöckige Betonklötze ersetzen, die hinter den Brettergerüsten emporschießen. Die Bewohner wären weit glücklicher, wenn man ihre alten, vertrauten Häuser und Straßenzüge nur ein wenig verschönern und ein paar hübsche offene Plätze anlegen würde ...“

„... auch große Unternehmungen für Wohnungsbau experimentieren mit der Möglichkeit, durch künstlich erzeugte Modeströmungen einen psychologischen Zwang zu erzeugen. Ende der Fünfzigerjahre wurden in manchen Gegenden der USA bei Fertighäusern Sprossenfenster und Fenster mit kleinen Scheiben eingeführt. Im amerikanischen Westen und im Mittelwesten lancierte man die Reklame für ein „Aschenbrödelhaus“. Dieses hatte Sprossenfenster, ein steiles Dach und muschelförmig gezackte Traufen. James Mills, führender Marketingberater für Bauunternehmen in ganz Amerika, sagte mir, es sei den Baufirmen nicht verborgen geblieben, daß für den Fall, daß sich kleine Fenster und Steildächer durchsetzen, die vorhandenen Häuser veralten.“ Der Trend zu kleinen Fenstern muß zum Beispiel jedes Haus in den USA mit einem breiten Aussichtsfenster als unmodern erscheinen lassen.

Aus dem Drang, „fertig gemachte Traumstädte“ zu verkaufen, Mode werden. Eine Reihe von Unternehmern hoffen oder erwarten, daß sich die äußere Form des Hauses von den horizontalen Linien, für die der Bungalow-Typ der fünfziger Jahre typisch war, auf die vertikale Linienführung verlagern wird, eine ähnliche Entwicklung wie beim Automobil. David Muß, der für beinahe 250 Millionen Dollar Häuser in den USA gebaut hat, verkündete 1960 mit großer Überzeugung: „Das zweigeschössige Haus kommt wieder.“

Aus dem Drang, „fertig gemachte Traumstädte“ zu verkaufen, wird der Konsum zur Weltanschauung, der Kauf und Gebrauch von Häusern zum Ritual. Die großen Bauunternehmer verlassen sich auf eine Strategie, die den Amerikaner zum verschwenderischen Zwangsverbraucher und damit zu Pawlows Hund macht.

So nimmt sich der nur in quantitativem Denken verhaftete und jeden Qualitätsbegriff ignorierende Amerikanismus aus. Und es ist ausgerechnet dieser Amerikanismus, den Gropius, der Heros des Münchner-Internationalen-Geisteswissenschaftlichen Kongresses 1960, auf Europa „übertragen“ und wie er wörtlich schreibt „in die alte Welt keilen“ will. Dabei benutzt er das Zauberwort „neu“, genau so wie der Dörrpflaumenhändler die Bezeichnung „neue Wunderfrucht“ oder Siegfried Giedion die Bezeichnung „Neues Bauen“ mißbraucht.

III. Teil

KAPITEL 11

Adolf Loos und das Ornament

Der mit dem Nobelpreis geehrte amerikanische Schriftsteller Sinclair Lewis charakterisierte die amerikanische Kultur seiner Tage folgendermaßen: „Amerika ist ein widerspruchsvolles Land, das von Industriekapitänen regiert wird. Man baut dort Häuser von sechzig Stockwerken, produziert Millionen von Automobilen und Milliarden von Weizenbushels, dagegen achtet niemand des schaffenden Künstlers, den die besitzenden Klassen als eine Art von Clown ansehen. Die Vereinigten Staaten stecken in einem muffigen, trüben Provinzialismus."

Das große Verdienst von Adolf Loos, dessen Jünger Le Corbusier gewesen ist, soll es nun sein, ausgerechnet diesen amerikanischen Provinzialismus nach Europa verpflanzt zu haben. Adolf Loos ist 1870 in Brünn geboren. Er studierte in Wien und übte seinen Architektenberuf in den Vereinigten Staaten aus. Nicht zufällig nennen ihn seine Gegner den Vater des Bau-Bolschewismus, denn das mammonistische Denken der amerikanischen Unternehmer und die Ideologie des Kommunismus haben in diesem Architektenwirken eine eigenartige, aber durchaus erklärbare Synthese oder besser gesagt Symbiose erfahren. Das wird auch personenhaft durch das enge Zusammenwirken mit Le Corbusier greifbar, der als Jünger freudig die Lehren seines Meisters aufgriff und streitbar durchzusetzen verstand. Wehe dem Gegner, der sich Loos zu widersetzen wagte! Er wurde von Le Corbusier unbarmherzig angegriffen, so daß man von Loos als dem Großmeister des Neuen Bauens und von Le Corbusier als dem Großinquisitor der Neuen Schule sprechen kann. Die Magna Charta war Loos' Aufsatz „Ornament und Verbrechen". Noch heute widerfährt Loos die Ehre, von der großbürgerlichen Presse als „einer der genialsten Menschen unserer Zeit" gepriesen zu werden, und sei es auch nur wie damals — anläßlich seines sechszigsten Geburtstages in der „Neuen Zürcher Zeitung“ —, weil er bereits im Jahre 1899 „Möbel mit abgerundeten Ecken“ entworfen hatte.

Man kann sich nicht mit Loos befassen, ohne daran zu erinnern, daß er während des Ersten Weltkrieges von den österreichischen Kommunisten als erster Anwärter für den einflußreichen Posten eines Diktators der modernen Kunst bestimmt war. Aus dem Jahre 1931 stammen die folgenden Bemerkungen zu Adolf Loos aus meiner Feder: „Folgende Zusammenhänge verdienen vermerkt zu werden. Adolf Loos ist gewesener Anwärter auf einen bolschewistischen Diktatorposten. Seine rechte Hand ist Le Corbusier, prominentes und repräsentatives Mitglied des Schweizerischen Werkbundes. Professor Dr. Karl Moser strengte sich auf das Äußerste an, seinen Freund Le Corbusier zu seinem Nachfolger als Professor für Architektur an der Eidgenössischen Technischen Hochschule in Zürich zu machen. Le Corbusier erhielt vor mehr als Jahresfrist große Aufträge aus den Händen der Sowjetdiktatoren in Moskau. Professor Dr. Karl Moser wird laut „Neue Zürcher Zeitung“ (Nr. 2487, 1930) den nächsten internationalen Kongreß für das Neue Bauen in Moskau eröffnen. Stadtrat May ist mit zwanzig deutschen Architekten nach Moskau übersiedelt. Der Holländer Mart Stam, die Schweizer Hans Schmidt und Hannes Meyer wurden unlängst nach Moskau berufen.“

Natürlich sind solche Angaben allzu fragmentarisch. Es soll ihnen auch nicht mehr als der Wert von Schlaglichtern zukommen. Wer mehr erfahren will, möge im Buch von Heinrich Kulka über Adolf Loos nachlesen.

Für die Beurteilung der Dada-Architekten sind die Abbildungen von Werken und Plänen maßgebend, während die photographischen Wiedergaben von Innenräumen weder zum Widerspruch noch zum Lob reizen. Besonders aufschlußreich sind die gezeichneten Entwürfe.

Das Konkurrenzprojekt für das Kriegsministerium, wohl ein Jugendwerk, zeigt auf den ersten Blick die Nichtbeherrschung der angestrebten historisierenden Architektur. Die anderen Projekte, darunter das „Patenthaus“, sind zwar zum Teil originell, aber, abgesehen von seltenen Ausnahmen, entweder ohne architektonischen Sinn oder — wie das Pariser-Hotel — von geradezu peinlicher kleinbürgerlicher Primitivität. Das groteske Chicagoer-Projekt, ein Zeugnis erschreckenden Unwissens und seltener Geschmacklosigkeit, war mit dem Projekt des Lido in Venedig der Auftakt zu der bekannten

Weißenhofsiedlung in Stuttgart. Nicht nur das flache Dach, das Adolf Loos bereits 1904 als neue Mode lancierte, sondern die Ablehnung jeglicher historischen und kulturellen Tradition und jeglichen Ornaments, waren für seine Arbeiten charakteristisch. Aber selbst bei dieser Traditionsfeindlichkeit von Adolf Loos gilt es zu differenzieren. Ich habe sein Modell eines Hauses für Josephine Baker, (Paris 1928) in echter negerhafter Bautradition vor Augen. Hier hat Adolf Loos die Abstammung der Bauherrin, die Bindung an ihre afrikanische Heimat und die entsprechende historische Bautradition mitberücksichtigt. Er steht also nicht grundsätzlich gegen Historizismus oder Tradition, berücksichtigt sie aber erst, wenn diese primitiv und niederer Ordnung sind, und ein Minimum an Einsatz und Kenntnissen voraussetzen. So wird ersichtlich, daß Adolf Loos nicht die Tradition an sich, sondern nur die Tradition, die differenzierte Kenntnisse, Begabung und Kraft fordert, nachdrücklich bekämpft. Genau so halten es alle seine Nachfolger. Der von Adolf Loos selbstgeprägte Ausdruck „Loos-Gedanke“ ist somit seinem Wesen nach nichts weiteres als Unvermögen und Schwäche.

Das bloße Hochschuldiplom ist kein Beweis für eine überragende Begabung des Trägers, wohl aber ein Hinweis auf den Umstand, daß dieser mit der Materie im wesentlichen vertraut ist. Wertvoller als alle Bücherweisheit ist die Ernte des Skizzierens von Bauteilen und -details. Erst wer einen Stoß Skizzenbücher vorweisen kann, mit perspektivistischen, linearen Skizzen, die stehend und im Freien entworfen wurden, in denen alle Masse peinlichst genau nach Zentimetern und Millimetern eingetragen sind, kann behaupten, nicht nur in das Wesen der Architektur eingedrungen zu sein, sondern auch einen tiefen Einblick in das Handwerk und Seelenleben der Ahnen und damit der Geschichte des Vaterlandes erlangt zu haben. Das exakte und hingebungsvolle Skizzieren bedeutender Architekturen macht unsichtbare, erzieherische Kräfte frei, die nicht nur den Geist stärken und bereichern, sondern auch bescheiden stimmen.

In seiner Studie „Ornament und Verbrechen“ hat Adolf Loos geschrieben: „Der Mensch unserer Zeit, der ein Vergnügen daran findet, die Wände zu besudeln, ist ein Verbrecher oder ein Entarteter ... Dieses Bedürfnis ist beim Kinde normal ... beim modernen Menschen ist es ein pathologisches Symptom ...“ Alle großen Freskomaler zählen demnach zur Kategorie von Verbrechern und Entarteten. Mit Nachdruck verfocht ich schon 1928 die These, daß das Ornament eine wesentliche Aussage des Menschlichen sei. „Nie schuf ein Tier ein Ornament, dagegen oft wundervolle geometrische Gebilde.“ Diese Formulierung hat Hendrik de Man in anderem Zusammenhang in seinem Buch „Vermassung und Kulturverfall“ wiederholt. (1951). Sein Schema der „Entstehung der Erde“, 2 Millionen Jahre vor Christus bis 1947, zeigt die Geburt des Cro-Magnon oder des „künstlerischen Menschen“ im Jahre 40 000 v. Chr. als Auftakt zur Begründung der historisch-ältesten Kultur im Jahre 6000 v. Chr.

Jeder ornamental-schöpferische Sinn ist eine Form des Dichterischen. Das Dichterische aber ist der Lebensodem jeder wahren Wissenschaft, Kunst und Religion. Wer den ornamental-schöpferischen Sinn verleugnet, lehnt auch Kunst und Religion ab. Er verneint die Menschenwürde und bekennt sich zum Tierhaften.

Wer mit mir die Freude geteilt hat, das optische Spiel meisterhafter Stukkaturornamente auf Decken des 18. Jahrhunderts im eigenen Hause erfahren zu dürfen, wird solch beglückende Bewegungen, die Melodien Mozarts gleichen, die Loos ein Verbrechen nennt, so leicht nicht wieder vergessen.

Ornamente können noch wesentlich mehr als rein optische Vermittler eines Empfindens sein. Werner Stief schließt seine ausführliche und bedeutende wissenschaftliche Abhandlung über das Wesen des Ornamentes an Kunstwerken, Häusern und volkstümlichen Gebrauchsgegenständen mit folgenden Gedanken:

Die Wörter „Ornament“, „Dekoration“, „Verzierung“ und „Muster“ sind also letztlich gar keine „abtuenden“ Bezeichnungen für „schöne aber doch sinnlose Zeichen“, als die man sie immer nimmt, sondern richtig verstanden, fast noch bedeutungsschwerere Ausdrücke als „Symbol“ und „Sinnbild“. Denn stellen diese beiden Wörter nur den Sinngehalt des damit bezeichneten als solchen überhaupt fest, so geben jene Wörter „Ornament“, „Dekoration“, „Verzierung“ und „Muster“ den Zweck des damit bezeichneten an: zu ehren und zu lehren, „wie es sich ziemt“!

„Daß man durch Anbringen von „leblosen“ Zeichen und Bildern, die zu ihrer Zeit allgemein „lesbar“ sind und verstanden werden, jemand oder etwas „ehren“ kann, erscheint nicht ungewöhnlich, wenn man bedenkt, daß man bedeutende Persönlichkeiten heute zum Beispiel auch durch Ausstellen ihres an sich „toten“ Bildes oder ihrer „starren“ Büste oder auch nur durch Anschreiben ihres Namens oder eines Spruches „ehrt“. Durch Annalen oder Einschnitzen etwa eines sogenannten „geometrischen Ornamentes“ — übersetzt: eines „erdmessenden Schmuckzeichens“ an sein Haus und sein Gerät, z. B.

„ehrt“ und „verehrt“ man auf dieselbe Weise und nicht anders eben die „Erde“ und ihr „Maß“ in ihren Läufen. Man ehrt dadurch, kurz mit Goethe zu sprechen, „die ewige Zier“ schlechthin. Auch lateinisch bedeutet „mundus“ und griechisch „kosmos“, ja sowohl „Schmuck“ als auch „Weltall“ ... Halten wir uns dann noch vor Augen, daß im Althochdeutschen und Mittelhochdeutschen „ehrhaft“ soviel wie „pius“ — „gottesfromm“ bedeutet, so wissen wir auch, welches tiefste Grundgefühl bei jeder echten „Ehrung“ durch „Ornamente“, „Dekoration“, „Verzierung“, „Muster“, „Symbole“ und „Sinnbilder“ immer lebendig ist. Die Lebensfrömmigkeit, die „Ehrfurcht“ vor der Gottheit, vor dem in Welt und Leben ewig wirksamen göttlichen Gesetz. Indem man „Ornamente“, „Dekoration“, — Sinnbilder an Kultstätte, Haus und Gebrauchsgerät anbringt, stellt man sich unter dieses heilige Gesetz ...“

Selbst die Natur kennt das Ornamentale für das ganze Dasein ranghoher Säuger, während das Nurzweckmäßige die untersten Erscheinungen in der Tierwelt charakterisiert. Professor Adolf Portmann von der Universität Basel veröffentlichte 1960 ein Buch: „Die Tiergestalt“, (Reinhard Verlag, Basel), das von jedem bildenden Künstler und Architekten gelesen werden sollte. Er schreibt darin, daß „die freie Gestaltung ... die hohe Bedeutung des optischen Sinnes für das Dasein ranghoher Säuger charakteristisch ist ... Die üppige Geweihbildung des Hirsches, die Mähne des Löwen sind Sonderarten ranghoher Tierformen ..., durch die der ranghohe Organismus seinen Eigenwert ausspricht ... Alle diese Merkmale haben einen ornamentalen hervorhebenden Charakter, die schlichte reine Zweckform ist ein Sonderfall ...“

Adolf Loos dokumentiert mit seinen Konkurrenz-Projekten, die unter dem Niveau ähnlicher Schweizer-Arbeiten in dieser Zeitperiode stehen, folgendes: Er weist der Zeichenkunst eine untergeordnete Rolle zu, weil er selbst ein mittelmäßiger Zeichner ist. Weil er keine Bauaufnahmen machte und differenzierte Architektur nicht beherrscht, lehnt er diese ab und damit die dazugehörende, ganze polyphone reiche Bautradition, die die Geschichte von Volk und Vaterland spiegelt. Und weil er genau so wenig von der Natur und vom Sinn des Ornamentes weiß, nennt er das Ornament ein Verbrechen.

Das Modell des Hauses für Josephine Baker erklärt den Fall Adolf Loos am besten. Adolf Loos ist zu seinen Auffassungen nicht durch ästhetische, philosophische oder kunsthistorische Erkenntnisse gelangt, sondern er hat seine diktatorisch verkündeten Auffassungen und Theorien seiner eigenen Schwäche und Unzulänglichkeit angepaßt. Er hat sein Bild des „modernen Menschen“ durch Umbiegung der Realität auf sein persönliches Können und sein eigenes geistiges Niveau, also auf sein persönliches Maß, geschaffen. Weil sich der natürliche Mensch gegen eine derartige Verbiegung zur Wehr setzte, bedurfte es dieser „grandiosen Vehemenz“ von Propaganda durch Manifeste, Proklamationen und Vorträge. Der gegen die „Rückständigkeit“ kämpfende „Revolutionär“ stritt de facto für sein eigenes Ego und geriet fast zwangsläufig in das politische Fahrwasser des Bolschewismus. Dieser Prozeß ist für alle Jünger von Adolf Loos durchaus typisch und vollzieht sich noch heute auf allen Gebieten der Kunst täglich vor unseren Augen.

KAPITEL 12

Walter Gropius und sein Bauhaus

Wie ist doch das Jahr 1890 für die europäische Kunst und Literatur zu einem eigentlichen Schicksalsjahr geworden! Es war das Jahr in dem der Belgier Van der Velde die neue Lehre verkündete, daß fortan der Ingenieur als der wahre Architekt zu gelten habe, weil die neuen Baumaterialien — Stahl, Aluminium, Kunststoffe — einen neuen Baustil erforderten. Um 1900 begann Architekt Adolf Loos zu wirken. Peter Behrens (Berlin) erhielt von dem Industriellen Rathenau den Auftrag, die AEG-Werke (Allgemeine Elektrizitäts-Gesellschaft) in moderner Formgebung zu bauen. Um die gleiche Zeit begannen in Paris Picasso (Spanien), Brancusi (Rumänien), Chagall (Rußland), Lipschitz (Polen) und Le Corbusier (damals Nur-Schweizer) zu wirken. Im Jahre 1907 erfolgte die Neugründung des „Werkbundes" durch Muthesius, der die enge Verbindung zwischen dem Künstler und der Welt des Handels und der Industrie verkündete.

Der jüngste Werkbundführer war der 1881 geborene Schüler von Peter Behrens, Walter Gropius. 1933 begann er in England zu wirken; 1937 dozierte er an der Harvard-Universität in den Vereinigten Staaten. Sein großes Ziel war die Verkoppelung von Kunst und industrieller Sachlichkeit. So hatte er bereits als 29-jähriger eine Schrift verfaßt, die sich mit der industriellen Vorfabrikation der Häuser befaßte. Es war dies kein origineller Einfall. Er hatte seinen Ursprung in den traditionslosen Vereinigten Staaten. Dennoch vermochte dieser Gedanke mittels einer ungeheuren Propaganda auch in Europa Fuß zu fassen. Wenn heute ein Frankfurter Kaufhaus vorfabrizierte Häuser, gleichsam von der Stange anbietet, so darf dies als Siegeszug des Amerikanismus in Europa bezeichnet werden.

Eine Legende erzählt, in den frühen Jahren der Eidgenossenschaft habe ein Eidgenosse ein gefülltes Glas zu Boden geschmettert, weil sich darin im Sonnenlicht die Wappenfarben des Hauses Habsburg spiegelten. Walter Gropius reagierte anders. Nach der Niederlage Deutschlands im Ersten Weltkrieg verschrieb er sich mit Leib und Seele dem Gegner, der mitgeholfen hatte, sein Land niederzuringen. In Zeiten des Unglücks kehrte er seinem Vaterland den Rücken und verkündete, „daß der Amerikanismus auf Europa übertragen, die neue Welt in die alte Welt gekeilt werden muß". Statt gegen die zerstörerische Amerikanisierung Europas zu kämpfen, wählte sich Gropius den kapitalstärksten unter den Siegern als Rückendeckung für seine Pläne. Wegweisend ist sein Zitat: „Tod der Vergangenheit, dem Mondschein und der Seele ...; als einziger Wertmaßstab hat das Merkantile zu gelten." Die Essenz dieser Merkantilisierung war die Forderung der Wirtschaft, den Konsum zur Weltanschauung zu erheben, Kauf und Verkauf von Gütern zum Ritual zu machen.

Dem 1919 gegründeten Bauhaus lag eine revolutionäre Konzeption zugrunde, die bei der Planung in Berlin im „Arbeitsrat für Kunst" eingehend erörtert worden war. Dieser „Arbeitsrat der Kunst" gründete seinerseits auf der politischen Konzeption der roten Arbeiter- und Soldatenräte. Walter Gropius amtete als Vorsitzender. Die rote Revolutionsregierung erkannte in ihm einen aktiven Exponenten der geistigen Erneuerung. Es muß festgehalten werden, daß das staatliche Bauhaus nur Fuß fassen konnte, weil die Autorität des Staates dem anarchischen Chaos gewichen war. Zeiten der Ohnmacht nach der Niederlage und des Zerfalls der staatlichen Ordnung sind seit jeher der beste Nährboden für die Verankerung revolutionären Ideenguts gewesen. So bezeichnete Siegfried Giedion auf dem Münchner Weltkongreß des Jahres 1960 mit einem gewissen Recht die damalige Konstellation für das Bauhaus als eine „glückliche". Die aus dem Zusammenbruch hervorgegangene thüringische Regierungskoalition von Sozialdemokraten und Demokraten begünstigte in jeder Hinsicht Walter Gropius als einen Architekten des linken Flügels. Seine Anträge zur Berufung damals höchst umstrittener Maler, die die Mehrheit der Bürger ablehnte, wurden ohne Widerrede genehmigt. Paul Klee, Marcks, Feininger, Itten, Muche, Schlemmer, Schreyer, Kandinsky und Moholy und wie die Meister des Bauhauses alle hießen, verdankten ihre ersten offiziellen Erfolge der Revolution, die auch in den Ministerien verheerend gewirkt hatte. Zu behaupten, das Bauhaus sei aus dem Zeitgeist oder gar aus dem Volksempfinden erwachsen, ist völlig falsch. Die Gründung des Bauhauses wurde einer unfähigen Regierung abgelistet. Beredtes Zeugnis für diese Feststellung hat Walter Gropius am 29. Oktober 1919 in einem Brief an Bauhäusler Georg Muche abgelegt, in dem es heißt: „ ... Ich will Ihnen offen schreiben, wie die Dinge liegen. Die Bürgermeute heult gewaltig gegen mich. Zur Zeit müssen alle Schritte in der Stille geschehen, damit sie nicht hintertrieben werden können". Diese späte Enthüllung entnehme ich dem Buch von Georg Muche „Blickpunkt" (Albert Langen Verlag, München 1961) und seiner Rede auf dem Weltkongreß 1961 in München.

In der vordersten Front der Gegner standen vor allem die Handwerker, wie der Schlossermeister Arno Müller, als Sprachrohr der Gleichgesinnten in Weimar. Mies van der Rohe erklärte am 19. Mai 1953 in Chicago, der wahre Grund für die damaligen Angriffe gegen das Bauhaus sei weniger die Konkurrenzangst, als die das Gefühl beleidigende neue Formsprache des zwanzigsten Jahrhunderts gewesen. Die scharfe Reaktion gegen die neue Kunst entstammte gleichzeitig der eingewurzelten Feindschaft gegen eine Richtung, die mit dem verhaßten Kommunismus sichtbar verkoppelt war. Wie Muche auf dem Weltkongreß in München selber zugab, war es Gropius nicht gelungen „die Jugend des Bauhauses mit den nüchternen Plänen und Beispielen seines Architekturbüros zu überzeugen". Die Jugend verschloß sich seinem Werben und dies — wohlverstanden — auf dem Höhepunkt der „goldenen" Zwanziger-Jahre. Nach den Ausführungen Muches erscheint Giedions Ausspruch von der „glücklichen Konstellation" in einem völlig neuen Licht.

Gemeinhin wird angenommen, das Bauhaus sei bloß eine neue Schule der Baukunst gewesen. Die Ankündigungen bewiesen aber, daß sich das Bauhaus ein weites Ziel gesteckt hatte. Es wollte das „gesamte Leben" mit der „zeugenden Kraft und reinigenden Wirkung" der Bauhausidee durchdringen. Es betrieb daher Reformen aller Art wie Mazdaznan, Montessori-Schule und Harmonisierungslehre.

Das vom Amtsleiter Gropius 1923 nach einer vierjährigen Arbeit verfaßte Programm enthält neben durchaus vernünftigen Forderungen, (die indessen übernommen waren und nicht von ihm stammten) folgende „dunkle" Stelle:

„Das staatliche Bauhaus, gegründet nach der Katastrophe des Krieges, im Chaos der Revolution und zur Zeit der Hochblüte einer gefühlsgeladenen explosiven Kunst, wird zunächst zum Sammelpunkt derer, die zukunftsgläubig-himmelsstürmend die Kathedrale des Sozialismus bauen wollen ... Ein Kult des Unbewußten, Undeutbaren, ein Hang zur Mystik und Sektiererei entsprang dem Suchen nach den letzten Dingen ... Der Durchbruch der Bezirke klassischer Ästhetik verstärkte die Grenzenlosigkeit des Fühlens, die in der Entdeckung des Ostens und der Künste der Neger, Bauern, Kindern und Irren Nahrung und Bestätigung fand. Die Umkehrung der Werte, Wechsel von Standpunkt, Name und Begriff ergibt das Gegenbild, den nächsten Glauben. Dada, Hofnarr in diesem Reiche, spielt Ball mit Paradoxen und macht die Atmosphäre frei und leicht. Amerikanismus auf Europa übertragen, die neue Welt in die alte Welt gekeilt. Tod der Vergangenheit, dem Mondschein und der Seele, so schreitet mit Eroberungsgeste die Gegenwart einher ... Tempo und Hochspannung des Merkantilen machen Zweck und Nutzen zum Maßstab aller Wirkung, und die Berechnung ergreift die transzendente Welt. Die Kunst ein Logarithmus. Sie ihres Namens längst beraubt, lebt ein Leben nach dem Tode, im Monument des Würfels und im Farbenquadrat. Religion ist der präzise Denkprozeß, und Gott ist tot. Der Mensch, der selbstbewußte und vollkommene, von jeder Puppe an Exaktheit übertroffen, harrt auf die Resultate der Retorten, bis ich die Formel auch für den Geist gefunden habe.“

Auffallend in diesem leninistischen Programm ist der Gegensatz zwischen den wenigen idealistisch anmutenden Sätzen und dem materialistisch-utilitären Grundtenor.

Gertrud Grunow, Professorin am Staatlichen Bauhaus Weimar, überbot dieses wirre Bekenntnis durch ihren eigenen Unterricht:

„Dieselbe (Farbenordnung) ist eine feste Ordnung, eine Maßeinheit für alle Farben, sie fußt auf der Konstruktion der menschlichen Form, ihrem Gerüste der Wirbelsäule, vertikal in Höhen- und Tiefenfolge und in Ausbreitung horizontal lebendig, beweglich auf dem Zwerchfell. Auch diese Farbordnung findet sich unbewußt selbsttätig, sie ist besonders eng mit dem Schichtwesen der Muskulatur verbunden. Die Dynamik ist zahlenmäßig und mit Oktavenanordnung der Töne identisch, von der Mitte nach unten und oben, ferner von unten nach oben und von oben nach unten. Gegenüber dem ersten Kreise als dem des Gleichgewichts ist der zweite Kreis, der Kreis der Dynamik, Mechanik, Materie, des Verstandes, der Konstruktion. Der erste Kreis trägt den zweiten bereits in sich, und der zweite beruht auf dem ersten, kann nur und muß aus ihm hervorgehen als Quantitäten und Qualitäten.“

Mit der Mazdaznanlehre wurden im Bauhaus auch Experimente der Ernährung erprobt. Diese Lehre besteht aus einem Sammelsurium von guten, fast vergessenen Weisheiten vermischt mit viel modernem Unsinn, darunter eine von Professor Gertrud Brunow inspirierten Farbenlehre. Die „Ecksteine“ der Mazdaznan-Lehre sind: Typen-Theorien, Reformdiät und Atemübungen. Das Haupt dieser

Sekte war ein Amerikaner, der sich Rah-Magi oder „Der kleine Meister des Universums" nannte, und behauptete, als Kind einer persischen Prinzessin in Teheran geboren zu sein. Dabei hieß der Herr in Wahrheit Hainisch, war Sohn eines deutschen Musikers und einer polnischen Mutter aus Weißenberg in Westpreußen, die beide nach den USA auswanderten.

Wenn trotz der Mazdaznan-Auswüchse das Bauhaus in Töpfer- und Möbelarbeiten etc. erstaunlich gute Einzelleistungen aufweisen konnte, so liegt der Grund darin, daß nicht nur Neulinge zum Unterricht zugelassen wurden. Man nahm auch fertig ausgebildete Handwerksgesellen auf, falls sie sich mit der „Grundlehre" einverstanden erklärten. Trotz solcher erfreulicher Ausnahmen sah sich der holländische Maler von Huzzar veranlaßt, die Fortführung des Weimarer-Institutes als „Verbrechen gegen Staat und Zivilisation" zu bezeichnen. Diese Kritik wurde im vierten Jahrgang der Zeitschrift „de Stijl" 1922 erhoben — und stammte somit aus dem eigenen Lager.

Die Weltanschauung des Bauhauses charakterisiert die Monatsschrift „Bauhaus 3, Sprachrohr der Studierenden". Sie enthält folgende Erklärung:

„Aber die Kommunisten sind schon so lange am Bauhaus, wie dieses existiert.

Hoffentlich haben aber die Bauhäusler endlich erkannt, daß es nur eine revolutionäre Partei gibt, die kommunistische Partei Deutschlands.

In Wirklichkeit ist die Wohnungsfrage ohne Revolution nicht möglich zu lösen, weil sie selbst ein Teil der Revolution ist.

Gropius versucht mit geistreich gestalteten Grundrissen die Familie aufzulösen ... Will Gropius ernstlich für die Auflösung der Familie kämpfen, so soll er wissen, daß er primär für den sozialisierten Staat zu kämpfen hat, sonst entsteht eine Verkitschung der Idee.

Hannes Meyer hatte richtig das Bedürfnis der Zeit erfaßt. Seine pädagogische Tätigkeit, die auf streng materialistischer Grundlage ruhte, war das Modernste, also Positivste am Bauhaus.

Es geht nicht um Revolte, sondern um Revolution.

Es besteht deshalb die Pflicht für jeden, dem der Fortschritt keine Phrase ist, mit der revolutionären Arbeiterschaft in einer Front zu kämpfen für ein Sowjetdeutschland."

Dieser Monatsschrift, die kein Datum trägt, aber aus dem Jahre 1930 stammt, lag ein Beitrittsformular für die kommunistische Partei Deutschlands bei.

Im gleichen Jahre 1930 war in der Schweiz der größte Förderer der Bauhausdoktrin, der Redaktor der „Schweizerischen Bauzeitung", offizielles Organ des Schweiz. Ingenieur- und Architektenvereins, und der Zeitschrift „Das Werk", offizielles Organ des schweizerischen Werkbundes und des Bundes schweizerischer Architekten.

Der Schweizerische Werkbund, größter Propagandist für die Doktrinen des Bauhauses, und dessen prominentestes Mitglied damals, Le Corbusier, erhielt laut „Nationalzeitung", Basel (Nr. 410 Jahrgang 1930) eine jährliche Bundessubvention von 15.000 Schweizerfranken. Die Gewerbeschulen in Basel und Zürich erzogen die Studierenden nach den Lehren des Bauhauses.

Die Labilität eines Walter Gropius, Direktor des Bauhauses, zeigt sich auch immer wieder in seinen Lebens- und Berufsäußerungen.

Da Karl Marx den Familiensinn als „bürgerliche Gefühlsreste" gebrandmarkt hatte und schrieb, daß „eine Frau, die ihr Kind liebt, nicht mehr als eine Hündin, also ein Tier ist", bemühte sich Gropius sinngemäß „mit geistreich gestalteten Grundrissen die Familie aufzulösen". Als er aber nach 1945 in Bonn ein energisches Familienministerium vorfand, schwenkte er ebenso linientreu sofort um und entwarf seitdem (laut Pressemeldungen) Grundrisse zur Förderung des Familiensinns.

Als er 1961 beauftragt wurde, für Bagdad, die Hauptstadt des revolutionären Irak, ein Universitätsgebäude zu entwerfen, verspürte der traditionsfeindliche Gropius kein Bedenken, ein möglichst traditionsgetreues Projekt zu entwerfen, um dem Nationalstolz des inzwischen gestürzten Kassem zu schmeicheln. Im Frühjahr 1931 zeigte das Kunstgewerbemuseum Zürich eine „Gropius-Ausstellung der Bauwelt-Musterschau". Dem Ausstellungsbesucher wurde eine vierundzwanzig Seiten umfassende „Wegleitung" in die Hand gedrückt, auf deren Umschlag eine drohende Faust mit einer schwarzen Kelle in der symbolischen Form des revolutionären, mit der Spitze nach unten gerichteten Dreiecks zu sehen war. In dieser Schrift war zu lesen:

„Kein deutscher Künstler hat dem Zeit- und Weltgefühl der Epoche, die mit dem Herbst 1918 anbrach, reineren Ausdruck verliehen als Walter Gropius ... Er warf alle Illusionen und Sentimentalitäten der Vorfahren über Bord ... Er ruft mit frohlockender Anteilnahme neue technische Möglichkeiten, neue Baustoffe zu Hilfe ... Er bemerkt spielfreudig, daß man mit Hilfe vortragender Träger ohne Mühe auch Ecken und Kanten aus Glas herstellen, daß man ein ganzes Haus mit durchsichtiger Epidermis überziehen kann ... das Werkgebäude des Dessauer Bauhauses von 1926 brachte die Erfüllung ..."

Die Ausstellung zeigte etliche Belege für diese „Spielfreudigkeit". Unter vielen Modellen und Entwürfen waren auch die Abbildungen der Siedlung Törten und Dammerstock, Wettbewerbe, ein Wohnhaus in Stahl, Modelle für „horizontale Schiebefenster" und ein Pfahlbauprojekt von Le Corbusier für das „schweizerische" Studentenheim in Paris, das nach den Vorschriften von Siegfried Giedion entworfen zu sein schien, der bekanntlich verlangt, daß ein Haus wie ein „niedergehender Vogel" aussehen soll.

Manche Siedlungsentwürfe wirkten wie zusammengeschachtelte Kaninchenställe; ein Modell für das sogenannte „Totaltheater" sah einem Papageiendrahtkäfig oder einer gläsernen Käseglocke gleich.

„Man könnte sich ja schließlich mit der etwas seltsamen ‚Spielfreudigkeit' von Walter Gropius abfinden", schrieb die „Zürcher Volkszeitung", „wenn seine Bauten trotz kleiner Schönheitsfehler billiger, praktischer und wohnlicher als andere Bauten wären. Dies ist aber leider nicht der Fall. Die Siedlung Törten kostete 28 Mark pro Kubikmeter statt 24 Mark normal." Ein Jahr nach Vollendung dieser Siedlung wiesen hundertelf von 332 Häusern Risse auf, die auf fehlerhafte Konstruktionen zurückzuführen waren. Das „Berliner Tagblatt" (Nr. 24, 1930) bemerkte, daß von den 318 die Siedlung Törten bewohnenden Arbeiterfamilien sich alle bis auf eine unglücklich fühlen. Auch brachte das sozialdemokratische „Volksblatt für Anhalt" (Nr. 6, 1931) ein „Eingesandt" von einem „Bewohner aus der Gropiussiedlung". Folgende Stellen dieser Einsendung charakterisieren die „reine Sachlichkeit", die das „Neue Bauen" vertritt:

„Unerhörte Zustände herrschen in der Gropiussiedlung ... Man hat die Gropiushäuser ja verkauft und ist froh, daß man sie los ist. Wenn wirklich noch Nachfrage nach solchen Häusern besteht, so liegt das daran, daß der Außenstehende eben keine Ahnung hat von dem Schund, der hier geliefert worden ist, und daß man Sehnsucht hat nach einem Eigenheim. Die Bewohner der Häuser selbst haben gründlich die Nase voll ... Hätte sich ein Bauunternehmer erlaubt, solchen Murks zu liefern, so hätte man das mit einem ganz bestimmten Ausdruck bezeichnet ..., es wird nicht lange dauern, und man ist von lauter Feuchtigkeit umgeben ..., ist ein Riß verschmiert, so klafft er in kurzer Zeit umso größer ... Entweder die Stadt als Verkäuferin solchen Schundes läßt von einem wirklichen Fachmann die schlimmsten Mängel beseitigen, oder sie gewährt einen Kaufpreisnachlaß in solcher Höhe, daß der Einzelne sich helfen kann. Die Stadt ist durch die Grossiedlung schon stark in Mißkredit geraten ...“

„So sieht die etwas kostspielige ‚Spielfreudigkeit‘ aus. Nicht viel besser ergeht es Gropius’ Gesinnungsgenossen May, früher in Frankfurt, jetzt in Moskau, der in der Zürcher Kunstgewerbeausstellung ein Haus in seiner Trockenbaumontage ausstellte. Vor kurzem ging die Mayesche Plattenfabrik wegen Unwirtschaftlichkeit ein, und unlängst flog das in Gropiusscher und Mayescher „Sachlichkeit“ erbaute Dach des Henry-Budge-Heimes mit Holzverschalung auf und davon und die nach gleichen Rezepten erbaute Konrad-Hainisch-Schule kostete 80 000 Mark Dachreparaturen.“

Die „Zürcher Volkszeitung“ schloß ihre Berichterstattung über die Gropiusausstellung mit folgenden Worten:

„Wer mit offenen Augen die Gropius-Ausstellung studiert, gelangt zu folgenden Schlüssen: Der Zweck und das Ziel von Walter Gropius, dieses repräsentativen Mitgliedes der internationalen Vereinigung des Neuen Bauens, ist die Industrialisierung und Vertrustung des ganzen Bauwesens, wobei es gleichgültig ist, daß das Bauen schlechter und teurer wird, und die Bewohner dieser Bauprodukte unglücklich sind. Architektur läßt sich nicht industriell produzieren, auch schränkt der Sinn für Architektur den Absatzmarkt für industrielle Bauprodukte ein. Darum muß die Architektur infamiert, das Kunst- und Heimatgefühl im Volke ausgerottet werden.“

Wenn der zitierte Zeitungsbericht mit der Behauptung schloß, das neue Bauen à la Gropius sei ein Vertrustungsmanöver der Hochfinanz, dann erbrachte das im Jahre 1938 vom „Museum of modern Art“ in New York herausgegebene Buch mit dem Titel „1919 Bauhaus 1928“ dafür den Wahrheitsbeweis. Denn dieses Buch verdankte sein Entstehen der amerikanischen Hochfinanz und der mit ihr verbundenen Industrie. Einleitend wurden die Namen von fünfundzwanzig bedeutenden Mäzenen genannt, die in ihrer Zeit wichtige wirtschaftliche und politische Funktionen ausübten.

Die genannten Gönner der Bauhausedition in englischer Sprache gehörten der seit 1863 die Vereinigten Staaten beherrschenden Finanzoligarchie an und waren darüber orientiert, daß im vorhitlerischen Deutschland die erwiesene kommunistische Ideologie des Bauhauses zu dessen Liquidierung in Deutschland geführt hatte. Diese Tatsache schien die bürgerlichen Multimillionäre in keiner Weise zu stören. Auf Seite 173 des von ihnen finanzierten Bauhaus-Buches fand sich folgende sehr lehrreiche graphische Darstellung über die Tätigkeit des Bauhauses:

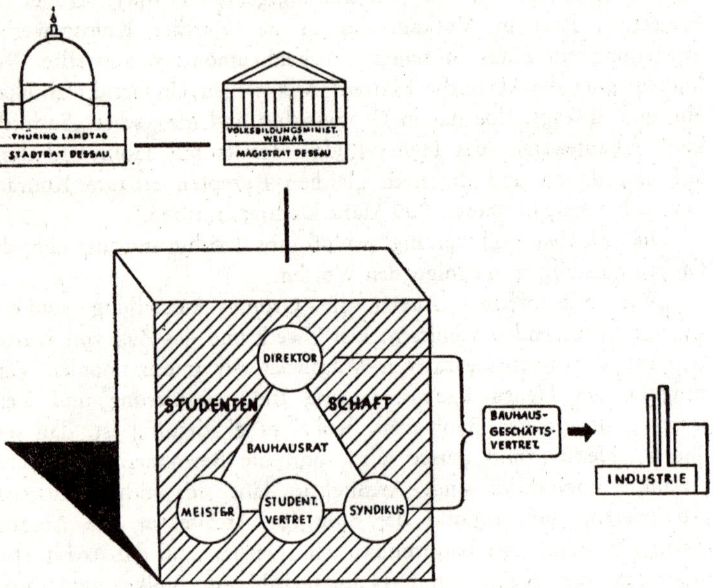

Aus: „1919 Bauhaus 1928“ herausgegeben vom Museum of modern Art in New York, 1938, Seite 173 (in englischer Sprache)

Die Graphik zeigt wie vom Landtagsgebäude Thüringen eine Linie ins Volksbildungsministerium Weimar führt und von dort in einen Kubus, der die Studentenschaft versinnbildlicht. Auf der Frontseite des Kubus erscheint ein großes Dreieck. Im Kreis an der Spitze des Dreiecks steht das Wort Direktor, während in den drei Kreisen auf der Grundlinie des Dreiecks die Bezeichnungen „Meister“,

„Studentenvertreter“ und „Syndikus“ zu lesen sind. Aus den Kreisen des Kubus weist eine Klammer hinüber zu einem mit „Bauhaus-Geschäfts-Vertreter“ beschriebenen Feld und von dort führt ein starker schwarzer Pfeil zu einer Signatur mit Hochöfen und Schornsteinen zur Industrie.

Versteckt hinter diesen Industrieschloten hockt Götze Mammon, der die Zinsernte einkassiert. Wie treffend bestätigt doch diese graphische Darstellung die Proklamation von Walter Gropius aus dem Jahre 1923;

„... so schreitet mit Erorberergeste die Gegenwart einher ... Tempo und Hochspannung des Merkantilen machen Zweck und Nutzen zum Maßstab aller Wirkung und die Berechnung ergreift die transzendente Welt ...“
und wie klar und eindeutig straft sie die Behauptung Siegfried Giedions auf dem „Dritten Internationalen Geisteswissenschaftlichen Kongreß“ in München 1960 Lüge: „Das Ziel (des Bauhauses) war die Veredelung der gewerblichen Arbeit im Zusammenwirken von Kunst, Industrie und Handwerk.“ Aus der Sicht Siegfried Giedions mag Walter Gropius, der Schöpfer des Bauhauses, tatsächlich einer der bedeutendsten Köpfe der Epoche, und die Dekade 1920—1930 „das Jahrzehnt der Architektur“ gewesen sein. Für den Klarblickenden dagegen war es das Jahrzehnt der Zerstörung von Architektur und Kultur. Geradezu symbolisch war 1919 das Gründungsjahr des Bauhauses Weimar, inmitten der Schnellfäule Zentraleuropas, jenes Jahr wo sich in Zürich Dada austobte, wo in München Toller die bayrische Räterepublik proklamierte, wo in Berlin die roten Spartakisten in den Straßen schossen, und wo im Weimarer-Hotel „Zum Goldenen Adler“ der rote Erzberger das Versailler-Diktat im Gästebuch mit folgenden Worten feierte: „Erst mach dein Sach, dann trink und lach“. Kein Wunder, daß Walter Gropius auf dem Münchener Kongreß sich mit Rosa Luxemburg, Liebknecht und Landauer in einem Atemzug feiern ließ und daß ihm 1961 der Goethe-Kulturpreis zuerkannt wurde.

KAPITEL 13

Siegfried Giedion und sein Kongreß

Der wichtigste Referent des Münchner Kongresses 1960 und einer „der Fachleute internationalen Rufes“, wie ihn die Presse nannte, war Professor Dr. Siegfried Giedion aus Zürich. Er proklamierte die goldenen Zwanziger-Jahre als eine Periode „von ungewöhnlich hohem intellektuellem Rang“, die es daher verdiene, das „Jahrzehnt der Architektur“ genannt zu werden. Diese Behauptung stimmt durchaus, versteht man darunter das goldene Jahrzehnt des Architekturzerstörens. Dieses goldene Zeitalter der Zwanziger-Jahre begann 1919 mit der Gründung des Bauhaus Weimar, und 1920 mit der Herausgabe des „Esprit Nouveau“ in Paris. Ein erster Höhepunkt war 1927 die Erteilung des Weltpreises für ein Dada-Projekt in Genf, und die Aufstellung der Dada-Siedlung Weißenhof in Stuttgart. 1928 folgte die Gründung von La Sarraz, Schweiz, mit Siegfried Giedion als Zentralsekretär einer Institution, die Camille Mauclair als „Cellule communiste“ bezeichnete. Im gleichen Jahr veröffentlichte die Moskauer „Krasnaia-Niva“ Verordnungen für den sowjetischen Baustil, die sich fast wörtlich mit den Leitsätzen von Le Corbusier im Zürcher „Tages-Anzeiger“ 1929 deckten. 1928 charakterisierte Professor Moholy-Nagy vom Bauhaus Dessau die ganze europäische Kultur als „vorbolschewistisch“, forderte „die proletarische Diktatur in Kunstsachen“, und 1930 wurde die erste kommunistische Zelle im Bauhaus Dessau aufgespürt, im gleichen Jahr wo ein „Architekt“ in allem Ernst die Niederreißung des alten Bern und dessen Wiederaufbau in Beton verlangte. Tatsächlich ging es in Sachen Architektur in diesen vielgerühmten goldenen Zwanziger Jahren recht lebhaft zu. Mit Recht hielt Siegfried Giedion, ETH-Professor und Professor an der Harvard-Universität USA, gleichzeitig Zentralsekretär von La Sarraz und Schirmherr über den Dadaismus, dieses Architektur-Jahrzehnt für golden; nur vergaß er zu sagen, für wen es golden war. Golden war es nicht für die Architekten und Künstler, sondern für die Glas-, Eisen- und Betonindustrie und das hinter ihnen stehende Leihkapital, war doch das „Neue Bauen“ durch die Verwendung dieser modernen Materialien charakterisiert.

Schon vor dreißig Jahren behauptete Giedion, daß ein Bau in Zukunft nicht mehr wie ein Bau aussehen dürfe, sondern wie ein

„niedergehender Vogel, der kaum den Boden berührt“, auch erklärte er, das „Weltgewissen“ anrufend, „früher habe man für das Auge gebaut, heute für die Bewegung der Arme und Beine“.

Er galt schon damals als der originellste Kopf unter den Architekturkritikern. In kühnem Wurf und mit genialer Intuition erschuf er eine noch nie dagewesene neue Methode zur Beurteilung von Architekturwerken. Man sollte nicht mehr, wie die engstirnigen Reaktionäre und die Ewig-Gestrigen das Werk, sondern das Alter des Architekten zum Maßstab des Gültigen erheben. So schuf er eine Tabelle, in die das Alter der Architekten eingetragen wurde: die Zwanzigjährigen, die Dreißigjährigen, die Vierzigjährigen und die Fünfzigjährigen. In der Qualifikation standen die Werke der Zwanzigjährigen an der Spitze — wobei vermerkt werden soll, daß auch die Werke der Sechzigjährigen und Älteren allerbeste Noten erhalten können, vorausgesetzt, daß sie nach den für die Industrie rentablen Rezepten bauen.

Dieser sehr eigenartigen Vorliebe für die Einteilung nach Dekaden ist Giedion bis auf den heutigen Tag treu geblieben. In seinem Münchner Vortrag des Jahres 1960 teilte er das Jahrhundert in eine Folge von Jahrzehntabschnitten ein, wobei jedes Jahrzehnt „sein eigenes Gesicht“ erhielt.

Die von Giedion so hochgepriesene Architektur fand in der Weißenhofsiedlung in Stuttgart 1927 ihren sensationellsten Ausdruck. Dazu schrieb die *„deutsche Bauhütte“:*

„Man propagierte einfach „das neue Bauen“! Da erschienen jeweils als Allerneuestes: Eisendrahtgerüste, gegossene Bauplatten, Schlafboxen und beschlüpfbare Gänge, feste Betonmöbel und „transformable“ Kunststoffwände für Räume, vor allem die aquarienhaften Etagen-Glasbänder, darüber auf Norm- und Typenhäuserchen das begrünte Plattdach als „internationale Ausdruckswerte“. Zuweilen stiegen längst überwunden geglaubte Vorstellungen wieder auf, ja, es schien, als ob der uralte Nomadenhaß der Bibel gegen Ziegelstreichen und gegen die beschwerliche Werkstein- und Zimmerarbeit wieder aufflammte. Man propagierte Dachpastenhaut und Bauplatte!

„Von der kapitalistischen Industrie bezog man auch die Reklamemethoden für neue Architekturpropaganda. Immer neue Angriffswellen wurden gegen die bewährten Vertreter der deutschen Fachwelt und namentlich auf die Technischen Hochschulen vorgetragen. Die Agitation nannte sie „Hemmlinge“, brandmarkte sie als „Erhalter der aufgestülpten Dachmützen“, bemerkte die Besonnenheit als „Interessenvertretung veralterter Konstruktion“, nannte Hochschullehrer beschimpfend „Kathedergreise“, die nicht fähig sind, den Sinn des neuen Großfensters zu erfassen. Die ganze Hochschularbeit sollte verfemt werden; besonders scharfe Hiebe galten einer anderen Gruppe, nämlich dem Muckertum, das sich Heimatschutz nennt. So begann die neue Probierkunst mit Druckerschwärze, Vorträgen und Bildervorführungen.

„Die Abwehr gegen solche Irreführung wurde lange herausgefordert. Jetzt wendet sich nach unserem Vorgehen auch die deutsche Ärzteschaft „gegen die unter aller Kritik stehenden Bauten“. In den medizinischen Zeitungen wird gesagt: „An der Stelle des Gesundheitsschutzes wird den Bewohnern das Gegenteil geboten, statt Ruhe zuviel Geräusch und zuviel Vibration, da, wo der Bewohner Schatten sucht, erhält er zuviel beeinträchtigende Sonnenstrahlung.“ Gleichzeitig wird wieder darauf hingewiesen, daß die von außen eindringende Feuchtigkeit dauernd Schimmelpilze, Krankheiten und Hausschwammbildung in den Behausungen nährt. Das Ganze beruhe auf degeneriertem Denken . . .».

Die Dada-Bauten sind stets teurer als normale Bauten. Die Siedlung Törten kostete 28 Mark statt 24 Mark pro Kubikmeter. Die Wasserwerkhäuser in Zürich standen mit 55 Franken pro Kubikmeter im Voranschlag, kosteten aber 83 Franken pro Kubikmeter statt 65-70 Franken normal. Das neue Gewerbeschulhaus in Zürich überschritt die veranschlagten Baukosten um 500 000 Franken, weil es nach Dadastil gebaut werden mußte. Auch hat sich diese Bauweise als Schlag gegen das Volksempfinden bewiesen. Trotz marxistischer Beeinflussung fühlten sich die Arbeiter der Siedlung Törten unglücklich; die Einwohner des aargauischen Lenzburg verwarfen trotz obrigkeitlicher Empfehlung das im Dada-Stil projektierte Schulhaus mit großem Mehr. Eine organische Entwicklung verletzt weder die Gefühle, noch widerspricht sie der Vernunft. Im Dada-Bauen aber ist kein organisches Wachstum festzustellen, keine Entwicklung von der Knospe zur Blüte und von der Blüte zur Frucht. Es müssen schon sehr große Interessen im Spiel und vor allem gewaltige und selbstsichere Kräfte engagiert sein, damit es sich eine Gruppe leisten kann, eine Bewegung mit allen Mitteln der Propaganda durchzusetzen, die überall auf tiefen und begründeten Widerstand stößt.

Das Jahr 1928 war für Professor Giedion mit der Gründung der Kernzelle von La-Sarraz (Schweiz) wohl das bedeutsamste. Dem

Gründungsakt dieser Kernzelle wohnten nebst anderen Le Corbusier, Gropius, Adolf Loos, Moser und Siegfried Giedion bei. Aus dieser Kernzelle erwuchs eine Organisation unter dem Namen „Der internationale Zusammenschluß des neuen Bauens“ unter der Abkürzung CIAM bekannt. Giedion übernahm das Zentralsekretariat dieser Organisation mit Sitz in Zürich. Unter dem Namen „Neues Bauen“ tarnte sich aber eine ausgesprochene ideologische und sozialpolitische Zielsetzung, die klar zu Tage tritt, sobald man den Kern der Satzungen aus ihrer banalen Verpackung herausschält. Dieses Programm, das 1928 in der ganzen Schweiz in den prominentesten bürgerlichen Zeitungen kommentarlos veröffentlicht wurde, fordert in verklausulierter Form nichts weniger als die Vernichtung der traditionellen Architektur durch systematische Propaganda zur Heranbildung eines neuen entseelten Menschentypus, der die industriell fabrizierten Bauprodukte kauft. Hier erscheint wiederum recht deutlich die Verkoppelung kapitalistischer und bolschewistischer Zielsetzung. Nachstehend die wichtigsten Programmpunkte des „Neuen Bauens“, wie ich sie sehe:

1. Durchsetzung einheitlicher Wohnvorschriften zur Schaffung eines Wohnschemas, das industriell fabrizierbar ist.
2. Abschaffung aller ästhetischen Baugesetze und aller Kunstkommissionen, weil sie die industrielle Produktion hemmen.
3. Bauherren mit persönlichem Geschmack oder mit eigener Individualität darf es in Zukunft nicht mehr geben, sondern nur noch „Konsumenten“ von industriell erbauten Häusern. Die Bauindustrie läßt nur diejenigen Ansprüche zu, die sie selber befriedigen kann. Alle anderen Einflüsse, die künstlerischen oder heimatkundlichen Motiven entspringen, müssen als geschäftshemmend abgelehnt werden. Die Bauindustrie verlangt, daß der Staat bereits in der Schule den Kindern den Sinn für individuellen Geschmack und angestammte Heimatliebe nimmt und somit künftige Konsumenten industriell produzierter Katalog- oder Fordhäuser heranbildet.
4. Beseitigung der traditionellen Architektur in den Fachschulen und Erziehung der Architekturstudenten in der Verwendung möglichst vielfaltiger Produkte der Bauindustrie.
5. Kunst, Heimatliebe und Religion sind in der industriellen Bauproduktion nur noch hemmende Schlacken. Das Seelenhafte ist von der Serienproduktion angewidert und versperrt deren Absatz.

Dieses Programm erinnert an die von Moholy-Nagy geforderte proletarische Kunstdiktatur und entspricht auch frühen Forderungen Le Corbusiers, die er im „Esprit Nouveau“ (Nr. 21 und 22) aufgestellt hat, wobei er soweit ging ein direktes Verbot aller ihm unbequemen Architekturen zu fordern. Er schrieb: „Es sind Beschlüsse zu fassen im Hinblick auf ein Verbot gewisser Formen ... Die Straße muß durch ein gleichmäßiges Gesims abgeschlossen sein, die Stadtverwaltungen müssen eine solche Neuheit akzeptieren“. Findet sich hier nicht ein Anklang an die gleichmacherischen Vorschriften Morellis aus dem Jahre 1755?

Die Tätigkeit Professor Giedions beschränkte sich aber nicht nur auf die Verwaltung der „Cellule communiste“, deren Mitglieder er 1930 zu einem Kongreß nach Moskau einberief, sondern er dozierte, schrieb und betätigte sich als „praeceptor architecturae“ auf allen Gebieten, selbst der Bildhauerei. So war er auch der Gönner von Dada Arp, dem Erfinder der „automatischen Dichtung“, die automatisch „aus den Gedärmen entspringt“.

Am Münchner-Kongreß 1960 verbreitete sich Giedion hauptsächlich über Gropius und das Bauhaus Dessau. Wenig bekannt sind seine vergeblichen Bemühungen um eine Dozentur am Bauhaus Dessau. Dafür machte Giedion in den USA und in Zürich von sich reden durch ein Buch „Architektur und Gemeinschaft“ (Rowohlt-Verlag, Hamburg 1960). Unter „Gemeinschaft“ versteht er nicht eine aus dem autonomen Volkstum gewachsene Gemeinschaft, sondern die durch industriell gebaute Gemeinschafts- und Gesellschaftszentren produzierte kollektive ungeprägte Masse. Dieses Leitbild gewann er in den USA. Das Buch „Architektur und Gemeinschaft“ trägt die gleichen Merkmale der bereits behandelten Veröffentlichung von Le Corbusier „An die Studenten — Die Charte d' Athènes“. Beide Bücher sind in gleichem Format und Aufmachung, im Verlag Rowohlt erschienen, beide umfassen an die 150 Textseiten, die dazu dienen, die eigentlich revolutionären Ziele der CIAM zu verwässern und zu vernebeln. Beide Schriften zeigen als Titelbilder einen dadaistischen Architekturausschnitt. Immerhin findet man im Buch von Siegfried Giedion trotz des weitschweifigen Geredes, mit dem er den eigentlichen Sinn der CIAM zu verdunkeln sucht, einige aufschlußreiche Stellen.

So lesen wir auf Seite 57: „Nachdem die Perspektive ein halbes Jahrtausend geherrscht hatte, erfolgte gegen 1910 ein Umsturz auf allen Gebieten, in den künstlerischen wie in den wissenschaftlichen ...

unbekümmert haben sich gleiche Ausdrucksmittel ..., die auf eine geheime Einheit hinweisen, ... entwickelt ... alle haben ein Formelement gemeinsam: die Fläche!" Auf Seite 57/58 heißt es: „Der Kubismus erfaßt Objekte gleichsam relativ ..., indem er die Objekte zerlegt, packt er sie gleichzeitig von allen Seiten ... geht um sie herum ... so wird den drei Dimensionen, die den Raum der Renaissance umschreiben ... eine vierte, die Zeit, angefügt."

Die Deutung dieses von Giedion geschilderten Vorganges zeigt Alois Riegl in Figur 1 seiner graphischen Darstellung, wo er auf die urtümliche Richtung des altorientalischen Kunstwillens hinweist. So entspricht die von Giedion erwähnte „Zerlegung der Objekte" der Rieglschen „Isolierung als Funktion des Tastsinnes" und seine Ablehnung der räumlichen Dreidimensionalität der Renaissancekunst entspricht der Rieglschen Feststellung, daß für den Altorientalen „volle Klarheit im Zweidimensionalen", d. h. in der Fläche typisch ist.

Siegfried Giedion darf somit das Verdienst für sich in Anspruch nehmen, wertvolle Belege für die Richtigkeit der Rieglschen wissenschaftlichen Erkenntnisse gebracht zu haben, nicht zuletzt weil er auch dem in Paris zugereisten Apollinaire eine führende Rolle im „Umsturz" des Jahres 1910, der auf „eine geheime Einheit" hinweist, zuschreibt.

Wenn Siegfried Giedion aber behauptet, der Kubismus habe den drei Dimensionen eine vierte, die Zeit „angefügt", so irrt er. Jedermann, der sich einem Objekt in Bewegung nähert, erlebt einen zeitlichen Ablauf von optischen Eindrücken, die freilich bei der modernen „zweidimensionalen Architektur" von seltener Plattheit und Dürftigkeit sind.

So erscheint der Kubismus mit seinen Folgen durchaus nicht als Abschluß einer „Entwicklungslinie", noch weniger als bloße Laune oder boshafte Sensationslust, sondern als natürlicher Vorgang einer vorgeschichtlich-biologisch begründeten Interpretation der Erscheinungswelt, die vornehmlich in Paris, aber auch in anderen Städten Europas, propagandistisch gegen die Dreidimensionalität des homo europäus (nach dem Schleich'schen Gesetz) ausgewertet und suggeriert wird. Die wütenden Ausfälle gegen die dreidimensionale Kunst sind dagegen eine Bestätigung der Gereiztheit des zweidimensionalen Menschen, der sich in einer Welt mit dem Sinn für das Dreidimensionale — der ihm unzugänglich bleibt — herabgesetzt und gedemütigt fühlt. Hier offenbart sich eines der Hauptmotive des diktatorischen Trommelfeuers gegen jede Art von Dreidimensionalität, und hier erklärt sich die affektgeladene Regression in die Zweidimensionalität.

Ich kann dieses Kapitel nicht abschließen, ohne auf die Illustrationen in Giedions Buch hinzuweisen, die seine Thesen untermauern sollen. Nie hätte der Architekt Camillo Sitte, der als erster diese Erziehungsmethode anwandte, in so unfairer Weise Beispiele und Gegenbeispiele gebracht. Giedion scheut sich nicht, durch Karikaturen und Spezialzeichnungen zum Teil ins Groteske deformierte Projekte früherer Zeiten als Gegenbeispiele für die CIAM-Bauten, insbesondere für die Pilgerkirche von Ronchamp, zu zeigen. In ähnlich unlauterer Weise zeigt er nicht etwa die Bildwerke bedeutender Maler des 19. Jahrhunderts, sondern verweist auf läppische Abbildungen à la Marlitt.

Ein Blick in die Vergangenheit möge dazu dienen, Sachverhalte abzuklären, die in rein kunstkritischen Diskussionen mit solcher Schärfe nie zutage treten:

Kurt Eisner, Kaffeehausliterat und Anarchist, nach G. Brandes „ein Mann mit wirrem Haar, der sich ein spöttisches Lächeln einstudierte ...“ machte sich nach der von ihm erfolgreich lancierten Novemberrevolution 1918 zum bayerischen Ministerpräsidenten, setzte die Dynastie Wittelsbach ab, verriet sein Vaterland auf einem Kongreß in Bern, rühmte sich, der kämpfenden Front in den Rücken gefallen zu sein, veröffentlichte gefälschte amtliche Geheimakten, um Deutschland zu schädigen und wurde Februar 1919 durch Graf Arco erschossen.

Der Vertrauensmann dieses ersten bayerischen Ministerpräsidenten war der Schwabinger Literat Ernst Toller aus Krotschin, nicht nur bekannt durch seinen Ausspruch „Das Ideal des Helden ist das dümmste Ideal“ sondern auch durch seine Dichtungen, in denen er jede staatliche Ordnung, jede menschliche Würde und sogar die Kriegsverletzten unflätig verhöhnte.

Dieser Vertrauensmann von Kurt Eisner war mit Frau Carola Giedion eng befreundet. Er proklamierte im April 1919 zum zweitenmal die Räterepublik Bayern nach Moskauer Muster und übernahm die Regierungsgewalt. Gleichzeitig war er Abschnittskommandeur der Roten Armee. Fast sämtliche Erlasse der Räterepublik waren von Toller unterzeichnet. So stand München für einige Zeit unter der Diktatur der Roten Armee, die auch vor Geiselmorden nicht zurückschreckte, bis die antikommunistischen Freiwilligen — Verbände einmarschierten und nach schweren Kämpfen der roten Schreckensherrschaft ein Ende bereiteten. Unzählige durch Gewehrkugeln abgesplitterte Fassadenteile des Münchner Justizpalastes, für alle sichtbar, aber heute von allen unbeachtet, sind die letzten Zeugen dieser Zeit. Der Kommandeur der Roten Armee, Toller, wurde in Schwabing in einem Wäscheschrank, in dem er sich versteckt hielt, entdeckt. Zur gleichen Zeit geschah folgendes: Die Franzosen rückten im Rheinland ein, Major Pabst zerschlug den blutigen Berliner — Bolschewistenaufstand, die Schweiz vereitelte unter schweren Opfern die Proklamierung einer Schweizerischen Räterepublik, Ungarn kam unter die Schreckensherrschaft von Bela Khun.

Die Zürcher Monatsschrift „Du“ veröffentlichte im März 1962 u. a. eine Biographie von Carola Giedion-Walker, der wir entnehmen, daß sie 1914 in München Kunstgeschichte studierte, in Schwabing wohnte und dort den „Schweizer Studenten Giedion, der sehr selbstbewußt auftrat“ kennenlernte. Dieser war damals mit der Niederschrift eines Dramas „Arbeit“ beschäftigt, in dem er an der Person eines jungen Schweizer Architekten zeigte, wie man durch Arbeit des „Leidens am Weibe“ Herr werden konnte. Der aufschlußreichste Teil dieser Biographie beschreibt, wie Carola Giedion von „einer Welle der Revolutionsbegeisterung hochgetragen“ wurde, als „Kurt Eisner Ende 1918 die Führung der Münchner Arbeiter — und Soldatenrates übernahm ... Giedion wurde Präsident des „Blocks aufbauender Studierender“, der „munter mißliebige Professoren absetzte“ Carola trug mit dem Dichter Ernst Toller den Kranz beim Begräbnis des schon im folgenden Jahr ermordeten Eisner. Als die Reaktion einsetzte, mußten die beiden München verlassen ...“

So erscheint der Schweizer Giedion als ein Prominenter der bayerischen Räterepublik zusammen mit Carola Giedion, die gemeinsam mit dem künftigen Diktator und Kommandeur der Roten Armee, Toller, den Totenkranz beim Begräbnis Eisners getragen hat.

„Unter königlichen Ehren wurde Kurt Eisner am 27. Februar 1919 zu Grabe getragen. Schon um 8 Uhr sammelten sich auf der Theresienwiese Vereine und Abordnungen mit Fahnen, selbst aus Amerika, und 500 Ordner der Freien Gewerkschaften. Nach der Aufführung der orchestralen Komposition von Kurt Eisner unter dem Titel „Gesang der Völker“ um 9 Uhr, brach der Trauerzug auf: An der Spitze der Corps-Soldatenrat, die Kapelle des Infanterie-Leibregimentes, dann bedeutende Partei- und Amtspersonen, (darunter wohl auch Siegfried Giedion als Blockspräsident) und endlich die Kranzabordnung an der Spitze Ernst Toller mit Carola Giedion. Unter einem Meer von Fahnen, unter den Klängen von 20 Musikkapellen, dem Grollen schwarzbeflaggter Flugzeuge, dem Geläute aller Kirchenglocken der Stadt München und eingerahmt von einer unübersehbaren Menschenmenge gelangte der Trauerzug um 10½ Uhr mit Toller und Carola Giedion in der Aussegnungskapelle des Ostfriedhofes an, in der in Anwesenheit von Ministern und Parteiführern viele musikumrahmte Reden gehalten wurden. Gustav Landauer nannte den Verblichenen in seiner Rede „Meister, Prophet, der einer war wie Jesus, wie Huss" etc. Als danach die Minister und Parteiführer wie Landauer, Levien, Toller, Mühsam, Leviné, Axelrod, Niekisch, Jaffé, etc. aus der Halle heraustraten, salutierte ein im Halbrechteck aufgestellter roter Fahnenwald..."

Als die bayerischen Freikorps mit den württembergischen Formationen München säuberten, verschwand der rote Rebell Siegfried Giedion nicht wie sein Freund Ernst Toller in einem Wäscheschrank, sondern viel einfacher unter den Fittichen der bürgerlichen „Neuen Zürcher Zeitung" in Zürich. Dort war er gar bald einer der angesehensten Mitarbeiter dieses Blattes, wurde zum Professor für Architektur an der E. T. H. in Zürich und später an der Harvard-Universität in Boston nominiert, und übernahm nach einer jahrelangen unermüdlichen Propaganda für Le Corbusier, den Baubolschewismus und das Bauhaus Dessau in der NZZ, das Generalsekretariat der CIAM mit Sitz in Zürich. Es war durchaus folgerichtig, daß Siegfried Giedion (laut Nr. 24879 Jahrgang 1930 der „Neuen Zürcher Zeitung") die erste Generalversammlung seines Verbandes der CIAM nach Moskau einberufen hat. Durchaus unlogisch war es aber, daß Siegfried Giedion, der mit seiner Gattin an prominenter Stelle an den Bestattungsfeierlichkeiten von Kurt Eisner teilnahm, es als Hauptreferent am 3. Internationalen Geisteswissenschaftlichen Kongreß in München 1960 zuließ, daß ausgerechnet der Soziologe Max Weber in einem Vortrag geehrt wurde. Denn Max Weber war es gewesen, der Mitte Januar 1920 in einer Vorlesung zu seinen Studenten gesagt hatte: „... Kurt Eisner hat Schande auf Schande über Deutschland gebracht." („Das Lebensbild Max Weber" von Marianne Weber, Verlag Mohr, Tübingen, 1926, Seite 684.)

KAPITEL 14

Tristan Tzara

„Ich zerstöre die Gehirnschubkästen"

Die Zeitschrift „l'Esprit Nouveau", das Bauhaus Weimar, der Dritte internationale geisteswissenschaftliche Kongreß in München 1960 sowie verschiedene Strömungen der Malerei, Literatur, Musik, etc. sind ohne Dadaismus nicht zu verstehen. Die Krisis der Architektur ist mit Dada besonders verquickt. Wenn ich mich hier auf keine eingehende Analyse des Dadaismus einlassen kann, so ist es immerhin notwendig, folgende charakteristische Dada-Mosaiksteine zu sammeln. Vielleicht gelingt es mir zum Schluß, diese Steine zu einem überzeugenden Gesamtbild zusammenzufügen.

Der Dada-Almanach, herausgegeben im Auftrag des „Zentralamtes der deutschen Dada-Bewegung" von Richard Huelsenbeck im Jahre 1920 (Erich Reiss-Verlag, Berlin) bietet die Möglichkeit, zunächst einmal die hauptsächlichsten Dada-Macher vorzustellen:

Einer der Gründer des Dada ist der Rumäne Tristan Tzara, geb. 1896, der bis zu seinem Auftreten 1916 in Zürich unbekannt war. Eine deutsche Zeitung erwähnte ihn am 15. Januar 1955 in einem Artikel: „Alpträume einer sinnentleerten Welt" in einem Atemzug mit Apollinaire, Breton, Aragon, Peret, Desnos, Eluard und Soupault.

Am 23. Juli 1918 las Dada Tristan Tzara in der „Meise" in Zürich sein „Dada-Manifest 1918" vor, in dem es hieß:

«... Unterzeichnen, schreien, fluchen, die Prosa in der Gestalt absoluter, unwiderlegbarer Klarheit arrangieren, ihr Non-plus-ultra beweisen und behaupten, daß das Neue dem Leben gleiche wie die letzte Erscheinung einer Cocotte dem Wesen Gottes.

«... Ich bin gegen die Handlung; für den fortgesetzten Widerspruch, für die Bejahung und bin weder für noch gegen und erkläre nicht, denn ich hasse den gesunden Menschenverstand ...

«Dada bedeutet nichts.

«... Aus den Zeitungen erfährt man, daß die Kruneger den Schwanz einer heiligen Kuh Dada nennen. Der Würfel und die Mutter in einer gewissen Gegend Italiens: Dada. Ein Holzpferd, die Amme, doppelte Bejahung im Russischen und Rumänischen: Dada. Weise Journalisten sehen in ihm eine Kunst für Säuglinge, andere Heilige-tägliche-Jesus-läßt-die-Kindlein-zu-sich-kommen, die Rückkehr zu einem trockenen und lärmenden, lärmenden und eintönigen Primitivismus ... Das Kunstwerk soll nicht das Schöne an sich sein, denn es ist tot; ... Der Versuch Jesus und die Bibel decken mit ihren breiten wohlwollenden Flügeln: die Scheiße, die Tiere, die Tage ...

«... So entstand Dada aus einem Bedürfnis von Unabhängigkeit, des Mißtrauens gegen die Gemeinsamkeit ... Hier in der fetten Erde werfen wir Anker, hier haben wir das Recht zu proklamieren, denn wir haben die Schauer und das Erwachen kennengelernt. Wie energietrunkene Gespenster bohren wir den Dreizack ins ahnungslose Fleisch. Wir sind Geriesel von Verwünschungen in der tropischen Überfülle berauschender Vegetationen, unser Schweiß ist Gummi und Regen, wir bluten und brennen Durst, unser Blut ist Kraft.

«Der Kubismus entstand aus der einfachen Art, die Gegenstände zu betrachten: Cézanne malte eine Tasse 20 Zentimeter tiefer als seine Augen, die Kubisten sahen sie ganz von oben; andere komplizieren die Erscheinung, indem sie einen senkrechten Schnitt machen und sie brav an die Seite setzen. Der Futurist sieht dieselbe Tasse in Bewegung, Reihenfolge nebeneinandergesetzter Gegenstände, denen er mutwilligerweise einige Linienkräfte beifügt. Das ändert nichts daran, daß die Leinwand ein gutes oder schlechtes, für die intellektuellen Kapitalanlagen bestimmtes Gemälde ist.

« ... Ich sage euch: es gibt keinen Anfang und wir zittern nicht, wir sind nicht sentimental.

«Wir zerreißen, wütender Wind, die Wäsche der Wolken und der Gebete und bereiten das große Schauspiel des Unterganges vor, den Brand, die Zersetzung ...

«Ich zerstöre die Gehirnschubkästen und die der sozialen Organisation, überall demoralisieren, die Hand vom Himmel in die Hölle werfen ...

« ... Die Wissenschaft stößt mich ab, sobald sie zum spekulativen System wird, sie verliert ihren Nützlichkeitscharakter ...

«Ich nenne Wurschtigkeit den Zustand eines Lebens, in dem jeder seine eigenen Voraussetzungen behält, immerhin aber die andern Individualitäten zu achten versteht und sich zu verteidigen, Two-step wird Nationalhymne, Antiquitätengeschäft, D. T. drahtlose Telephonie verwandelt die Fugen von Bach, Lichtreklamen und Plakate für Bordelle, die Orgel verteilt Nelken für den lieben Gott, all das zusammen in Wirklichkeit ersetzt die Photographie und den einseitigen Katechismus. Die aktive Einfachheit.

«Die Ohnmacht zwischen den Graden der Helligkeit unterscheiden zu können: das Helldunkel lecken und im großen Munde voll Honig und voller Exkremente schwimmen.

«... Der Künstler, der Dichter freut sich am Gift der in einem Rayonchef jener Industrie kondensierten Masse, er ist glücklich, beschimpft zu werden: Beweis seiner Unveränderlichkeit. Der Autor, der Künstler, den die Zeitungen loben, stellt die Verständlichkeit seines Werkes fest: elendes Futter eines Mantels zu öffentlichem Nutzen; Lumpen, die die Brutalität bedecken, Pisse, an der Wärme eines Tieres mitwirkend, das niedrige Instinkte ausbrütet ... Jegliche Filtration dieser Natur ist eingemachte Diarrhoe ...

«... Logik ist Komplikation. Logik ist immer falsch ... Mit der Logik vermählt würde die Kunst im Incest leben, würde ihren eigenen Schwanz, immer ihren Körper verschlucken und in sich hineinschlingen, sich in sich selbst verkrampfend, und das Temperament würde ein wüster Traum, vom Calvinismus verteert, ein Monument, ein Haufen grauer schwerer Eingeweide.

«... Die Kontrolle der Moral und der Logik haben uns den Polizisten gegenüber Unempfindlichkeit eingeprägt — Ursache der Versklavung, stinkende Ratten, von denen die Bäuche der Bürger voll sind, und ... Die Moralität ist eine Einimpfung von Schokolade in die Adern aller Menschen ...

«... Beim Etikettaufkleben wurde die Schlacht der Philosophen entfesselt (Mercantilismus, Wage, peinliche und kleinliche Maße), und man begriff zum zweiten Male, daß Mitleid ein Gefühl wie die Diarrhoe ist in Bezug auf Ekel, der der Gesundheit schadet, unreiner Aasfleck, der die Sonne entstellt.

«Ich verkünde die Opposition aller kosmischen Eigenschaften gegen die Gonorrhoe dieser faulenden Sonne, die aus den Fabriken des philosophischen Gedankens kommt, den erbitterten Kampf mit allen Mitteln des *dadaistischen Ekels.*

«Jedes Erzeugnis des Ekels, das Negation der Familie zu werden vermag, ist Dada; Protest mit den Fäusten, seines ganzen Wesens in Zerstörungshandlung: Dada; Kenntnis aller Mittel, die bisher das schamhafte Geschlecht des bequemen Kompromisses und der Höflichkeit verwarf: Dada; Vernichtung der Logik, Tanz der Ohnmächtigen der Schöpfung: Dada; jeder Hierarchie und sozialen Formel von unseren Dienern eingesetzt: Dada; jeder Gegenstand, alle Gegenstände, die Gefühle und Dunkelheiten; die Erscheinungen und der genaue Stoß paralleler Linien sind Kampfesmittel: Dada;

Vernichtung des Gedächtnisses: Dada; Vernichtung der Archäologie: Dada; Vernichtung der Propheten: Dada; Vernichtung der Zukunft: Dada; Absoluter indiskutabler Glauben an jeden Gott, den spontane Unmittelbarkeit erzeugte: Dada; ... Freiheit: Dada, Dada, Dada, aufheulen der verkrampften Farben, Verschlingung der Gegensätze und aller Widersprüche, der Grotesken und der Inkonsequenzen: Das Leben.»

Der Dada — Schweizer Fritz Glauser schreibt in seinen Erinnerungen u. a.: « ... der Maler Mopp schien dem Gesetz des Minimums zu unterliegen: seinen langen Namen „Max Oppenheimer" hatte er auf die notwendigen Buchstaben reduziert ... Eines Tages heißt es: „Heute kommt die neue Kunst zu mir, wollen Sie die Phänomene kennenlernen." Irgend etwas scheint ihm daran komisch. Er bläst wieder einen kurzen Luftstoß durch die Nase.

«Ein kleiner Mann mit einer hohen Stirn und einer wie zusammengedrückten unteren Gesichtspartie, Hornkneifer, Schnüffelfalten zu beiden Seiten der Nase, wird mir vorgestellt: Der Dichter Tristan Tzara. Ein großer schöner Mensch mit schwarzen Haaren und sehr ebenmäßigem Gesicht begleitet ihn: Der Maler Marcel Janko. Da beide nicht sehr gut deutsch sprechen, führen wir drei die Unterhaltung auf französisch ... Tristan Tzara hat sehr gepflegte, kleine kindliche Hände. Sein Begleiter, der Maler Janko ist durchaus schweigsam, hin und wieder reißt er eine ziemlich mißglückte Zote, die gar nicht in die Unterhaltung paßt ... Kaum sind die Gäste fort, so beginnt Mopp in seiner bekannten Art Aufklärungen zu geben. Dieser Tzara sei ein Rumäne, namens Rosenstock, der mit einem falschen Paß über die rumänische Grenze sei. Bis jetzt habe man noch nicht herausfinden können, unter welchem Namen er in Zürich angemeldet sei ...

«Es traf sich, daß ich dazu geeignet war, Tristan Tzara einen Dienst zu erweisen. Rumänien brauchte Soldaten. Tristan Tzara hatte den Befehl bekommen, sich zu stellen. Aber ... ein Zürcher Psychiater hatte über ihn ein Gutachten abgegeben: Dementia praecox, Jugendirresein. Mit diesem Gutachten bewaffnet, mußte Tzara sich einem ärztlichen Gerichte vorstellen, das in Bern tagte. Und mich hatte er zu seinem Begleiter ausersehen. Unterwegs lasen wir das Gutachten des Psychiaters: es war sehr amüsant. Als Beweis für den Irrsinn seines Patienten hatte der Seelenarzt Gedichte seines Patienten zitiert, die mehr als deutlich beweisen sollten, daß es sich hier um einen krassen Fall von Verblödung handeln müsse.

«Tzara spielte seine Rolle ausgezeichnet. Er ließ das Kinn hängen und zarte Speichelfäden auf seine schief gebundene Krawatte träufeln, die ich ihm jedesmal sorgsam abwischte. Die Fragen der rumänischen Ärzte, die in einem Hörsaal des Inselspitals versammelt waren, mußte ich beantworten. Tzara beschränkte sich darauf, undeutliche „Ha" und „ho" zu murmeln. Ich bat die Anwesenden dringend, den Kranken durch zu viele Fragen nicht zu reizen, er werde sonst aufgeregt, und schwierig sei es dann, ihn wieder zur Räson zu bringen. Sicher fiel es Tzara an diesem Tage nicht allzu schwer, ein wenig katatonen Stupor vorzutäuschen. Latzko hatte damals in der „Neuen Zürcher Zeitung" seine ersten Kriegsnovellen erscheinen lassen, langsam wehte über die Grenzen ein großes Grauen. Daß auch Tzara, der sonst Realität, Gefühle und Psychologie aus der Kunst ausmerzen wollte, sobald es sich um seine Person handelte, doch wenigstens das Gefühl der Angst zu kennen schien, war nicht weiter bemerkenswert. Erst als er sicher war, daß er endgültig kriegsuntauglich war, raffte er sich zu einem ersten Witz auf. Ich führte den Stolpernden vorsichtig zur Tür. Dort jedoch wandte er sich um und sprach laut und deutlich: „Merde" (Sch ...), und wie zur Bekräftigung fügte er hinzu: „Dada!"

«... Tzara gestand mir, sein Ehrgeiz sei, eine neue Kunstrichtung „zu erfinden", wie er sich ausdrückte. Ihn ließ der Ruhm Marinettis, des Führers der italienischen Futuristen, nicht schlafen. Schwärmerisch erzählte er mir von einem Besuch dieser ästhetischen Sekte in Bukarest. Alle gleich gekleidet, graue Hüte, graue Anzüge, graue Wildlederschuhe ... Tzara träumte von Ruhm. „Dadaismus", sagte er, „klingt doch viel besser als Futurismus. Und das Publikum ist so dumm."»

Am 14. Juli 1916 wurde im Saal des Zunfthauses „Zur Waage" in Zürich eine Dada Soirée abgehalten, an der Tristan Tzara u. a. erklärte:

„Wir wollen, wir wollen, wir wollen in verschiedenen Farben pissen." Und nach einem kubistischen Tanz ließ Tzara, wie Dada Arp bewundernd schreibt: „sein Hinterteil hüpfen wie den Bauch einer orientalischen Tänzerin". Dann folgte Negermusik, ein bruitistisches Gedicht unter einem nicht abreißenden Wirbel von Kesselpauken. Tzara beschloß diese denkwürdige Dada-Soirée mit folgenden Worten:

„Die unzufriedenen Zeitungen gleichzeitiges Gedicht mit vier Stimmen, dazu Gleichzeitigkeit für dreihundert endgültig Idiotifizierte."

Am 23. Juli 1918 proklamierte Dada Tzara im Saal „Zur Meise" in Zürich das Manifest dadaistischer Spontaneität mit folgenden Kernsätzen:

„Die Diarrhoe ist auch ein kriegerisches Gefühl ... Die totale Ablehnung Nationalhymne für die Bordells".

In ähnlichen Höhenflügen bewegen sich Dada-Tzaras Simultangedichte, darunter eines betitelt „L'admiral cherche une maison à louer", das im März 1916 von ihm, Huelsenbeck und Janko gleichzeitig rezitiert wurde: Die ersten Zeilen lauten:

Huelsenbeck: Der Cylonlöwe ist kein Schwan. Wer Wasser braucht, find.
Janko: I love the Lady,
Tzara: Journal de Genève auch restaurant. Le Télégraphiste assasiné.
Huelsenbeck: Im Klosett zumeistens was er nötig hätt ohoi iuché
Janko: I love the ladies, I love to be among the girls
Tzara: La concièrge qui m'a trompée elle a vendu l'appartement.

Am 16. Januar 1919 beschloß Tristan Tzara im Kunsthaus Zürich seinen Vortrag über abstrakte Kunst mit folgendem Satz:

„Einspritzung langsamer Bakterien unter den fröstelnden Adern".

In der Zeitspanne 1919—1920 wurden eine Menge Dada-Vorträge in allen wichtigen Städten durchgeführt, so in Wien, New York, Paris, Prag, Berlin, Boston, Köln, Madrid, Santa Cruz, Washington und Santiago. Die Presse veröffentlichte über Dada bis zum 19. Oktober 1919 insgesamt 8 590 Artikel. Die Zeitung „Le Faubourg-Paris" nannte den Hauptdadaisten in Paris „Chevalier de latrines".

Etwa Ende 1919 Anfang 1920 breitete sich die Zürcher-Bewegung in Paris aus, wo der vielbewunderte „collaborateur" Apollinaire „Tänze erfand, die nur er selber tanzen konnte und von jenen, die seines Geistes waren und hofften, durch ihn groß zu werden, umschmeichelt wurde." (Maurice Vlaminck)

Tzara gründete in Paris die Zeitschrift „Mouvement Dada", die an der Avenue Kleber 27 gedruckt wurde. Bald spielte er in Paris eine bedeutsame Rolle als Kunstkritiker und als Kunsthändler. Über die Rolle von Dada Tzara und seine Pariser Zeitschrift wird an anderer Stelle noch geschrieben werden.

Es war die Zeit der Inflation, November 1919. Für einen Dollar zahlte man in Paris 8 Franken. Das Siegerland sah sich

gleicherweise bedroht wie das besiegte Deutschland und Oesterreich. Mitten in diesem Zusammenbruch wirbelte die Jazzmusik, die geängstigten Menschen tanzten vom Nachmittag bis in den frühen Morgen und suchten ihre Not zu vergessen. Es war Hochkonjunktur für die Spekulanten, die auf immer gerissenere Einfälle kamen und sich auf die schönen Künste verlegten. „Sie spürten in den Ateliers der Maler herum, die da im Montparnasseviertel armselig genug lebten, sie hatten eine Nase dafür, was sie eines Tages einer Gesellschaft, die jeden Sinn für Rang und Wert verloren hatte, als unerhörte Kunstwerke aufschwatzen konnten, und so kauften sie die gesamte Produktion eines solchen armen Teufels auf, machten einen Vertrag mit ihm, daß er seine Bilder nur an ihn verkaufen dürfe, dann ließen sie den Ahnungslosen durch bezahlte ‚Kunstverständige' entdecken. — Nun verkauften sie die Bilder zu irrsinnigen Preisen an die Neureichen, und wehe dem Maler, der nun nicht rasch weiterlieferte, Bild auf Bild, denn die gemalte Leinwand war jetzt ein Spekulationsobjekt geworden." (Herbert Kranz).

Adolf Loos baute für Tristan Tzara 1925—26 das luxuriöse Haus an der Avenue Junod in Paris. Von der Halle fiel der Blick in den Eßraum aus Eichensperrplatten mit einem Kamin aus Marmor. Die Sammlung des Besitzers bestand aus Bildern von Picasso und Negerplastiken. Der Treppenaufgang war aus Eichenholz, die Wand orange lackiert und mit Negerplastiken verziert. Die Wände des Damensalons waren mit schwarzlackierten Leisten geschmückt, deren Felder mit handgewobenen Negerstoffen bespannt waren. Das ganze Haus glich einem Museum von Negerarbeiten. Das war die Zentrale zur Zerstörung der Gehirnschubkästen.

KAPITEL 15

Richard Huelsenbeck

„Dadaismus ist deutscher Bolschewismus"

Mit der Feststellung: „Dadaismus ist deutscher Bolschewismus" kennzeichnet Richard Huelsenbeck, der Initiator der deutschen Dada-Bewegung, den Dadaismus. Im Jahre 1957 ist von Willy Verkauf der als Maler Verlon in Wien einen Skandal verursachte, ein Buch „Dada-Monographie einer Bewegung" (Niggli-Verlag, Teufen/Schweiz) erschienen. Hier schreibt Huelsenbeck, es seien, „durch den Dadaismus die heiligsten Güter entheiligt, vergiftet und narkotisiert worden. Es war schlimmer, als das, was Rimbaud tat, als er bei einer Einladung und einem Vortrag der Parnassiens jede Strophe mit einem lauten Sch... (merde) einleitete. ... Selbst die der Moderne geneigten Kritiker hielten den Dadaismus für „ein kapitales Verbrechen." Wie gebieterisch nimmt sich da Huelsenbecks Mahnung aus: „Man muß diese Dada-Bewegung ernst nehmen". Dies sagte er anläßlich einer Dada-Ausstellung in der Janis Galery in New York in den fünfziger Jahren. (Schweizer Illustrierte Zeitung, Nr. 49, 1953). Aber noch gefährlicher erscheint sein jüngstes von mancherlei Seiten begünstigtes Auftreten und Wirken in unserer Gegenwart. So zeichnete die „Süddeutsche Zeitung" in ihrer Osternummer, April 1962, zu seinem siebzigsten Geburtstag seinen Lebenslauf. Die „Neue Zürcher Zeitung" veröffentlichte am 4. Mai 1962 einen 192 Zeilen umfassenden Artikel von Huelsenbeck unter der Überschrift „Ein Blick zurück", aus dem die deutsche Zeitung „Christ und Welt" am 25. Mai 1962 67 Zeilen mit dem herausfordernden Titel „Spießer der Revolution" zitierte. Am 9. August 1962 interviewte ihn Radio Zürich in der Sendereihe „Was haben Sie neulich gelesen?" und rückt Huelsenbeck damit ebenfalls in die Reihe der Prominenten unserer Zeit.

Huelsenbeck, unter dem Pseudonym „Dr. Charles R. Huelbeck" als Psychoanalytiker in New York am Central Park tätig, stellte Anfang der Fünfziger Jahre seine Bilder in der Feigl Galery" in New York aus. PEM, recte Paul Matunine, schildert in seinem Artikel „Dada am Central Park", wie Dada Huelsenbeck anläßlich dieser Ausstellung von einem Reporter des „New Yorker" gefragt wurde: „Und was sagen denn Ihre Patienten zu Ihrer Malerei? Fragen sie sich nicht, ob nicht Sie eine Behandlung notwendig hätten?" Huelsenbecks Antwort darauf lautete: „Das ist vollendeter Unsinn; daß ich sowohl male als auch analysiere, ist ein Zeichen, gut und nicht schlecht ausbalanciert zu sein." Die richtige Antwort auf die Frage des Reporters erteilt Huelsenbeck erst im Verkauf-Buch, wo er sagt, daß die „dadaistische Kunstproduktion durch ihren Protest gegen alle Gesetze in die unmittelbare Nähe geisteskranker Symptombildung" gerückt ist.

Als „normal geschrieben" bezeichnet PEM in seinem Bericht „Dada am Central Park". Huelsenbecks Reisebücher „Afrika in Sicht" und „Sprung nach Osten". Sein Reisebuch „China frißt Menschen" ist vornehmlich gegen England gerichtet. Komisch aber ist sein Buch „Verwandlungen" (Roland-Verlag München, 1918), und komisch ist sein ganzes Leben.

Am 23. April 1882 wurde Richard Huelsenbeck in Frankenau im preußischen Regierungsbezirk Kassel geboren, betätigte sich als Maler, Dichter, Schriftsteller und Psychoanalytiker, desertierte 1916 in die Schweiz, wo er in Zürich mit Tristan Tzara, Hans Arp, Marcel Janko und Hugo Ball den Dadaismus gründete. Zwischen 1917 und 1920 tauchte er sporadisch wieder in Berlin auf, bereiste später als Berichterstatter Ostasien und kehrte dann zum zweiten Mal seinem in größter Not lebendenVaterland den Rücken, um sich in New York als Psychoanalytiker niederzulassen.

Richard Huelsenbeck rühmte sich im Jahre 1958 in New York, daß er schon 1915 in Berlin mit Hugo Ball einen Abend veranstaltete, der viele „Dada-Elemente" enthielt. „Von den Gedichten Balls, Wolfensteins, Bechers und anderer hatten wir die aggressivsten und lautesten ausgewählt, und meine selbstverfaßten Negergedichte trugen nicht zur Beruhigung des Publikums bei. Es gab einen großen Skandal wie nach fast jeder späteren Dada-Veranstaltung". 1916 setzte er sich in die Schweiz ab, Hugo Ball erzählt: „Am 16. Februar kam Richard Huelsenbeck aus Berlin, und am 30. März führten wir eine wundervolle Negermusik auf toujours avec la grosse caisse: Boum boum boum — drabatja mo gere drabatja mo bonoooooooooo ... und die Herren Tzara, Huelsenbeck und Janko führten zum ersten Mal in Zürich und in der ganzen Welt simultanistische Verse der Herren Barzun und Fernand Divoire auf ..." Hans Arp schildert jene Zeit: „Richard Huelsenbeck stellte sich ... endgültig auf den Kopf, wie es der Himalaya schon seit längerer Zeit tut, damit die Dadapilger nach Herzenslust in seiner goldenen Mähne nach tausend und einem Lhasassassassa des Traumes lausen können. Was dem

Schnapstrinker die Schnapsflasche ist, das war für Huelsenbeck die Kesselpauke. Immer wieder griff er zu ihr und paukte aus Leibeskräften und trieb die gefährliche Vernunft in ihre Wurmlöcher zurück."

Nachdem er als „überzeugter Pazifist" in Zürich gelandet war, in der Meierei die Negertänze begleitende große Kesselpauke schlug, das Buch „En avant Dada" verfaßte und auf französisch radebrechte, verherrlichte er mit Nietzsche die Antike, um sie gleich danach die „fürchterliche Antike" zu nennen und bekundete seinen Pazifismus mit folgenden Worten:

> „Wir waren für den Krieg und der Dadaismus ist heute (1918) noch für den Krieg. Die Dinge müssen sich stoßen. Es geht noch lange nicht grausam genug zu."

Und im gleichen „Almanach" 1920 verherrlicht er durch ein Telegramm an Gabriele d'Annunzio den mitten im Frieden erfolgten, bewaffneten Überfall der Italiener auf Fiume, nachdem er den Verteidigungskampf seines Vaterlandes gegen dreiundzwanzig feindliche Staaten mit Hohn, Haß und Verachtung zugedeckt hatte.

Im Frühjahr 1917 gelang ihm mit falschen Papieren die Rückkehr nach Berlin. In Berlin, dieser Stadt im fiebernden Kriegszustand, ließ er sich nieder, und hielt im März 1918 einen Dada-Vortrag, der zur Gründung des Berliner „Club Dada" und der Zeitschrift „Der Dada" führte. In seiner Berliner Proklamation schreibt Huelsenbeck u. a. folgendes:

> „... Es gibt keinen Sinn, wie keine Werte, Sinnlosigkeit, Wahnsinn ist die Welt. Der Dadaist ist aus Instinkt Atheist.... Der Dadaist sieht seinen Beruf darin, den Deutschen ihre Ideologie zusammenzuschlagen, mit allen Mitteln der Satire, des Bluffs, der Ironie, am Ende aber mit Gewalt gegen diese Kultur vorzugehen, und zwar in gemeinsamer großer Aktion...."

Huelsenbeck veröffentlichte nach diesem Vortrage 1920 sein Buch „Deutschland muß untergehen", illustriert von Georg Grosz, der auf seinen Bildern verwundete und verkrüppelte Frontsoldaten des ersten Weltkrieges verhöhnte.

„Der Pazifist" Huelsenbeck schrieb 1957 u. a.: „Mit dem Revolver in der Tasche Literatur machen war eine Zeitlang meine Sehnsucht gewesen ..." Aber er drückte sich, sobald es an der Front sowie in den Straßen Zürichs knallte und er von der Liste der 2000 schweizerischen Geiseln, die Radek erschießen wollte, hörte. Er zog es vor, unter dem Schutz schweizerischer Soldaten in Zürich die große

Kesselpauke zum Negertanz zu trommeln, Proklamationen, Simultangedichte und Bruitismus zu machen und zum Dank für die genossene schweizerische Gastfreundschaft folgendes zu schreiben:

„... Wir wollten das Cabaret Voltaire zu einem Brennpunkt jüngster Kunst machen, obwohl wir uns nicht scheuten, auch hin und wieder den feisten und vollkommen verständnislosen Zürcher Spießbürgern zu sagen, daß wir sie für Schweine ... hielten. Das gab dann jedes Mal großen Lärm und die Studenten, die auch in der Schweiz das dümmste und reaktionärste Gesindel sind, wenn dort überhaupt wegen der obligatorischen Nationalverblödung irgendeine Gruppe von Menschen den Superlativ der Verblödung und Dummheit für sich in Anspruch nehmen kann." Unverständlicherweise schreibt der Traditionsverächter Richard Huelsenbeck in seinem Artikel „Ein Blick zurück" 1962, in dem er in Tradition „macht", von dem Schweizerland, in dem sie damals lebten und das sie liebten: „Ohne die Atmosphäre der Schweiz und ohne die Luft in Zürich wäre der Dadaismus nie möglich gewesen." 1957 spricht er von den Zürcher „Schweinen" und fünf Jahre später von der unentbehrlichen „Luft in Zürich".

Ein anderer Deutscher, der nicht wie Huelsenbeck als Deserteur gekommen wäre, sondern als deutscher Soldat im ersten Weltkrieg gekämpft und 1957 die Zürcher in einem Zürcher-Verlag in derartiger Form beleidigt hätte, wäre kaum mit offenen Armen empfangen worden. Die „Schweizer Illustrierte" aber brachte eine große Würdigung mit zwei Bildern von Huelsenbeck als den Mitbegründer der Zürcher Dada-Bewegung.

Diese Würdigung in der „Schweizer Illustrierten" liefert eine wertvolle Anzahl von Daten und Angaben.

Huelsenbeck verehrt die neue Sachlichkeit, die in der modernen Kunst in den Streichholzkästchen und Stoffstückchen symbolisiert ist: diese neue Härte, die mit François Villon über Rimbaud zum Dadaismus und Existentialismus führte und mit Hemmingway zum Bund hartgesottener Abenteurer stieß. Und an einer anderen Stelle heißt es:

„Die Dada-Ausstellung, die in diesem Jahr in New York stattfand, enthielt Namen wie Max Ernst, Georg Grosz, Kurt Schwitters (der selbst das berühmte Gedicht „Anna Blume" schrieb), Hans Arp und Hans Richter. Und immer wieder heißt es im Text (des Katalogs): Dada war kein Scherz. Dada war eine der größten geistigen Bewegungen unserer Zeit."

„Im Jahre 1919 hatte die Geheime Staatspolizei vom Dadaismus gehört", erzählt Huelsenbeck 1957, „und hielt ihn für eine Bewegung, die dem deutschen Wesen auf das unerbittlichste entgegengesetzt war". Dies war in der Tat der Fall. Am ersten Abend in der Galerie Neumann in Berlin, als der Inhaber die Polizei alarmieren wollte, sagte ich (Huelsenbeck), der Krieg sei noch gar nicht blutig genug. O Horror. Ein Kriegsverletzter mit einem Holzbein stand auf, und die Zuhörerschaft erhob sich und begleitete seinen Exit mit Klatschen ..." Fast hätte sie den Dadaistenführer Huelsenbeck gelyncht.

Seine Flucht im Ersten Weltkrieg interpretierte Huelsenbeck so: „Wir waren alle durch den Krieg über die Grenze unserer Vaterländer geworfen worden ... ich hatte mich mit knapper Not vor den Nachstellungen der Henkersknechte retten können".

Richard Huelsenbeck litt schwer unter nervösen Verdauungsstörungen, Apollinaire starb als Alkoholiker und Opiumraucher, Picabia erkrankte an Lues, Arp pflegte im gleichen Atemzuge von den Mystikern des Mittelalters und den Störungen seiner Verdauungsorgane zu sprechen. Hugo Ball litt an Darmbeschwerden und starb als Morphinist, Hack war Morphinist und Selbstmörder, der Arzt diagnostizierte Jugendirrsinn bei Tristan Tzara, Emmy Hennings litt unter Halluzinationen, Glauser geriet mit dem Gesetz in Konflikt und floh in die Fremdenlegion, Serner, der dem Universum „einen Tritt" gab, verscholl spurlos in der Sowjetunion, Vaché beging Selbstmord in Paris, Baader wurde in eine Irrenanstalt gesteckt und Jakob von Hoddis starb „in geistiger Umnachtung". Diese Zusammenstellung wurde trotz sehr beschränkten Aktenmaterials möglich und dürfte bei genaueren und vollständigeren Unterlagen stark anwachsen.

So ist es erklärlich, daß der Pariser „Le Temps" vom 30. März 1920 über Dada-Aufführungen u. a. folgendes schreibt: „Der Dadaismus wurde 1917 gegründet durch Dienstunfähige und Deserteure, die mit ihren in Unordnung gebrachten Nervensystemen nach Zürich flohen, um den zahlreichen Unannehmlichkeiten des Krieges aus dem Wege zu gehen. Sie wollten durch das Gestotter der ersten Kindheit wieder zur Gesundheit zurückkehren."

Zur gleichen Zeit schrieb die Pariser Zeitung „Le Figaro" u. a. anläßlich der gleichen Dada-Aufführung: „Das Publikum hat die Dada ausgepfiffen und beschimpft. Man hätte sich unter Verrückten geglaubt, und der Wind von Geisteskranken hat über die Bühne wie durch den Saal geweht ..."

Und „Kommödia“ (Paris 1920) schreibt u. a.: „ . . . Huelsenbeck, einer der Führer der Bewegung, behauptet, daß Dada das erste Lallen der Neugeborenen ist, denn wir sind, schreibt er, nicht mehr Säuglinge sondern Verkünder, die alles wieder von neuem anfangen wollen“.

Dr. Karl Haslinde und Dr. Ewald Rathke verherrlichten 1958 den Dadaismus in einer rückblickenden großen Ausstellung in Düsseldorf und verharmlosten ihn zugleich als eine „geistig-künstlerische Konzeption, eine Haltung“. Es ist auffallend, wie man von maßgebender Seite bemüht ist, den Dadaismus als eine harmlose künstlerische Konzeption zu verklären und für das Publikum schmackhaft zu machen. So kommt es, daß wir heute eine gewollte und konstruierte Renaissance oder besser eine Wiedergeburt des Dadaismus erleben, die sich anmaßt, richtunggebend für die meisten kulturschaffenden Kräfte Europas zu sein.

KAPITEL 16

Hans Arp

„Die Kunst — ein magischer Stuhlgang“

Im Sommer 1962 zeigte die Basler Kunsthalle in einer Werkschau zweihundert Bilder, Plastiken und Collagen von Hans Arp anläßlich seines 75. Geburtstages. Neben privaten Leihgebern hatten große öffentliche Kunstinstitute der modernen Kunst in Basel, Paris, Venedig, Rom und Hamburg ihre Arp-Werke beigesteuert. Das zumeist begeisterte Presse-Echo hallte weit über die Schweizer-Grenzen. Als im Jahre 1954 Hans Arp im Rahmen einer modernen Plastikausstellung im Zürcher Kunsthaus Plastiken zeigte, erfuhr er im Katalog „eine auffallende Vorzugsbehandlung“.[1]) Seitdem erschienen auch Bücher von ihm und über ihn, in denen mächtig die Werbetrommel für sein Werk gerührt wurde. Denn Hans Arp, der sich so vielseitig Rührende, gehört zu den Auserwählten, die den „Schritt in die reservelose Internationalität des geistigen und künstlerischen Horizontes“ wagen.[2]) Siegfried Giedion, der Hans Arp seinen Freund nennt, hofft, daß uns Schwitters und Arp durch ihre Methoden „zu einer neuen Lebensform“ führen.[3]) Die „Kunst soll das Fundament des neuen Menschen darstellen“, proklamierte Dada Janko im Jahre 1957.[4]) Gemeint ist die Dada-Kunst, d. h. „die Verachtung der Kunst, wie sie Rimbaud zur Schau stellte und wie sie Duchamp zeigte,[5]) als er in New York im Jahre 1917 der ersten „Independent Exhibition“ eine Urinier-Schale aus Porzellan einreichte, die er unter dem Titel „Fontaine“ eintragen ließ“.[6])

Georg Grosz definiert die „Kunst“, die den Europäer umformen soll, folgendermaßen: „Es ist egal, ob man irgendein Gepuste von sich gibt oder ein Sonett von Petrarca, Shakespeare oder Rilke,

---

[1]) „Die Tat“, Zürich, vom 6. 12. 1954

[2]) von Senger: „Die Brandfackel Moskaus“

[3]) „Die Zeit ohne Eigenschaften — Bilanz der zwanziger Jahre“, Kohlhammer-Verlag Stuttgart, 1961

[4]) Willy Verkauf „Dada-Monographie einer Bewegung“, Niggli Verlag, Teufen, 1957, Seite 47

[5]) Ebenda Seite 63

[6]) Ebenda Seite 100

ob man Stiefelabsätze vergoldet oder Madonnen schnitzt"[7]) und Hans Arp, unser Lebensreformer, singt das gleiche Lied über die Kunst. So erscheint ihm „das vollkommenste Bild bei genauerem, schärferem Betrachten als ein warziges, filziges Ungefähr, ein getrockneter Brei, eine wüste Mondkraterlandschaft."[8]) Und wenn Janko 1957 Tschaikowsky als „den Blasenspüler" verhöhnt,[9]) so spricht Hans Arp etwa im gleichen Jahr über die Richtschnur seines geistigen und künstlerischen Tuns bis auf den heutigen Tag: „Dada war das Durchschneiden der Nabelschnur, die uns mit allem, was menschlicher Geist in den Jahrhunderten hervorgebracht hat, verband, mit den Gesängen Homers und den Liedern der Troubadours, mit den Felszeichnungen in den Höhlen der Eiszeit und mit Leonardo da Vinci, mit Dante und mit Bach, mit Pascal und mit dem heiligen Augustinus, mit allem dem, was Menschen im Lauf der Jahrhunderte an Schmerzen und an Liebe empfunden haben, mit ihren Gedanken, Wünschen und Hoffnungen, mit Opfer und Größe ..."[10]) Das Selbstportrait, das Hans Arp im Dadakonzil von sich gibt[11]), rundet das Wissen über seine Einstellung zu seiner Kunst: „Dieser (also Arp) hat die schönen Künste überfallen, die Kunst für einen magischen Stuhlgang erklärt, die Venus von Milo klistiert und Laokoon und Söhnen nach tausendjährigem Ringkampf mit der Klapperschlange endlich ermöglicht auszutreten".

Bekannt wurde Hans Arp im Jahre 1916. Die Gruppe, die 1916 das Dada-Cabaret Voltaire[12]) in der Meierei in Zürich in der Spiegelgasse gründete, bestand aus Emmy Hennings, Hugo Ball, Richard Huelsenbeck, Tristan Tzara, Marcel Janko und Hans Arp. Dieser, ein in Straßburg 1887 geborener Deutscher, war Maler, Dichter, Schriftsteller, Sticker, Weber, Entdecker der gerissenen Papierchen und malerischen Klebearbeiten aus Abfällen, sowie Begründer der automatischen Dichtung, „die unmittelbar den Gedärmen entspringt".[13]) Eine seiner echolalistischen Dichtungen, die in den gegenwärtig wie Pilze aus dem Boden schießenden Dada-Büchern lobend erwähnt wird, heißt laut Almanach 1920 „Die

---

[7]) Verkauf „Dada-Monographie einer Bewegung", Seite 155

[8]) Hans Arp „Unsern täglichen Traum", Arche-Verlag, Zürich, 1955

[9]) Verkauf „Dada-Monographie einer Bewegung", Seite 27

[10]) Hans Arp „Unsern täglichen Traum"

[11]) [12]) „Dada-Geburt des Dada", Arche-Verlag, Zürich, 1957

[13]) Hans Arp „Unsern täglichen Traum", Arche-Verlag 1955

Schwalbenhode". Wie entlarvt allein schon dieser Titel das Wesen des Gründers Hans Arp? Denn der Ichsüchtige „knüpft an jeden Eindruck, den er von den Wesen und Dingen empfängt, auch erotische Gedanken".[14]) So sind seine Definitionen über Kunst oder über das Leben stets mit Vorstellungen aus dem Bereiche des Geschlechtslebens verknüpft. Wenn aber jemand beim Anblick der Schwalben, dieser anmutigen, zarten Geschöpfe, die sich mutig in die nächste Nähe des Menschen wagen und trotzdem in ihrer ungeheuer leidenschaftlichen Beweglichkeit unerreichbar sind, sogleich an die männliche Keimdrüse denkt und das noch festhält, auf den passen wohl am zutreffendsten Nordaus Worte: „Die Natur läßt ihn kalt oder stößt ihn ab, weil er sie weder wahrnimmt noch begreift. Wo der gesunde Mensch das Bild der Außenwelt sieht, da umgibt den Ichsüchtigen eine finstere Leere, in der höchstens unverstandene Nebelformen wallen. Um ihrem Grauen zu entgehen, läßt er auf sie wie aus einer Zauberlaterne die farbigen Schatten der Vorstellung fallen, die sein Bewußtsein erfüllen, diese Vorstellungen aber sind starr, träge, einförmig und kindisch wie die kranken und schwachen Hirnzentren, die sie ausarbeiten."

„Die Unfähigkeit des Ichsüchtigen, äußere Eindrücke richtig zu empfinden, und die Mühsal, mit der sein Gehirn arbeitet",[15]) ist auch der Schlüssel für den Inhalt der „Schwalbenhode" deren erste Zeilen lauten:

„weh unser kaspar ist tot
wer trägt nun die brennende fahne im zopf wer
dreht die kaffeemühle
wer lockt das idyllische reh . . .

Und mit folgendem Satz schließt dieses „Gedicht":

„die bäuerinnen trugen ausgebrannte ausgestopfte sonnen
in ihrem haar den bäuerinnen nur in ihren kröpfen nur
in ihren nickhäuten nur in ihrer lieben kleinen stadt
jerusalem wachspuppen auszusetzen erlaubt war."

Was sind das für Bilder, die seine Gedankenwelt bevölkern? Was verrät die Sprache dieses Gedichtes, die Sprache, die als Quell der Seelenkunde gilt? Kein Wunder, daß Arp sich 1955 fragt[16]): „Wozu sich um Genauigkeit, Reinheit bemühen, da sie doch nie erreicht

---

[14]) [15]) Max Nordau „Entartung", Duncker-Verlag, Berlin, 1893

[16]) [17]) [18]) [19]) [20]) Hans Arp „Unseren täglichen Traum" Arche-Verlag 1955

werden kann? Der Zerfall, der gleich nach der Beendigung einer Arbeit einsetzt, wurde nun von mir willkommen geheißen. Der schmutzige Mensch weist mit seinen schmutzigen Fingern auf eine Feinheit im Bilde tupfend hin. Diese Stelle ist fortan gezeichnet durch Schweiß und Fett. Erregt bricht er in Begeisterung vor einem Bilde aus und bespritzt es dabei mit Speichel. Ein zartes Papierbild oder eine Wassermalerei ist verloren . . ."

Bemerkenswert ist auch Arps Naturstudium, über das er 1955 berichtet: „Ich gab mich dem Naturstudium hin, lagerte während unsagbar langen Zeiten unbeweglich auf einem Tisch und versuchte, wie ein Berg, tief, langsam, unendlich langsam, zu träumen. Ich trieb auch Traumanatomie."[17]) Das „Gesetz des Zufalls", nachdem er die Anordnung bei der Klebarbeit „willenlos, automatisch" ausführt, „ist wie der Urgrund, aus dem alles Leben steigt" und das „kann nur unter völliger Hingabe an das Unbewußte erlebt werden."[18]) „Das „papier déchiré" ist ein Übergang von der Kunst zur Natur" behauptet Arp 1955. Die Kunst bleibt in ihm nur noch in einer kleinen Handreichung bestehen. Das „papier déchiré ist schön wie die Natur, vollendet wie sie".[19])

„Ich weiß nicht mehr", schreibt Arp 1955, „ob es Tzara, Huelsenbeck oder ich war, der in den Ruf ausbrach: „Ein jeder von uns nennt doch eine Röhre sein eigen. Warum also keinen Gebrauch davon machen? Auf ihr Dadaisten, laßt uns aus Leibeskräften röhren, auf daß die zweibeinigen Spucknäpfe gebrochen von ihren Schwätztürmen stürzen und den männlichen und weiblichen Wechseljahren anheimfallen."

Über Hans Richter, den er „trunken und nüchtern zugleich" nennt, schreibt er in den Erinnerungen 1955: „Obwohl hin und wieder zarte Funken aus nackten Würfeln rieseln, wird nur eine rosenrote elegante Hexe annehmen, daß sie nicht Teile eines großen, tiefen Spieles seien . . . Mutterlinien schleppen junge Linien hinter sich her. Punkte sind stark wie Samen. Wie elend sind daneben goldenes Gekröse, Kronen und wirbelnde Schätze!"[20]) Im Kapitel: „Vom Hundertsten ins Tausendste" schreibt Arp unter anderem: „. . . statt Musik sollte unser Tanzballett von Rasseln, Sägen, Sausen, Tuten, Wimmern, Pfeifen, Knirschen begleitet werden." oder „Eine Landschaft übertrieben mit Zitzen, Zotzen, Warzen, Kröpfen ausgestattet . . ." und „Chthonische Bräute liebkosen verbeulte Ozeane."

Genau so wie die Futuristen Apollinaire zum größten französischen Dichter erklären, so proklamiert Hans Arp Hugo Ball zum

„größten deutschen Schriftsteller" und Tristan Tzara zu einem „der besten französischen Dichter." Hier drei, für Tristan Tzara typische Gedichtzeilen, die Arp so bewundert:

„il a un jeune homme qui mange ses poumons
puis il a la diarrhée
puis il fait un jet lumineux . . ."[21])

Das Gedicht: „Der Idiot" von Huelsenbeck, den Arp einen „zweiten Herodot" nennt, beginnt so:

„Die grauen Kiemen sind herabgelassen
die Ohren weit und mühsam aufgesperrt;
Aus Augen blöd auf ungeheure Massen
von Welten starrend. Exkrement der Rassen . . ."[22])

Hans Arp beschönigt die Fahnenflucht Huelsenbecks mit folgender Beschimpfung seines Vaterlandes:

„Er war einer Welt der diabolischen Künste entflohen. Entfärbten Tagen und Nächten war er entflohen, in denen alte Freudenmädchen mit grasgrünem Haar auf Aaslippen und Lustgewieher lauerten und in knochenumzäunten Ebenen behelmte Blutegel vor ordensgeschmückten Vogelscheuchen Parademarsch übten. Türme von Schnauzen kommandierten."[23])

Arp erzählt in seinen Erinnerungen 1955: „Ich lasse mich von der Arbeit führen und vertraue ihr . . . Der „Zufall", der zum Beispiel unsere Hände beim Zerreißen eines Papieres leitet, die Figuren, die dabei entstehen, erschließen uns Geheimnisse, tiefere Vorgänge des Lebens . . . Die Kunst soll sich in der Natur verlieren. Sie soll sogar mit der Natur verwechselt werden. Schon mit gesenkten Lidern fließt die innere Bewegung reiner in die Hand. In einem dunklen Raum ist der Fluß der inneren Bewegung noch leichter zu leiten . . ."[24]).

Bei fast allen Dadaisten fallen ihre Psychosen auf, die verschiedenartigen nervösen Magenstörungen und die ungesunde Vorliebe für exkrementoide Ausdrücke: So dichtet Tristan Tzara: „. . . er schläft mit einer Frau, die nur ein Bein hat . . . man hat ihren Bauch geöffnet, der kreischt . . . Manhattan es stehen Waschschüsseln vor dir, die voller Exkremente sind . . ." Dada Blaise Cendras schreibt u. a. „man ruft sich aus allen Ecken des Universums „merde" zu,

---

[21]) [22]) „Dada-Geburt des Dada"
[23]) [24]) „Unseren täglichen Traum"

genau so wie im futuristischen Manifest von Guillaume Apollinaire." Picabia sagt... „Beafstick in Schnaps Bier und ägyptischer Schanker... Tätowierter Ziegenkot".

Tristan Tzara hebt in einem seiner Negerlieder hervor: „... sie nahmen Gbadoe Banden taten ihn fesseln sie schlugen Gbadoe daß er machte Kot."

Dada Serner, der sich „durch östliche Eleganz auszeichnet", schrieb: „Um einen Feuerball rast eine Kotkugel, auf der Damenstrümpfe verkauft und Gaugins geschätzt werden... Unterschätzung der Damenstrümpfe, sekundär, Verdauungsbeschwerden... dem Kosmos einen Tritt, Vive Dada."

Arp, Serner und Tzara schrieben gemeinschaftlich: „Der Zucker hat die Vision der Gedärme entzündet."

Jakob van Hoddis sagte: „O Traum Verdauung meiner Seele..., Zerstörer aller Dinge, die mir feind sind: aller Nachttöpfe, Kochlöffel und Litfassäulen."

Die Arps, Serners und Tzaras haben gemeinsam einen Gedichtzyklus geschrieben „Die Hyperbel vom Krokodilcoiffeur und vom Spazierstock". Diese Dichtung wurde „automatische Dichtung" getauft und „entspringt unmittelbar den Gedärmen oder anderen Organen des Dichters, welche dienliche Reserven aufgespeichert haben."

Huelsenbeck schrieb in einem Geburtstagsgesang: „.. ein Bauernkind wirft Steine nach den Enden seiner Zehen. Auf ihn scheißt ein Knecht."

Picabia dichtete: „Die Negerinnen haben den Steiß im Dreck und Brüste wie Feuerzangen... Hätte ich zwölf Groschen, ich ginge in ein Bordell..."

Huelsenbeck klagte bei Dada Ball: „Ich kann augenblicklich nicht fort, da ich an einer schweren nervösen Magenkrankheit leide. Es ist entsetzlich, Inferno dreimal, kein Schlaf, immer speien, die Strafe vielleicht für jene dadaistische Hybris..." Ball seinerseits berichtete: „... Das tägliche Auftreten bei dieser Spannung erschöpft nicht nur, es zermürbt. Inmitten des Trubels befällt mich ein Zittern am ganzen Körper ... laß alles stehen und flüchte". Der Schweizer Glauser schilderte Emmy Hennings, spätere Frau Hugo Balls, u. a.: „Sehr erregt ist diese kleine Frau, sie zittert immer ein wenig wie eine bunte Papierschlange vor einem Ventilator ... Sie erzählt, wie beim Spaziergang zu ihrem fürchterlichen Schrecken sie ihre tote Großmutter lebend auf einem Baum sitzen gesehen hat, die „über irgendetwas erbost" zu sein schien".

Bei dieser Zusammenstellung soll noch auf einen der beliebtesten Ausdrücke der Dadaisten hingewiesen werden, das in ihren Texten wie bei der Benennung von Dada-Kunstwerken auftaucht: vom „pastosen Gepinkel“ von Dr. Dada-Serner bis zum Kunstwerk namens: „Pissoire sculpture dada“, so betitelt von Janko am 18. August 1957.

Bei Sitzungen kritzelte ich oft in schläfriger Langeweile auf dem traditionellen Büroblock allerlei Kreuze, Figuren und Sterne. So entstanden genau wie bei Arp „mit gesenkten Lidern, freundliche, seltsame, unerklärliche“ Kritzeleien, die der „Zufall“ schenkte. Für Arp ist der künstlerische schöpferische Akt ein rein passiver rezeptiver Vorgang, der an buddhistische und spiritistische Anschauungen erinnert. Aber wer die unübersehbar sich verschlingenden Faktoren, die zum Beispiel eine Architekturschöpfung mitbestimmen, einmal erlebt hat, weiß auch, wie Eingebungen kommen und gehen, und wie der schöpferische Akt nur in größter Anspannung des Willens und der Kräfte unter Hinzuziehung erworbener Erfahrungen realisierbar ist. Inspiration, Wille, Kraft, Konzentration und Kenntnisse sind Voraussetzungen nicht nur zur Schaffung eines Architekturwerkes, sondern für alle anderen Kunstgattungen überhaupt. Diese Voraussetzungen anerkennt aber Dada nicht. Darum bleibt ihm nichts anderes übrig als wie das Medium Eusapia Palladina vorzugehen, und, wie Arp schreibt, in einer Art von Trance „mit gesenkten Lidern ... in einem dunklen Raum den Fluß der inneren Bewegung“ in die Hand „fließen zu lassen“. Das zeichnerische oder plastische Ergebnis, auch das in diesem Zustand zerrissene Blatt Papier, werden dann Kunstwerke genannt. So weiß man, warum im Dada Almanach 1920 zu lesen ist, daß der Psychiater C. Lombroso über die „Methaphysischen Beziehungen zwischen Dadaismus und Spiritismus“ geschrieben haben soll, und warum Walter Mehring hinzufügte: „In Mailand spricht ‚das bekannte spiritistische Medium‘ Eusapia das Wort Dada.“

Dada gestaltet somit nicht, sondern ist ein Gefäß, das mediummäßig seelische Wallungen und unbestimmte Gefühle des Menschen in totaler Passivität registriert. Diese Registrierungen sind vielleicht für private Kreise interessant, werden aber lästig, wenn sie uns durch Propaganda aufgedrängt werden. Immerhin sind die Dutzend „Bilder“, die die „Erinnerungen“ vom Dada Arp (Arche Verlag, Zürich, 1955) schmücken, aufschlußreicher als lange Biographien oder Psychoanalysen, denn sie stellen eine Art von Siegelabdrücken ungehemmter Wallungen dar.

Dada Arp definiert den Menschen folgendermaßen:

„Der Mensch ist ein Flötenbläser,
Der Mensch ist ein Leierspieler,
Der Mensch ist ein Tempelbauer,
Der Mensch ist eine schönheitstrunkene Spinne,
Der Mensch ist ein reißender Wolf, der Kuckuck ruft,
Der Mensch ist ein Bogenschütze, der Fingerhüte erlegt,
Der Mensch ist ein wauwaubellender Richter ... eine Onkel Toms Hütte, ein auf Schusters Rappen reisender Klavierflügel.
Die Menschen sind meistens nichts anderes als vernagelte Luft."

Diesen Formulierungen schließen sich Aussprüche „Der Mensch ist ein geometrisches Tier" von Le Corbusier, und „Die Menschen sind Schleierschweine" der führenden Dadaisten Huelsenbeck, Daimonides und Mehring im Dada-Almanach 1920 harmonisch an.

Arps Erinnerungen sind 1955 im Verlag der Arche, Zürich erschienen. Dort sind Lebensdaten in einer Biographie von Arp vereinigt, die auf viereinhalb eng bedruckten Seiten 68 Fixpunkte des Verfassers auf das Gewissenhafteste festhalten. Daraus ist zu entnehmen, daß Hans Arp ursprünglich Kunstgewerbler war, 1939 aus Deutschland desertierte und später Beziehungen zu Kandinsky, Max Jakob, Picasso und Apollinaire unterhielt, in Köln 1920 an der Dada-Bewegung aktiv beteiligt war, auch 1936 an der großen Dada-Ausstellung in New York. Dann flüchtete er im Zweiten Weltkrieg aus Frankreich und kam in die Schweiz. 1940 machte er seine erste, 1950 seine zweite Reise nach Amerika. Im Jahre 1952 wurden Werke von Arp in New York verlegt. 1953 erhielt er den Auftrag für eine Monumentalplastik in Caracas und 1954 wurde ihm der Große Internationale Preis für Plastik in Venedig erteilt. Siegfried Giedion, Professor an der E. T. H. Zürich und an der Harvard Universität, einer der ganz großen Persönlichkeiten auf dem dritten geisteswissenschaftlichen Kongreß in München 1960, ist Arps „grand protecteur".

Als 1962 bei der künstlerischen Ausgestaltung der neuen Handels-Hochschule in St. Gallen der „Hochschulrat" die Namen der auserwählten Künstler hörte und sich näher mit ihren Werken befaßte, erschrak mancher Ratsherr ... Prominente Mitglieder des Hochschulrates vermißten den gediegenen Inhalt in dieser Kunst und betrachteten es als unhaltbare Zumutung, vor den Werken einer so krankhaften Kunst zu dozieren, die von Miro, Arp, Calder und anderen gestaltet wurde. „Der Jurist Dr. P. Steiner (soz.), mit einem Lehrauftrag an der Handels-Hochschule, trug in einer Interpellation folgende Ansicht vor: ‚In der modernen Kunst zeichnen sich Entwicklungen ab, die den Sinn für das Harmonische und Schöne und für einen gediegenen Inhalt vermissen lassen und die zum Teil sogar den Eindruck des Krankhaften erwecken. Erfreulicherweise stoßen diese Entwicklungen jedoch bei den Kunstfreunden und insbesondere auch im gesund und natürlich empfindenden Volk auf Ablehnung'." (Die Woche, Zürich). Während die St. Galler Zeitungen zum großen Teil ihre Kritik über diese Worte auf die politische Ebene verlagerten, wunderte sich die „Weltwoche" am 8. Juni 1962 lediglich, daß das Werk des weltberühmten Herrn Arp „immer wieder fähig ist, da und dort im breiten Publikum die heftigsten Diskussionen auszulösen. So jüngst in St. Gallen, wo just eine Arp-Plastik von der langen Wunschliste für den Neubau der Handelshochschule vorläufig zurückgenommen wurde". Dada-Kunst gleich abstrakte Kunst, gleich der Kunst der Zweidimensionalen, ist und bleibt für den homo europäus Linné eben eine Provokation.

So heißt es im Dada Buch von Willy Verkauf: „In den Jahren 1916—1919, als der Kern des künstlerischen Strebens abstrakte Kunst war, war diese ‚eine Provokation' ... Abstrakte Kunst war Dada. Als Arp und van Rees in der Eingangshalle eines Zürcher Schulhauses zwei abstrakte Fresken gemalt und ihr Honorar dafür bereits erhalten hatten, beharrte der Schulrat darauf, unterstützt von der öffentlichen Meinung, daß diese dadaistischen Frechheiten (in Wirklichkeit rein abstrakte Malereien) mit normalen menschlichen Figuren übermalt werden müßten — und sie wurden übermalt." 1917 wird ein Arp'sches Gemälde vernichtet, 1962 eine Arp'sche Plastik abgelehnt. 45 Jahre liegen dazwischen, in denen Dada Arp durch den größten Propagandarummel „weltberühmt" gemacht wurde, und dennoch — dennoch hat sich die Situation für ihn kaum geändert.

Wie die Dadas die Teilnehmer an ihren Veranstaltungen behandelten, erzählt Arp selbst 1955 rückblickend: „ ... ‚Das Eierbrett', ein Sport- und Gesellschaftsspiel für die oberen Zehntausend, bei welchem die Teilnehmer, vom Scheitel bis zur Sohle mit Eigelb bedeckt, den Kampfplatz verlassen. ‚Die Nabelflasche', ein ungeheuerlicher Gebrauchsgegenstand, in dem sich Fahrrad, Walfisch, Büstenhalter und Absinthlöffel paaren. ‚Der Handschuh', der an der Stelle des altertümlichen Kopfes getragen werden kann, sollten dem Bürger die Unwirklichkeit seiner Welt, die Nichtigkeit seiner Bestrebungen, selbst seiner so einträglichen Vaterländereien, veranschaulichen."

Im Jahre 1954 erhielt Dada Arp den großen internationalen Preis für Plastik an der Biennale in Venedig, wo die „informelle Malerei Triumphe feiert". Auch als Dichter verzeichnet Dada Arp seither große Erfolge, hauptsächlich in jenen „Gedichten", die in der Dada Gründerzeit entstanden und die in Büchern von und über Arp immer wieder hervorgeholt werden. Dazu gehört vor allem sein Gedicht „Die Wolkenpumpe", das der Arche-Verlag Zürich 1955 von neuem druckte, dessen erste Zeilen folgendermaßen lauten:

„und spitzen die flammen und den Schuh von dem vogel hats gerufen und tanz auf glasseilen nicht um die rundung der erde muß augen anzünden mit schwarzen kübeln nasen drachen wegweisern . . ."

Der erste Vers von „Schnurrmilch", ebenfalls 1955 wieder aufgefrischt, lautet:

„Die Puppen brüten ungestört
Im komfortablen Freudenhaus.
Ein Volksmund und ein Virtuos
Erhängen die dressierte Laus."

Arps Gedicht: „Die arabische Sanduhr" beginnt:

„so wie der panikvogel
sich brüstet mit den brüsten
im chor vokalkabalen
aus portraitierten büsten"

„‚Lyrischer Poet', so hat man unlängst aus berufenem Munde Hans Arp bezeichnet", meldete die „Frankfurter Rundschau" am 26. Juni 1962 anläßlich der Besprechung über die Arp-Ausstellung in der Basler Kunsthalle. Die „Badische Zeitung" vom 10. Juli 1962 pries ihn ebenfalls als Dichter, und die „Weltwoche", Zürich, vom 8. Juni 1962 erging sich ausführlicher über „die Vielseitigkeit der Begabung" bei Arp und kam zum Schluß, daß bei ihm „das dichterische Wort und das Bild im gleichen Rang zugeordnet sind . . ." Wer nur schon an sein erstes Gedicht im Dada-Buch des Arche-

Verlags, Zürich, 1957 denkt, das Hans Arp „sankt ziegensack" nennt und dessen erste Strophe lautet:

„sankt ziegensack springt aus dem ei
rumsdiebums das gigerltum
vergißmeinnicht rollt um den Stuhl
glocke schlägt nur eins und zwei",

der zweifelt keinen Augenblick angesichts seiner malerischen und plastischen Werke daran, daß sie wohl alle „im gleichen Rang" stehen. So gehört Hans Arp nicht nur zu jenen, die „die Zwanziger-Jahre auf vielen Gebieten, besonders auf jenen der Künste ... zu einer Glanzzeit" machten, sondern er zählt, wie die „Frankfurter Rundschau" am 18. August 1962 proklamierte, zu den „Trägern des neuen Geistes". In seinem Buch „Unsern täglichen Traum" stellt Hans Arp fest: „Die Renaissance hat die menschliche Vernunft überschätzt". Ich möchte abschließend feststellen: Hans Arp samt seinen Kunst- und Zeitungsmäzenen *unterschätzt* sie.

KAPITEL 17

Walter Mehring

„Ihr betet zur Zangengeburt von Bethlehem"

„Ihr betet zur Zangengeburt von Bethlehem, dem großen Kuppler von Himmel und Erde"[1]). Dieser Ausspruch stammt von Walter Mehring, der am 30. September 1962 im Südwestfunk und am 30. August 1960 — zum zweiten Mal im gleichen Jahr — in Radio Beromünster als „deutscher Dichter" gefeiert wurde. In einer Sonderveranstaltung zu seinen Ehren im Tukankreis in München am 11. Dezember 1961 erklärte Walter Kiaulehn ganz kategorisch: „... Mit Mehring ist uns Deutschen ein großer Schriftsteller erwachsen"[2]).

Laut den Dada-Dokumenten[3]) wurde Dada Mehring am 29. April 1896 in Berlin geboren; er nahm aktiv an der Berliner Dada-Bewegung teil und gründete das linksradikale „Politische Cabaret" in Berlin. Als einer der Präsidenten des Zürcher Dada zusammen mit Paul Dermée, Georg Grosz, Igor Strawinsky, Tristan Tzara, usw. übersetzte er verschiedene Texte von Dada-Autoren, darunter das Bekenntnis des zur Zeit hochgefeierten Picabia:

> „Bedenken Sie, die Negerinnen haben den Steiß im Dreck ...
> Der Ursprung ihrer hinteren Rundung und der des Jesus ist ein Ballon!"[4]).

Oder die Dichtung eines Ribemont-Dessaignes:

> „Ki Ki Ki Ki Ki Ki Ki sehet den lieben Gott wie er reitet auf einer Nachtigall ...,
> Popo eines lilientollen Engels."[5])

Mehrings Übersetzungen wie seine eigenen „Dichtungen" richten sich nach dem bekannten Aufruf Apollinaire's mit „Sch. ... für Beethoven, Dante, Goethe, Shakespeare", den Mehring in extenso in

---

[1]) Dada Almanach von Richard Huelsenbeck, Berlin, Reiss-Verlag, 1920, S. 154

[2]) „Münchner Merkur", 13. Dezember 1961

[3]) Dada Dokumente, Düsseldorfer Kunsthalle, 1957

[4]) Dada Almanach, Seite 101

[5]) Dada Almanach, Seite 99

seinem 1958 erschienenen Buch „Die verrufene Malerei“[6]) abdruckt. Apollinaire war eben der Gott der Dadas.[7])

Mehring zählt zu jenen Früchten, von denen Professor Cook, der frühere Dekan der kunsthistorischen Abteilung der New Yorker Universität, sagte: „Ich bin Hitler sehr dankbar. Er schüttelt den Baum, und ich sammle die Äpfel.“[8]) Aber diesen „Apfel“ behielt er nicht. Mehring siedelte nach dem Tessin über, wo sich im Frühjahr 1962 die Eidgenössische Fremdenpolizei mit ihm befaßte. Er blieb von der Ausweisung verschont, da der „deutsche Schriftsteller und Lyriker“ Mehring, wie ihn die „Zürcher Woche“ am 13. April 1962 nannte, amerikanischer Staatsbürger war.[9]) So gleitet auch Dada Mehring „schmerzlos durch die Nationen“.

Doch nun zu seinem Werk. Zunächst einige Kernsätze aus dem Dada-Almanach 1920[10]). „Aus der Asche der Gelehrten und Theologen, die sich noch um den Primareffekt: Bibel oder Darwin prügeln, erhebt sich unser Phönix-Doppeldecker Dada mit der Forderung zur neuen historischen Einstellung.“[11]) ... „1 Tausend und 9 Hundert zwanzig frohnt der heilige Geist in den Bagnos Eurer parties honteuses ... Baut Woolworth-Häuser, in denen Eure Schande nistet, aber protzt nicht mit dem Sekret Eurer Adamsäpfel, die ihr vom Baum der Erkenntnis geklemmt.“ ... „Persönlichkeit ist die Kurve der Harakiri!“ ... „Die sogenannten schönen Künste sind danach nur noch als Rollenpapier zu verwerten, und wer sich seelisch reinigen will, der gehe statt in die Kirche zum Admiralsbad nebenan.“ „Warum so heilig — revolutionär — modern!, wenn einem das Ethische egalweg hinten raus hängt ... Dem Röntgen-Menschen gehört die Zukunft. Das kontrollierbare Unterbewußtsein muß die Forderung des Tages werden. Darum massiert vor dem kommenden Dauerschlag Eure Träume sorgfältig mit Dada.“ ... „Dada ist das zentrale Gehirn, das die Welt auf sich eingestellt hat.“ ... „Er wird bereits in der ersten Dynastie DADA in allen Schulen, auf Tag-

---

[6]) Walter Mehring „Die verrufene Malerei“, Diogenes Verlag, Zürich 1958

[7]) „L'Esprit Nouveau“, Nr. 26

[8]) „Die Zeit ohne Eigenschaften“ von L. Reinisch, Kohlhammer Verlag, Stuttgart, 1961, Seite 29

[9]) „Zürcher Woche“, 20. April 1962

[10]) Dada Almanach von Richard Huelsenbeck, Berlin, Reiss-Verlag, 1920, S. 154

[11]) Futuristisches Manifest von Apollinaire, Juni 1913, Fotokopie in „Die verrufene Malerei“ von W. M. s. o. Seite 102

und Nachtgeschirren, Museen etc. den Denkspruch: Feste druff! ersetzen." ... „Während man augenblicklich Deutschland wie eine Zwiebel enthäutet, um schließlich hinter sein verschämtes Nichts zu kommen, zieht die doppelte dadaistische Buchführung den Strich einer neuen Zeitrechnung, deren Berechnung ... im Erlöschen des traditionellen Kulturkomplexes einsetzt ..." ... „Besessene taumelten zwischen der Christian science und dem monistischen Jahrhundert. Aus den Fäkalien der Großen krochen ellenlange Bandwürmer in die Bibliotheken ..." ... „Die Menschen erfrieren mit unterbundener Nabelschnur ihrer gottgewollten Abhängigkeit, die Christusse sterben zu Tausenden den Opfertod, aber der Platz am Kreuze bleibt unbesetzt". ... „Die Beziehungen des gebildeten Europäers zu anderen Zeiten und Ländern basieren auf der sadistischen oder masochistischen Triebhaftigkeit seines Christentums." . . . „Was schert mich Weib, was schert mich Kind, Buddhismus, Pietät, ... und Goethes Faust oder der Hintern des La-o-tse. Das ist gehuppt wie gesprungen."

Unter dem Pseudonym Walt Merin schrieb er 1920 in einer Reisebeschreibung von Japan und China, in der er für Dada Propaganda machte, im Dada-Almanach, Seite 68, „Bild 4":

„... Soirée Dada im Kreml. Besichtigung der Uspenski-Kathedrale mit Magnesia-Wunderkerzen. Sympathie-Telegramme an Andrew Carnegie, das Prager Rabbinat und den Präsidenten des Erdballs."

Im „Betriebsreglement für Dadayama" 1919 ist zu lesen: „Sexuelle Handlungen finden allein statt in dem großen Glasbordell mit den Sexualschaukeln und Rängen der Voyeurs (Entwurf Brunhold Taut) und im Tempel der Selbstbefriedigung" ... Dada war — eo ipso — ... das Gebell einer Volkskundgebung wie das Bla-bla-bla einer Ministerrede; eine päpstliche Enzyklika ... das abgewertete Papiergeld einer Inflation ... eine Vaterlandsliebe und ein Sexualverbrechen" ... Im Jahre 1920 erwähnt er als Spaßvogel auch Amerika: „Jetzt beginnt sich auch Amerika zu interessieren. Die Bethlehemssteel AG will Dada zur Panzerplattenreklame aufkaufen und Wilson warnt vor Gebrauch der Punkte des dadaistischen Zentralrats (Deutschland) ... Eine Schwesterngruppe amerikaner Künstler zeigt zum ersten Mal ihre camera works."[12]) Von Mehring stammt das erste Original-Dada-Couplet „berlin simultan" betitelt:

---

[12]) Sämtliche Zitate aus dem Dada Almanach

„Im Autodreß ein self-made gent!
Passage frei! Der Präsident!
Die Heilsarmee
Stürmt das Café
Ein Jeistprolet verreckt im Dreck
Ein girl winkt mit dem Schottenband
Ein Kerl feilscht am Kokottenstand
Her mit 'm Scheck
Schiebung mit Speck
Is alles schnuppe!
Komm süße Puppe!
. . .“

So sang der „deutsche Lyriker und Schriftsteller“ Mehring in den Jahren größter politischer Zerrissenheit, der Inflation, der Unruhen auf den deutschen Straßen, der Konkurse, der Millionen Arbeitslosen, der Verarmung des Mittelstandes und der freien Berufe, kurzum in den Jahren der Schnellfäule Europas, die für die Dadas „die Goldenen Zwanziger Jahre“ waren.

Die Dadas sind eine neue Variante der Symbolisten. Es überrascht also nicht, daß Mehring mit seinem Buch „Die verlorene Bibliothek“ (Rowohlt-Verlag Hamburg, 1952) „eine der stärksten Geisteskundgebungen“ der Symbolisten nachgeahmt hat: das Buch von Charles Morice: „La Littérature de tout-à-l'heure“. Nordaus kritische Bemerkungen zum Buch von Morice treffen auch auf Mehring zu: „Es ist eine Übersicht über die bisherige Entwicklung des Schrifttums, eine rasche Kritik der neueren und neuesten Bücher und Verfasser und eine Art Programm des Schrifttums der Zukunft. Dieses Buch ist eines der erstaunlichsten, die es in irgendeiner Sprache gibt . . . Es ist ein Denkmal des reinen Schreib-Wahnsinns, der „Graphomanie“.[13]) Nordau denkt dann an Moreas und Guaita, die „ohne Methode allerlei Bücher lasen, die ihnen bei den „Bouquinisten“ des Quais in Paris eben in die Hand fielen, und den Kameraden die aufgeschnappten Lesefrüchte mit großartigen und geheimnisvollen Redensarten vortrugen . . . Auf diese Weise kamen sie in den Besitz jenes Bildungströdels, den sie jeweils in ihren Artikeln und Broschüren hervorkramten und in dem der geistig gesunde Leser mit vergnügtem Erstaunen die Namen Schopenhauer, Darwin, Renan, Goethe antrifft (genau wie in Mehrings Buch),

---

[13]) „Entartung“ von Max Nordau, Duncker-Verlag, Berlin, 1893, S. 183 ff.

welche zur Bezeichnung formloser, unkenntlicher Abfälle, eines Kehrichts unverdauter Brocken ... dienen. Diese Unwissenheit der Symbolisten und dieses kindliche Prahlen mit angeblicher Bildung wird von einem der ihren offen zugegeben." Wie oft wird bei den Dadaisten, die sich als gehorsame Schüler von Apollinaire und Tristan Tzara mit ihrer Feindschaft gegen Kultur und Bildung brüsten, mit Stolz auf ihren Mangel an jeglicher Bildung hingewiesen. So bekennt auch Le Corbusier: „... ich habe nie eine sogenannte richtige Ausbildung gehabt."[14])

Unbesorgt kann der „geistig gesunde Leser mit heiterem Erstaunen" in Mehrings Sammelsurium „Die verlorene Bibliothek" unverdaute Brocken herauspicken, wie etwa sein Urteil über Else Lasker-Schüler als „verschlampte Re-Incarnation der Sulamith"[15]), über Frank Wedekind „als den Annoncendichter einer Schweizer Fleischextraktfirma und eines Wanderzirkus, der Karriere gemacht hat" oder über den König David, laut Mehring „ein barocker Lyriker, gemeiner Ehebrecher (der sich mit einem Weibe aus einem minderrassigen Vasallenstamm verging) und so der Stammvater welch gesegneten Geschlechtes wurde: seines Bastards: des Weisen Salomo — und bis zu dem in unbefleckter Empfängnis gezeugten Menschensohn ..." oder gar über Freud. Was Mehring zu Freud „lockte", war weniger die topographische Nomenklatur: Libidofixierung, Minderwertigkeits- und Oedipuskomplex, Verdrängung, Fehlleistung, „als die erotische Natur dieses Schlaraffenlandes, wo die Bäume voller Venusfeigen hingen und die Priape wie Spargel aus dem Boden schossen." Freud hat nach Mehring „in seinem Handatlas des ‚Unbewußten' die Längen- und Breitengrade des Lustprinzips eingezeichnet, nach denen sich nun auch der Phantasieloseste orientieren kann". Das ist vielleicht die beste Antwort auf die Überlegung der Professoren Alexander Mitscherling, Wolfgang Loch und Dr. Peter Brückner in ihrem Mikrophongespräch im Südwestfunk, warum die Psychoanalyse von Sigmund Freud wohl in der westlichen Hemisphäre, aber nicht in Deutschland, auf „Gegenliebe" stößt.

Ferner erwähnt Mehring den „kindisch-senilen Gott-Vater", den „schwindsüchtigen Heiland, ihre ‚demi-vièrge-immaculée' und das

---

[14]) „An die Studenten — Die Charte d'Athènes" von Le Corbusier, Rowohlt-Verlag, Hamburg, 1962, Seite 46

[15]) Dieses und die nachfolgenden Zitate finden sich in „Verlorene Bibliothek"

ganze Konzil ihrer verwünschten, verwahrlosten Heiligen und Märtyrer ..." Echt dadaistisch empfindet er, daß

> „der Umgang mit Büchern nicht feiner ist, als
> wenn man sich ins Bett trinkt, oder mit einer
> Selbstbefriedigung ins Bett geht,"

und gelangt schlußendlich auf der letzten Seite zur dadaistischen Erkenntnisformel:

> „Aus Papier seid ihr gemacht, und zu Papier sollt
> Ihr wieder werden ..., zu Lumpen und zu Gras — bis
> Ihr nach der letzten Korrektur im Buch der Bücher
> steht, ausgedrückt in einer Zeile: Gott ist die
> Liebe! als die Pointe; als ein Hintertreppenwitz
> der Weltgeschichte ..."

Die Totenglocke ertönt in seinem 1961 in Radio Beromünster vorgetragenem Soldatengedicht und in seinem Theaterstück „Der Kaufmann von Berlin", auf das anläßlich seiner Ehrung im Tukankreis mit der Bemerkung verwiesen wurde: „Und prompt gab's einen großartigen Skandal". Aber selbst ein Dr. Franz Servaes, Kritiker der „Leipziger Neuesten Nachrichten", schrieb schon 1929 über das von Piscator in Berlin inszenierte Mehring'sche Theaterstück:

„Wie unvorsichtig von ihm (Mehring), ein derartig haßerfülltes Antlitz zu enthüllen! ... Wer Haß sät — er sollte es wissen —, muß Sturm ernten! ... In diesem Stück des Herrn Mehring, das in der deutschen Inflationszeit unseligen Andenkens spielt, tritt kein deutscher Mensch auf, der nicht irgendwie ordinär, verdummt, falsch, hinterlistig, gaunerhaft oder blödsinnig wäre ... Das Gesindel von deutschen Offizieren aber muß man erst sehen, das Herr Mehring als Vertreter des deutschen Wehrgeistes auf die Bühne zu stellen wagt... Doch das Schlimmste kommt zuletzt. Erst wischt er, ein Straßenkehrer, einen Stahlhelm weg, der auf der Straße liegt; dann fegt er mit dem Besen einen Gefallenen, den Leichnam eines Soldaten aus dem Ersten Weltkrieg, der ebenfalls auf der Straße liegt, zur Seite und macht dabei seine Witze. Dann schmeißt er mit zwei anderen Straßenkehrern den Leichnam des Soldaten auf einen Schubkarren mit den Worten:

> „Dreck!
> Weg damit!"

Am 3. Internationalen Geisteswissenschaftlichen Kongreß in München 1960 galt er als gefeierter und prominenter Teilnehmer, und „die Weltwoche“ schrieb am 25. Januar 1963 in ihrem Artikel „Walter Mehring — poète maudit“ u. a.: „Zweierlei macht dieses Leben bedeutsam (also Mehrings Leben) es gehört dermaßen in die Epoche, daß man sagen kann, die Epoche habe es gestanzt. Und das vom Schicksal einer Welt geprägte Leben erhält Wert über die Zeit hinaus, Symbolwert, durch dichterische Gestaltung.“

KAPITEL 18

Johannes Baader

„Jesus ist uns Wurst“

Über Johannes Baader finden wir in den Dada-Dokumenten (Kunsthalle Düsseldorf 1958) die Stichworte: „Oberdada Baader, Johannes, aktiver Teilnehmer an der Dada-Bewegung, vornehmlich in Berlin von 1918—1920, „Oberdada“ oder auch „Dada-Prophet“ genannt. Herausgeber des Flugblattes „Die grüne Leiche“, Mitarbeiter am Dada-Almanach. Mitorganisator der „Ersten internationalen Dada-Messe in Berlin 1920.“ Am 16. November hielt er im Berliner Dom eine Rede und proklamierte: „Jesus ist uns Wurst“. Und im „Almanach“ (Reiss-Verlag 1920) druckte er: „Der Engel der Verkündigung spricht: Siehe ich verkündige Euch große Freude, denn Euch ist heute der alte Hagenbeck erschienen.“

„In Berlin hat der Dadaismus“, so erzählt Raoul Hausmann 1958, „im Jahre 1918 Fuß fassen können, weil ihm die Zeitschrift „Die freie Straße“ eine psychologische Grundlage bot. „Die Freie Straße“ wurde von Franz Jung und Richard Oehring im Februar 1916 gegründet. Ihre Mitarbeiter waren: Otto Gross, Georg Schrimpf, zu denen später noch Raoul Hausmann und Johannes Baader kamen; Richard Huelsenbeck beteiligte sich am achten Heft. „Diese Zeitschrift hatte schon das Zerfetzen der europäischen Kultur auf ihr Panier geschrieben. Die Dadas wehrten sich vergeblich gegen die Abwehr der Berliner, die sie als Bolschewiken ansahen ...“ Johannes Baader schreibt jedenfalls im „Almanach von seiner Dada-Arbeit: „Heute ist der Kommunismus der Zwangsbesen, mit dem ich die Welt sauber mache.“

Baaders Schrift „Deutschlands Größe und Untergang“ beginnt mit der aufschlußreichen Erklärung:

„Dadaistische Monumentalarchitektur in fünf Stockwerken, 3 Anlagen, 1 Tunnel, 2 Aufzüge und 1 Cylinderabschluß. Das Erdgeschoß oder der Fußboden ist die prädestinierte Bestimmung vor der Geburt und gehört nicht zur Sache ...“ Das fünfte Stockwerk aber wird so beschrieben:

„Das ist die Weltrevolution des Kommunismus, der Stein der Bauleute und der Wahnsinn der Prokuratur des Diletariats, daß die Welt nach der großen Hand schreit und doch sich weigert, das Heil der Erlösung aus dem /W/ in den Mund zu nehmen. Das ist das

Unglück der welthistorischen Situation und doch: Ich werde sie in Klump schmeißen: Wer nicht für mich ist, der ist wider mich. Heute ist der Kommunismus der Zwangswirtschaft der Besen, mit dem ich die Welt sauber mache. Hier von diesem Zylinder, auf den Flügeln von Hagendorfs Lesepult funke ich in den Äther, die letzte Erlösung vom Leid und dem Tode. Ein Narr ist, wer noch ohne den Oberdada zu Bett geht."

PEM charakterisiert in der „Schweizerischen Illustrierten Zeitung" (Nr. 49/1953) diesen Mann des Zwangsbesens: „Der Oberdada aber war Herr Baader, der ein Irrsinniger mit praktischer Intelligenz war. Baader ließ in Weimar während der ersten Sitzung der Nationalversammlung Flugblätter auf die Köpfe der Volksvertreter herabregnen."

Und Kollege Mehring schrieb in seinem bereits erwähnten Buch: „Der Oberdada der Berliner Fraktion, namens Baader, z. B. ritt auf dem Weißen Pferd der Apokalypse zur Gründungsfeier der ersten Deutschen Republik im Weimarer Hoftheater ein; und erklärte sie, in einer extemporierten Ansprache, auf die Offenbarung Johannis gestützt, als Dadaistische Manifestation."

In Baaders Nekrolog aus der Feder von Hans Baumann ist zu lesen: „Als Hugo Ball, Tristan Tzara und Richard Huelsenbeck im Frühjahr des Jahres 1916 in Zürich den Dadaismus gründeten, konnten sie nicht voraussehen, daß sich später ein gerissener Irrenhausinsasse ihrer Idee bemächtigen würde, um für seine kleinen Zwecke daraus Kapital zu schlagen ... Zu dieser Zeit war Johannes Baader, der spätere „Ober-Dada" und Präsident des Weltalls, noch Architekt oder Schneidergeselle oder Friseurgehilfe, jedenfalls ein bourgeoiser Narr ... „Der Ober-Dada", welcher eine in kirchlichen Rhythmen aufgezogene Münchhausiade darstellt, die sein Leben sein soll, will den Dadaismus 1896 in Zürich erfunden haben, als er dort, man weiß nicht was, tat und arbeitete. Er singt davon wie ein besoffener Organist ... Man muß sich von vorneherein darüber klar sein, daß diese Person Baader, die im Berliner Dom 1918 eine Rede mit „Jesus ist uns Wurst" hielt, in der Nationalversammlung Dada-Reklamezettel abwarf, nebenbei das Äußere eines behäbigen schwäbischen Pastors oder Kleinbürgers hat, mit dem Fimmel der Gottseligkeit kleine Geldgeschäfte zu machen sucht ... Im August 1899 saß er zum ersten Mal im Tollhaus, das besagt ja weiter nichts, und man wird keinen Menschen deswegen verurteilen ... Er überraschte die Mitwelt mit dem Vorschlag, einen neuen Turm von Babel zu bauen. Er agierte abwechselnd als Prophet, Heiland und Bettelmönch und war dem Hungertode nahe, als sich ihm eines Tages Dada als Möglichkeit bot, die Pläne einer gesicherten Lebensführung zu verwirklichen ... Baader ist ein ins Kirchliche geschraubter Kleinbürger, er hat immer versucht mit Dada seine Miete zu bezahlen oder seiner Frau einen Unterrock zu kaufen ... Er ist Kurt Schwitters auf Heiland frisiert, ein Dilettantengehirn mit kosmischen Unterhosen ... Außerdem hatte er in Teplitz in einem Bordell sehr wider seinen Willen und unter moralischen Abwehrgesten das Geld versoffen, mit dem er seine Miete und seiner Frau cinen Unterrock bezahlen wollte, ... Nun ist er gestorben, Frieden seiner Asche! Vive Dada! Raoul Hausmann."

KAPITEL 19

Francis Picabia

„... ich gehe in Frauenkleidern zum Tanz"

„Picabia und junge Amerikaner" überschrieb die Zürcher „Tat" ihre Berichterstattung über die Ausstellung in der Kunsthalle Bern im August 1962. Bei den Amerikanern handelte es sich um den Eisenplastiker Richard Stankiewicz, der „verschrottetes Material ... als Gestaltelemente für kernhaft in sich ruhende Werke" verwendet, um Robert Rauschenberg, der für seine „Kompositionen fasr ausschließlich Fotos, Bleche, Spiegel, Krawatten, Vorhänge, usw. nimmt", um Jasper Johns, der mit einer „Pinselschrift" ornamentale Figurationen oder simple realistische Motive wie Scheiben- und Flaggenmuster pinselt und schließlich Alfred Lesbie, der mit gelben und weißen Flächen in großdimensionierten Bildern „luftige Räume" schafft, verschönt durch horizontale oder vertikale Richtungsakzente.

Diese vier Amerikaner waren die richtige Gesellschaft für Francis Picabia, der in Wort und Bild, getreu dem Manifest Tristan Tzaras bis an sein Lebensende die Kunst „zerstörte". Kunst und Industrieabfall waren auf die gleiche Stufe gestellt, wie es der Leiter der Berner Kunsthalle, Harald Szeeman, im Hinblick auf das Schaffen Robert Rauschenbergs freimütig bekennt. Bedauernd schreibt er: „Ein lediglich aus Gebissen zusammengestelltes Assemblage ist in seiner Kollektion nicht denkbar." Aber diese vier Amerikaner, diese vier Künstlertypen, als die Harald Szeeman sie bezeichnet, bestimmen doch ganz „wesentlich das Bild der heutigen künstlerischen Situation." Diese Worte Szeemans bezeugen eindeutig den Erfolg des Dadaismus in Europa in den Sechziger-Jahren, denn die Werke kamen aus „Moderna Museet" in Stockholm, aus dem „Stedelijk Museum" in Amsterdam, aus Rom, London, Paris, Mailand, Bern, Zürich und aus New York.

Von Picabia wurden Werke aus dem Zeitraum von 1909—1922 gezeigt, also aus jener Epoche, in der „protzige Champagnerfrühstücke im Schlafzimmer des entarteten Kunstmalers Picabia" gefeiert wurden, wie Dada Mehring in seinem Buch „Die verrufene Malerei" (1958) aus eigener Erinnerung schreibt. Diese Charakterisierung Picabias macht das abstoßende Bild „Voilà la femme", Nr. 12 der Berner-Ausstellung, verständlich. Welche Bewandtnis hat diese verrufene Malerei?

Hans Arp kennzeichnet seine Richtung und diejenige eines Picabia: „Die Zeichnungen Picabias zu seinem Buch ‚Die Tochter ohne Mutter geboren‘ sind die genau ausgearbeiteten Pläne zu einem Apparat, mit dem man eine Tochter ohne Mutter erzeugen kann ... Die Lehre, die sich aus den Arbeiten Duchamps in dem Werk ‚Die Braut von ihrem Junggesellen nackt geplündert‘ ergibt, wird in die Praxis umgesetzt werden müssen, um der Entdeckung Picabias kraftvoll Einhalt gebieten zu können.“ Diese perverse Bewußtseinsstruktur muß leider ernst genommen werden. Anläßlich der Ausstellung „50 Jahre abstrakte Malerei“ im Juni 1957 in der Galerie Creuze in Paris war in einem ernst zu nehmenden Buch zu lesen, daß Arp, Klee, Kupka, Mondrian, usw. und Picabia „die heutige Ästhetik entscheidend beeinflußt haben“.

Lassen wir einige charakteristische Aussprüche des „bedeutenden“ Picabia folgen, die ein Licht auf das makabre Wirken werfen:

„Man stirbt als Held oder als Idiot, was auf dasselbe herauskommt“. — „Der Mann, der Geld hat, ist ein ehrenwerter Mann. Ehre kauft sich und verkauft sich wie — das Gesäß. Das Gesäß repräsentiert das Leben wie die pommes frites und ihr alle mit Eurer Ernsthaftigkeit stinkt schlimmer als Kuhdreck.“ — „Pfeift, schreit, zerschlagt mir die Fresse — und ich ... ich werde Euch immer sagen, daß Ihr blöde Hammel seid!“

Über zehn Jahre lang wurde Picabia von jenem Duchamps, der „sich nicht mehr mit Kunst befaßt, seit er ein neues Mittel entdeckt hat, um matt zu setzen: und zwar mit Strippe und Gummibademützchen“, gefeiert. In den Jahren 1914—15 verblüffte dieses Vorbild Picabias das Publikum mit einer Reihe von Werken, die er „Ready-Mades“ nannte. Es waren Gebrauchsgegenstände des Alltags wie Fahrräder, Flaschenhalter und Schneeschaufeln. Sein Kunstwerk: ein hoher Küchenschemel mit einem Loch im Sitz, durch das ein Velorad verankert wurde, ist selbst noch heute in bedeutenden Kunstausstellungen zu sehen. Von hier ist nur ein Schritt bis zur Urinierschale, die Duchamps einer New Yorker Ausstellung als ernstzunehmendes Kunstwerk einreichte.

Das Leben Picabias, der unsere heutige Ästhetik beeinflußt, ist in sich aufschlußreich. Hauptstätte seines Wirkens war Paris, wo er 1879 geboren wurde und 1953 starb. Er betätigte sich als Zeichner, Maler und Dichter und war ein intimer Freund Apollinaires. Der Aufstieg Picabias, von spanischer Herkunft, war kometenhaft. 1913 und 1915 erlebte er die erste Ausstellung seiner Werke in der

Galerie Stieglitz in den Vereinigten Staaten. Hier wurde der Grundstein seines Ruhmes gelegt, der durch nachfolgende Ausstellungen in Barcelona und in den Vereinigten Staaten untermauert wurde. 1918 schloß er sich dem Zürcher-Dada-Kreis an und nahm 1920 an der Pariser-Dada-Demonstration teil. Die Zeit nach dem Zweiten Weltkrieg schob seinen Namen in die vordersten Ränge der modernen Bahnbrecher. Die Ausstellungen der Werke Picabias rissen nicht mehr ab: 1945 in Basel, 1946 in Paris, 1947 in Cannes, 1948 in zwei Pariser Galerien, 1949 wiederum in Paris, 1950 in New York und 1952 in Alès. Nach seinem Tode wurde Picabia 1954 in Nizza, 1956 in Paris, 1959 in London, 1960 in Stockholm und Mailand, 1961 in Paris und 1962 in Marseille und Bern ausgestellt. Der Berner-Katalog nennt fünf Werke, die sich mit Picabia befassen. Eindrucksvoller als die Aufzählung dieser trockenen, aber für den propagandistischen Einsatz bedeutsamen Daten, ist Picabias Selbst-Charakteristik: „Ich bin in Paris geboren, stamme von einer cubanischen Familie spanischen Ursprungs ab, zugleich französischer, italienischer, amerikanischer Abstammung...

Ich stamme von Javanern.

Alles ist Wichtigkeit — in Amerika ist alles Dada.

Und ich bin Francis Picabia

Das ist meine Schwäche...

Ich sehe aus wie ein Gewächs, das dem Heiligen Antonius geweiht ist.

Das ist von Bedeutung

Denn ich gehe in Frauenkleidern zum Tanz." (Übersetzung von Walter Mehring)

In Picabias „cannibale dada" heißt es: „Man stirbt als Held oder als Idiot, was auf dasselbe herauskommt. Das einzige Wort, das mehr als Tageswert hat, ist das Wort Tod. Ihr liebt den Tod, den die anderen sterben.

A mort bringt sie um, laßt sie verrecken!

Nur das Geld stirbt nicht, es reist nur ein wenig fort. Geld, das ist die Kniebeuge ganzer Familien. Hoch das Geld, — es lebe!...

Dada ist wie eure Hoffnung: nichts
wie euer Paradies: nichts
wie eure Idole: nichts
wie euere politischen Führer: nichts
wie euere Künstler: nichts
Wie euere Religionen: nichts"

Hans Arp veröffentlichte folgende Erinnerungen über Begegnungen mit Picabia:

„Ich lernte Francis Picabia 1917 anläßlich seines Besuches in Zürich kennen. Er kam als Abgesandter der amerikanischen Dadaisten, um seine Kollegen in Zürich zu begrüßen. Tristan Tzara und ich begaben uns neugierig und bewegt in sein Hotel. Wir fanden ihn geschäftig beim Sezieren eines Weckers ... Erbarmungslos zerlegte er seinen Wecker bis auf die Uhrfeder, die er triumphierend extrahierte. Für einen kurzen Augenblick unterbrach er seine Arbeit, um uns zu begrüßen. Doch ohne viel Zeit zu verlieren, versah er ein weißes Papier mit den Abdrücken der Rädchen, Federn, Zeiger und anderen geheimen Teilchen der Uhr. Eifrig schlug er diese Dinge vom Stempelkissen auf das Papier wie ein pflichteifriger Postbeamter, verband diese Stempel miteinander durch Linien und schrieb dazu an verschiedenen Stellen der Zeichnung Worte, Sätze, deren Inhalt seltsam und fremd von unserer mechanisierten dummen Welt ist. Er schuf antimechanische Menschen. Er hatte damals eine grenzenlose Vorliebe für Räder, Schrauben, Motoren, Zylinder, elektrische Leitungen. Er zeichnete und malte mit diesen Dingen zwecklose Maschinen des Unbewußten. Eine ganze Flora solcher Maschinen ließ er aufwuchern. Er schrieb in jener Zeit auch Gedichte, „La fille née sans mère", welche uns zwangen, feierlich auf dem Kopf zu stehen. In diesen Gedichten gibt es keinen vertrockneten rhetorischen Schwamm mehr, keine schillernde schillerische Phrase, keine Fata-Morgana in einem Büstenhalter ... Er malt Tag und Nacht mit Armen und Beinen, er übermalt die in der Nacht entstandene Leinwand am nächsten Tag und die am nächsten Tag gemalte Leinwand in der nächsten Nacht. Seine Leinwände werden dabei dicker und dicker. Das Bedürfnis, unaufhörlich zu malen, erklärt sich durch ein fanatisches Interesse, durch eine Besessenheit, die das Gegengewicht zu seiner dadaistischen Ironie bildet ... Aller Wahrscheinlichkeit nach zum Trotz naht er sich der Urhandlung, dem Absoluten, und alle von ihm zynisch beschworenen „Jesus Rastaquère" retten ihn nicht davor."

Die „Tat" vom 27. Juli 1962 wußte in ihrem Artikel „Picabia und junge Amerikaner" zu melden, daß Picabia „heute vor allem in den Vereinigten Staaten hoch im Rang" steht. Zwei Jahre früher aber berichtete 1960 die Lahn-Zeitung von einer „Revolte gegen abstrakte Kunst" in den Vereinigten Staaten und bemerkte, wer da glaube, die abstrakte Kunst feiere in Amerika ihre größten Triumphe, sei sehr im Irrtum. Kürzlich kam es vor dem New Yorker Museum of Modern Art zu einem Tumult. Eine Gruppe junger Maler protestierte gegen die Kunstpolitik der Museumsleitung, die ihre Ausstellungsräume den Abstrakten zur Verfügung gestellt hatte. Das berühmte Gemälde „Weiß auf Weiß" von Kasemir Malevich ... wurde durch die Demonstranten verhöhnt. Eine andere Gruppe protestierte gegen die Ankaufspolitik des Whitney Museums ... So hat es seine Berechtigung, wenn Harald Szeeman in seinem Berner-Katalog 1962 unterstrich, daß Picabia und sein Schaffen der Jahre 1912—1927 vor allem für die amerikanischen Kunstsammler eine wahre Wiederentdeckung ist.

Gertrud von Schwarzenfeld erzählte in ihrem 1958 erschienenen Buch „Das neue Paris — Es begann mit Dada" von einer Ausstellung abstrakter Kunst im März 1957 in der Galerie de l'Institut. „An den Wänden einige Bilder von Picabia, mehr Ulk als Malerei ... daneben Dokumente des Dada-Humors: Die Mona Lisa mit Schnurrbart von Marcel Duchamp, ein aus Zündhölzern verfertigtes Bild von Picabia, Photomontagen „pour épater le bourgeois".

Es geschah bei dieser nur kurz skizzierten Ausstellung, daß einige Jugendliche die Galerie mit den Rufen „Nieder mit Dada! Es lebe die Wahrheit!" stürmten, ein ausgestelltes Bild von Dada Man Ray mit Pistolenschüssen durchlöcherten und ein anderes seiner Bilder „Das einäugige Metronom" — von ihm selbst „objet à détruire" genannt — ins Freie schleppten und es krumm und klein schlugen ... Auf ihren Flugblättern, die sie in der Rue de Seine verteilten, stand zu lesen: „Operation Augias. Wir Jarivisten machen die Herren Dadaisten, Surrealisten und Konsorten darauf aufmerksam, daß die Herrschaft des Nichts vorüber ist. Wir werden Ausstellungen von Wurmfraß, die durch das Tun von Tristan Tzara und Komparsen möglich wurden, nicht länger dulden. Sie sind ein Verbrechen gegen die Intelligenz und die Kultur. Eine neue anspruchsvolle, ehrliche und wilde Generation steht vor den Toren Euer Papptempel und wird aus ihnen eure Mißgeburten hinausfegen. Eine Geste tut not. Betrübt, aber verantwortungsbewußt führen wir sie aus."

Die häufigen Reaktionen auch in Europa gegen die Dada-Abstrakten, deren Träger junge Menschen — natürlich nicht die Museumsleitung und Kunstsammler — sind, bestätigt die Worte des Jesuitenpaters Walter Brugger, daß „der erlebnismäßige Nachvollzug seelischer Akte, wie das bei Kunstwerken geschieht, für ein anderes Bewußtsein oft schwer oder unmöglich ist!"

Genau das Gleiche, nur positiv ausgedrückt, schreibt auch Harald Szeeman in seinem Katalog 1962, wo es heißt: „Wenn Picabia in „Plumes“ die Baumstämme durch Spaghetti und die Palmkronen durch Staubwischfedern ersetzt, dann visiert er beim Betrachter eine Schockwirkung, aber beim Gleichgesinnten eine poetische Zündung.“

KAPITEL 20

Kurt Schwitters

„Kunst ist ein Reihenscheißhaus“

„Was ist Kunst? Kunst ist ein Reihenscheißhaus“. Dieses Bekenntnis druckte Kurt Schwitters in seinem „Merz-Heft 4“ in den Goldenen Zwanziger Jahren.[1]) Es kennzeichnet Typ, Wesen und Werk von Kurt Schwitters, der uns heute als deutscher Maler, Plastiker und Dichter gepriesen wird. Fast keine moderne Kunstausstellung, sei es in Hannover, Düsseldorf oder Paris, sei es die „documenta 59 oder 64“ in Kassel, wo Bauhäusler Otto Winter das Szepter schwingt, verzichtet auf Bilder von Schwitters. So schrieb der „Kölnischer Stadt-Anzeiger“ vom 30. Juni/1. Juli 1962: „... In allen Pavillons (der Biennale in Venedig) fiel uns auf, daß tatsächlich Kurt Schwitters aus Hannover in aller Welt eine auffallende Renaissance erlebt ...“

Wer ist Schwitters? Ein Dada reinsten Formates. In Hannover 1887 geboren, schuf er laut Düsseldorfer-Katalog 1958, im Jahre 1919 und laut „documenta-Katalog“, im Jahre 1918 die ersten Merz-Bilder, abstrakte Bilder aus wesensfremden Bestandteilen und stellte sie im „Sturm“ in Hannover aus. Seine Merz-Gedichte erschienen 1919 im „Sturm“. Die erste Kontaktnahme mit der Dada-Gruppe in Zürich erfolgte im gleichen Jahr. 1920 entstand sein Merz-Bau in Hannover. 1922 beteiligt sich Schwitters am Dada-Kongreß in Weimar und am Dada-Feldzug in Holland mit Theo und Petra van Doesburg. Er wirkte als Mitarbeiter an der holländischen Dada-Zeitschrift „Mecano“ und an den Merz-Publikationen mit Hans Arp und Piet Mondrian. 1937 emigrierte Schwitters nach Norwegen, floh 1940 nach England, wo er 1948 gestorben ist.

„Auch Kurt Schwitters nahm teil an dem siegreichen Feldzug der Dadas gegen die Armeen des Goldenen Schnittes“ stellte Hans Arp begeistert fest.[2]) Was heißt das? Das heißt, daß Schwitters die seit Jahrhunderten für alle bedeutenden Künstler grundlegende Proportionslehre mißachtete und damit wie alle seine Gesinnungsgenossen das Postulat Apollinaires „Scheiße ... auf Florenz“ be-

---

[1]) Fotokopie im Besitz des Verfassers

[2]) Franz Roh: „Geschichte der deutschen Kunst von 1900 bis zur Gegenwart“, Bruchmann-Verlag, München, 1958, Seite 133

folgt.[3]) „Die nach dem Goldenen Schnitt geordneten Raumverhältnisse, vor allem bei Kunstwerken, nehmen eine ästhetische Vorzugsstellung ein, indem sie ein besonders hohes Wohlgefallen erregen“, lesen wir im „Großen Brockhaus“.[4]) Schwitters und den Dadas fällt dieser „siegreiche“ Feldzug gegen die „Armeen des Goldenen Schnittes“ bekanntlich nicht schwer.

Kurt Schwitters aber vereinigt Kunst und Nichtkunst zum Merz-Gesamtweltbild. „Zuerst ergrimmte das Publikum gewaltig, weil er über die Materialien der Kunst hinausging“ gesteht Franz Roh[5]), einst Assistent von Wölflin, der die „Neue Sachlichkeit“ in „Magischen Realismus“ umtaufte.[6]) Dieses gewaltig ergrimmte Publikum der Zwanziger-Jahre zeugt von der damaligen Opposition gegen die Abstrakten, die erst in den Dreißiger-Jahren erfolgreich wurden.

Schwitters überlegte: „Ich sah ... den Grund nicht ein, weshalb man die alten Fahrscheine (Trambillette), angespülte Hölzer, Garderobennummern, Drähte, Radteile, Knöpfe, altes Gerümpel aus Bodenkammer und Müllhaufen nicht ebensogut als Material für Gemälde verwenden sollte wie die von Fabriken hergestellten Farben. Verwitterung, Verschwitterung murmelte er oft“.[7])

Ja, warum eigentlich Farben für Gemälde? Warum zarte Flügelsaiten für Musik? Diese Frage stellten sich junge zeitgenössische Künstler im Konzert des Städtischen Museum in Wiesbaden. Und so entnehmen wir einem Bericht der „Lahn-Zeitung“ vom 13. September 1962 wie „gutgekleidete Männer mit gewöhnlichen Hämmern auf die zarten Flügelsaiten schlugen. Schon eine Woche zuvor hatten Künstler anläßlich der „Internationalen Festspiele modernster Musik“ auf dem Konzertflügel getanzt und die Saiten mit den Schuhen bearbeitet. Das Instrument, man glaubt es kaum, war vom Wiesbadener Bürgermeister und Kulturdezernenten Karl Anton Lutsch gratis zur Verfügung gestellt worden.“ Das vollzog sich getreulich nach dem Rezept von Dr. Fritz Stege, das er am 7./8. April 1962 in der gleichen Zeitung verkündete: „Es lebe der Schock, die Beunruhigung und das Angstgefühl! Das ist das

---

[3]) Esprit Nouveau, Nr. 26, Seite 42

[4]) Brockhaus, 1930, Band 7, Seite 469

[5]) Franz Roh, siehe oben, Seite 133

[6]) Du-Heft, Zürich, März 1962, Seite 26

[7]) Franz Roh, Seite 133

Einzige, was uns noch vor dem Illusionismus der Klangbetörung retten kann!“

Kurt Schwitters bezeichnete alles, was er klebte, mit „Merz“, mit einer Silbe, die er dem Wort „Commerzbank“ entnommen haben will. Seine mit Abfall beklebten Bilder nannte er „Collagen“.

„Aus Abfall bastelte Schwitters seine Bilder“ lautete eine zweizeilige Überschrift im „Kölner Stadt-Anzeiger“ vom 24. August 1962. Der Arzt und Psychologe Dr. Nordau-Süßfeld nannte diese Leute, die an keinem „Gerümpel“ vorübergehen können, ohne ihn zu sammeln und sich damit zu beschäftigen, „schwachsinnig“ und empfahl ihnen dringend eine ärztliche Behandlung.[8])

Die Kunstkritikerin Hilde Rubinstein dagegen schrieb in der „Zürcher Woche“ in ihrem Artikel: „Holz- und andere Wege in der Kunst“ (20. Juli 1962) begeistert über diese Abfall-Kunstproduktion und rühmte sie als „charmanten New look“. Wir erfahren aus ihrer Feder: „Offenbar un-sinnig zusammengesetzte Abfälle aus Schrott- und Lumpensammlerlagern, in- und gegeneinander komponierte Kisten, Reifen von Fahr- und anderen Rädern, Hebel, Schrauben, Helme, Hauben, Federn, Tangenten — es ist unmöglich, auch nur einen Bruchteil dieser zu Qualität gewordenen Quantität wiederzugeben! Hier fand man die von Leibniz erwähnte geordnete Varietät. Es war eine konkrete Inventaraufnahme unserer Existenz (in der Nußschale inventiert).“ Allerdings widersprach sich die Verfasserin selbst, wenn sie eingangs betonte, daß sie „nicht auf Grund von Verwandtschaft“ Partei nehmen wolle. Denn es offenbarte sich doch die Verwandtschaft, die gleiche Bewußtseinsstruktur mit den Abfall- und Abstraktschaffenden schon in diesem kleinen zitierten Ausschnitt ihres umfangreichen Artikels. Die gleiche geistige Verwandtschaft zeigte sich auch in einem Artikel aus der Feder Arthur Rubinstein's, den die „Weltwoche“ am 8. Juni 1962 veröffentlichte. Die Überschrift genügt als Beweis: „Das Klavier ist ein Widerhall-Instrument ... und wurde von Chopin, Mozart und allen schlecht behandelt.“

In der gleichen Front steht Dr. Werner Haftmann, der aus dem krankhaften Schwitters einen Künstler macht. In seinem Buche „Malerei des 20. Jahrhunderts“ lesen wir folgende Charakteristik: „Schwitters war ... auf Picassos Reliefkonstruktionen aus Ab-

---

[8]) Nordau: „Die Kunst seiner Zeit“, Band 1, Verlag Carl Duncker, Berlin 1893, Seite 50

fallmaterialien gestoßen und dann auf Dada. Das faszinierte ihn außerordentlich und nach und nach in einer Art von willentlich herabgezwungener Obsession sammelte er alle herumliegenden Dinge — Nägel, Haare, Fahrscheine, usw — und fügte sie zu Kompositionen zusammen, d. h. er machte aus Dingen ein neues Ding, indem das Zusammentreten vielfältiger als magisch empfundener Details eine neue Wirklichkeit schuf ... Und dann stand ihm noch etwas anderes im Sinn: er wollte aus den Dingen und für die Dinge eine „Kathedrale" bauen ... In seinem eigenen Haus in Hannover begann er damit ..." Dr. Haftmann übertrifft sich selbst mit folgenden Auslegungen:

„In Schwitters „Merzbauten", von denen nichts als ein paar Fotos existieren, kommt das neue Dingeverhältnis wohl zu seinem übersteigerten Ausdruck. Es ist das magische Ding, das ein vom Dingzauber besessener Mensch in einer Art von unbewußter Frömmigkeit durch ein Bauwerk anrufen und zur Erscheinung bringen will, damit das magische Gegenüber der Dinge seine Drohung verliert."[9]

Das erwähnte magische Detail ist nicht unbedingt ansteckend, wie wir von Georg Muche erfahren: „Zwei Junge Menschen, denen Schwitters zu ihrem Hochzeitstag eine Freude machen wollte, hatten ihm sein Geschenk zurückgegeben und seien ihm nun böse, weil sie meinten, er habe sich über sie lustig machen wollen. Er zeigte Muche sein Werk und erzählte ihm, wie sorgfältig er daran gearbeitet habe, um das Brautpaar mit dieser Komposition aus Holz, Glas und Farben zu erfreuen ...[10]) Auf dieses Brautpaar treffen die warnenden Worte unseres prachtvollen Schweizer Alt-Nationalrat Dr. h. c. Felix Moeschlin nicht zu, der in seinem Vortrag über „Gedanken über die Gedankenlosigkeit" ausrief: „Ich bin entsetzt über die fortschreitende Verblödung der Menschheit ..."[11])

Selbst der ehemalige Bauhäusler Muche schien nicht im Banne der Haftmann'schen Schwitterauslegungen zu stehen: „Hätte ich doch die Karte aus dem Café Josty aufgehoben. Sie brächte mir heute viel Geld, denn auf einer Auktion in der Schweiz wurden mehr als hunderttausend Franken für ein geklebtes Bild von Schwitters ge-

---

[9]) Werner Haftmann: „Malerei im 20. Jahrhundert", Prestel-Verlag, München, 1954, Seite 254

[10]) Georg Muche „Blickpunkt", Seite 175, Albert Langen-Georg Müller-Verlag, München 1961

[11]) Die „Tat", Zürich, vom 3. Oktober 1952

zahlt."[12]) Schwitters hatte im Café Josty in seiner Gegenwart auf einer Karte mit Asche ein halb abgebranntes Streichholz angebracht. Der „Münchner Merkur" meldete am 9. April 1962, bei der Stuttgarter Ketterer-Auktion hätten sich im Bereich der fünfstelligen Zahlen Bissière, Dérain, Dubuffet, Liebermann, Manessier, Modigliani usw. und im Bereiche der vierstelligen unter anderen Schwitters befunden. Am 7. Mai 1962 meldete das gleiche Blatt, daß sich die Preise für Purrmann zwischen 5 500 — 10 100 Mark und für eine „kleine Schwitters Collage" um 5 100 Mark bewegten.

„Kunst des Mülleimers bekam einen Stoß" lautet die Schlagzeile des „Kölnischer Stadt-Anzeiger"[13]) über die Biennale in Venedig und die „Schwitters-Nachfolge". Gustav René Hocke schrieb einen recht anschaulichen Bericht: „Beim ‚Vernissage' der XXXI. Kunst-Biennale Venedigs erschauerten selbst die verwöhntesten Reporter . . . vor Entzücken, als sie das Haus der Amerikaner betraten. Dort beherrschte die Künstlerin Louise Mevelson, in Rußland geboren, drei Säle in konzentrierter Schwitters-Nachfolge mit „Montagen" . . . — Gebilde aus Fetzen von Möbeln und Kisten sah man, von Bilderrahmen und Hühnerleitern, von Holzlöffel-Stücken und Kanarienvogelkäfigen, „irrational" eingeordnet meist in kastenartigen Häuschen, in disharmonischen Wohnstätten, denen man an den Peripherien von Großstädten so leicht begegnet . . .

Eine hochgereckte „Signalmaschine", ein Mobile des in Finnland geborenen Schweden Per Olof Ultredt, einer Dreschmaschine ähnlich, wurde augenscheinlich von einem Verächter aller mechanischen Gesetze erbaut. Von einem unsichtbaren Motor getrieben, bewegt sie sich plump und langsam wie ein Dorfidiot, und es klirren in seinem Bauch, allen sichtbar, als „Signal" drei Bierflaschen geräuschmusikalischeintönig aufeinander . . ." Dieser Ulk steht in Kunstausstellungen und wird von unseren Kunstkritikern und Kunsthistorikern etwa als: „Spiegel und Ausdruck menschlicher Freiheit" bezeichnet.

In Schwitters Haus in Hannover entstand der „berühmte" Merzbau als „plastisch-malerische Collage-Konstruktion", die im Laufe ihres Entstehens durch zwei Stockwerke seines Hauses hinabwuchs und in einer Zisterne Wurzeln schlug. „Das Innere war so angefüllt mit „Gerümpel", bekennt Dr. Haftmann offen, „daß kein

---

[12]) Muche, Seite 175

[13]) „Kölnischer Stadt-Anzeiger" vom 30. Juni / 1. Juli 1962

Raum für ‚Leute' blieb ... Auch hier scheint jene Raumangst wirksam, die sich mit Dingen sicherte."[14])

Diese mit Gerümpel gefüllten Stockwerke nannte Schwitters die „Kathedrale" ([15]). Er verhöhnte damit das Gotteshaus der Christen. Die Einstellung der Dadas zur Religion gleicht der Lenins, der die „Gottessucherei als geistige Leichenschändung" geißelte. Die Religionsfeindlichkeit steigerte sich zu förmlichen Haßausbrüchen. Schwitters versinnbildlichte mit seiner „Lustmordhöhlen-Kathedrale", was Lenin am 14. 11. 1913 an Gorki schrieb (amtliche Lenin-Ausgabe, Moskau 1938): „Jede Gottbildnerei ist die ‚übelste Sorte von Selbstbespeiung'". Und dennoch wagte Dr. Haftmann das Bekenntnis: „... Es ist das magische Ding, das ein vom Dingzauber besessener Mensch in einer Art von F r ö m m i g k e i t durch ein Bauwerk anrufen und zur Erscheinung bringen will."

Welcher Art diese Schwittersche Frömmigkeit ist, erfährt man bei der Lektüre einer Seite aus dem Merz-Heft 4:

„Herr, Herr, gib mir Deinen Sturm.
Lach nicht, sonst kriegste einen, daß de mit der Nase durch den Tisch fliegst.
O Herr Vater, Du senkst dem jungen Menschen einen Stein urtief in sein Inneres ein.
Ich will Ihnen aber mal Kunst zeigen.
Herr Gott, hier nimm meinen Dank auf meinen STAMMELNDEN KNIEN an.
Wissen Sie, was Kunst ist! EIN REIHENSCHEISSHAUS, das ist Kunst!
Ach, und daß ich mit DIR einhergehe, mit DEINER Gnade o Gott, zärtlich überdacht, frühlingisch erwärmt und niemals der Wolkenhimmel TÖNELOS! Nachher scheißt er mich noch an obendrein."

Diesem Chaos dadaistischer Manier, wo Anrufe an Gott mit den Ausdrücken von „Scheiße" wechseln, gibt er den Titel „Banalitäten, Dada est une promenade".[16])

Merkwürdige „Frömmigkeit" Schwitters, die ein aus Abfällen geklebtes Bild „Modemadonna und Kathedrale" betitelt.[17])

---

[14]) Werner Haftmann, Seite 254

[15]) Werner Haftmann, Seite 254

[16]) Merz-Zeitschrift, 4. Juli 1923, Redaktion des Merzverlages: Kurt Schwitters, Hannover, Waldhausenerstr. 5/II

Im Katalog der Düsseldorfer Dada-Ausstellung des Jahres 1958 ist unter Nr. 529 angeführt „Merz-Matinéen. Werbeflugblatt für Merzmatinéen ... Kurt Schwitters in Revolutionen, Anna Blume, denaturierte Poesie mit Gesang ... Vortrag über die Gesetze der Laute als Seelenmargarine, 1923".

Diese Herabwürdigung der Sprache zur Seelenmargarine erinnert an die Erzählung, die Carola Giedion im „du-Heft", März 1962, veröffentlicht hat. Sie schildert wie sie 1936 für den in Deutschland gefährdeten Kurt Schwitters ... einen Vortragsabend im Kunsthaus Zürich arrangierte, auf dem auch Arp eigene Gedichte rezitierte. „Schwitters", so schreibt sie, „erschien ausnahmsweise sehr adrett, nur mit einer unmöglichen Kravatte, die mit unübersehbaren rosa Tupfen gleichsam den ganzen milden Spießer-Muff, den er doch verhöhnte, in nuce enthielt. Darauf hingewiesen erklärte er: „C. W., das verstehen Sie nicht. Mit diesem Schlips fang' ich doch die kleinen Leute ein, die sich dabei zu Hause fühlen."

In „Dada-Dokumente einer Bewegung" 1958 behauptet Walter Rathke folgendes: „Ball, Hausmann, Huelsenbeck und Schwitters fanden im Lautgedicht verwandte Formen, die den bisherigen Wortgebrauch negierten und eine neue Poesie entstehen ließen." Das wohl am häufigsten genannte Gedicht von Schwitters ist *„Anna Blume"*. Es heißt:

„O du, Geliebte meiner siebenundzwanzig Sinne, ich
liebe dir! — Du deiner dir dich, ich dir, du mir.
Wir?
... Du trägst den Hut auf Deinen Füßen und wanderst
auf die Hände, auf den Händen wanderst du.
... Rot liebe ich Anna Blume, rot liebe ich dir!
Du deiner dir dich, ich dir, du mir. — Wir?
... Preisfrage: 1. Anna Blume hat ein Vogel
2. Anna Blume ist tot
3. Welche Farbe hat der Vogel?
Blau ist die Farbe deines gelben Haares ...
Weißt du es, Anna, weißt du es schon?
Man kann dich auch von hinten lesen ...
Rindertalg träufelt schreicheln über meinen Rücken.
Anna Blume, du tropfes Tier, ich liebe dir."

---

17) Dada — Dokumente einer Bewegung, Düsseldorf 1958

Der Arzt Nordau-Süßfeld nennt das ganze einfach „Gewäsch, Nebelvorstellungen und Verirrungen von Schwachsinnigen hervorgebracht." Ganz anders urteilt dagegen Herr Dr. *Siegfried Giedion.* Auf dem „Dritten Internationalen Geisteswissenschaftlichen Kongreß 1961" in München ließ er sich als Hauptreferent ausgiebig über Kurt Schwitters aus. Der *„Münchner Merkur"* vom 28. 11. 1960 schrieb dazu:

„Und Siegfried Giedion exemplifizierte die tiefe Dichtung des Symbols an — „Anna Blume", den prächtigen poetischen Spaß, den sich der großartige Maler Kurt Schwitters aus Hannover im Café Kröpcke ausgeknobelt hat, gleich nebenan am Stammtisch des schnurrigen Silbergauls Paul Steegemann. Wer's miterlebte, amüsiert sich immer noch über die köstlich gekonnte Provokation. Giedion gibt dem *tropfen* Tier aus der kalten Glut, der schlichten Anna, a-n-n-a, die von hinten so ist wie von vorne, säkulare Bedeutung". Wer von Giedion noch Näheres über Anna Blume erfahren möchte, greife zum Gesamtbericht über diesen Dritten Kongreß: „Die Zeit ohne Eigenschaften", Kohlhammer-Verlag 1961. Auf Seite 200 ff wird Giedion zitiert: „ ... Es gibt außerdem eine kleine Anzahl deutscher und anderer Dichter, die nicht den Weg der großen Klassiker gingen, sondern die prinzipiell andere, neue Wege aufbrechen wollten ... Das größte Beispiel dafür ist James Joyce. Was geschieht da? Da werden Worte auseinandergebrochen wie Austernschalen, um in das Innere der Dinge, in den Sinn und bis in den Unsinn hineinzugehen ... Hier findet mit den Mitteln der Sprache die gleiche Zerbrechung der Form statt, wie man sie bei den Kubisten, bei den Abstrakten und zum Teil auch bei den Surrealisten sieht, ... Herr Werner hat Kurt Schwitters und seine „Anna Blume" erwähnt. —" „Anna", weißt Du es schon? Man kann Dich von hinten lesen, und du, du Herrlichste von allen, du bist von hinten wie von vorne: „Anna". „Das klingt" so fuhr Giedion fort „wie reiner Unsinn und ist es ebensowenig, wie ein Bild aus Fragmenten und abstrakten Zeichen Unsinn ist." „Ich habe einen bekannten Hamburger Verleger gefragt: ‚Warum veröffentlichen Sie nicht Kurt Schwitters und bringen ihn der deutschen Jungend nahe?' Seine Antwort: ‚Das wagen wir nicht.'„ Da möchte man mit Eduard von der Heydt[18]) ausrufen: „Und unser deutsches Publikum? Ich

[18]) Eduard von der Heydt: „Auf dem Monte Veritá", Atlantis Verlag, Zürich 1958

habe den Eindruck, daß es ein Zug dieser merkwürdigen Übergangszeit, in der wir leben, ist, daß nach der Nervenbeanspruchung der letzten 25 Jahre erwachsene Menschen überhaupt zu keiner „Reaktion gegen Beleidigungen" mehr fähig sind oder besser nicht mehr fähig sein dürfen."

Niemand opponierte, als Giedion in seinem Hauptvortrag auf dem Dritten Kongreß 1960: „Das Bauhaus und seine Zeit", Schwitters als „einen der ursprünglichsten deutschen Poeten und Maler" hinstellte.

Franz Roh behauptet in seiner „Geschichte der deutschen Kunst von 1900 bis zur Gegenwart: „Wenn Schwitters seine Anna Blume vortrug, wirkte er wie ein verwandelter Wilhelm Busch". Gertrude von Schwarzenfeld[19]) schilderte die Dada-Ausstellung in der Galerie de l'Institut in Paris 1957, wo „in einer Ecke ein Grammophon stand. Die Stimme von Kurt Schwitters gurrte „Laut-Gedichte" — lanke-grugrüü-li" und „Anna Blume, du-dir-dich, du schlichte Blume . . ."

Wenn Janko 1957 klagt, daß die Werke und die Lehre der Dadas[20]) noch immer nicht genügend bekannt seien, und Dr. Rathke in Düsseldorf 1958 fordert, den Dadas müsse *die* Würdigung zuteil werden, die ihnen im Gesamtzusammenhang unseres Jahrhunderts zukommt[21]), so hat der Dritte Internationale Geisteswissenschaftliche Kongreß in München 1960 hierin beste Arbeit geleistet. Die Dadas sind wieder Trumpf. Den Höhepunkt des „charmanten New look" dürfte Valero Cruz in einer Kunstausstellung in Madrid geboten haben, der seine „Bilder" nicht nur mit schmutzigen Kämmen und angerußten Kochtöpfen bereichert, sondern angefaulte Menschenzähne und *tote Ratten* aufgeklebt hat.[22])

---

[19]) Gertrude von Schwarzenfeld: „Das neue Paris, Es begann mit Dada", Marion Schröder Verlag Hamburg, 1958

[20]) Willy Verkauf: „Dada Dokumente", Niggli Verlag, Teufen, Schweiz 1957

[21]) Ewald Rathke: Dada, Dokumente einer Bewegung, Düsseldorf 1958

[22]) Wochenzeitung, 7. April 1962

KAPITEL 21

Paul Klee

Es gibt doch armi Tüfle uf der Wält ...

„... eine erhebliche Anzahl von Kritikern und Autoren reiht Paul Klee ... in die Dada-Bewegung ein, und zwar mit Recht" Marcel Janko 1957

Ernst Morgenthaler, einer der bedeutendsten Schweizer-Maler der Gegenwart schreibt in seinem Erinnerungsbuch „Ein Maler erzählt" (Diogenes Verlag, Zürich 1957): „Den Sommer 1914 verbrachte ich bei Amiet auf der Oschwand. Der Krieg brach aus und zwang mich vorerst, meine Auslandspläne aufzugeben. Eines Tages erschien auf der Oschwand ein sonderbarer Mann, der mich durch sein Aussehen faszinierte. Er sah fast aus wie ein persischer Prinz, hatte ein olivfarbenes, von schwarzem Bart umrahmtes Gesicht, in dem zwei tiefschwarze Augen dominierten. Der Mann legte Amiet ein Mäppchen vor mit den merkwürdigsten Gebilden abstrakter Art. Mir war, als redete mich jemand chinesisch an. Immer wieder aber schaute ich nach dem Mann, dessen Erscheinung vor allem mich bezauberte.

Mit seinem Mäppchen hatte er hier keinen Erfolg. Amiet schaute höflich und ehrlich unberührt diese Blätter an, die wir alle miteinander nicht verstanden.

Als der Mann gegangen war und das Gartentürchen hinter sich zugezogen hatte, seufzte Frau Amiet bekümmert auf: „Herr Jeses, Herr Jeses, es git doch armi Tüfle uf der Wält!" Der Mann, der uns eben verlassen hatte, war Paul Klee."

Ein Jahr zuvor hatte Paul Klee eine Ablehnung ganz anderer Art erlebt. Der Linksradikale Herwarth Walden, der später in der Sowjetunion verschollen ist, stellte in seinem Ersten Deutschen Herbstsalon in Berlin im Jahre 1913 moderne Maler, darunter auch Klee, aus. Mit wenigen Ausnahmen erhoben die Kunstkritiker schärfsten Protest, darunter auch der bekannte Kunsthistoriker Meier-Graefe. Auch sie fühlten sich „chinesisch" angesprochen und sparten nicht mit Vorwürfen an die „Talentlosen, die hier in Reih und Glied ausgestellt sind", an die „Horde farbenspritzender Brüllaffen", an die „Neger im Frack", die „Hottentotten im Oberhemd", die „Bastardelemente" und an die „Gemäldegalerie eines Irrenhauses".

Paul Klees Arbeiten wurden als „Stilfatzkereien eines Höhlenbewohners“ und als „Griffelversuche des kleinen Fritzchens“ erledigt. Dies und mehr ist dem Buche von Walter Mehring „Verrufene Malerei“ (Diogenes Verlag, Zürich) zu entnehmen, der den Tumult beschreibt, den diese Ausstellung in der Öffentlichkeit auslöste: „Das preußische Abgeordnetenhaus rief nach dem Staatsanwalt, nach der Zwangsjacke (Bravo! von allen Parteien), das kunstsinnige Publikum nach der Polizei, die einschreiten mußte, um ein paar rabiate Beschauer zu hindern, sich mit Spazierstöcken gegen die „undeutschen Sudeleien“ zu wehren.“

Heute mag es manchem als Vermessenheit vorkommen, Paul Klee's Erstlinge als Pinsel- und Griffel-Versuche des kleinen Fritzchen zu karikieren. Ernst Morgenthaler aber erzählt aus dem Jahre 1915: „Felix (der Sohn Paul Klee's) war damals acht Jahre alt. Er malte abstrakt wie der Vater natürlich, und dieser heftete etwa die Erzeugnisse seines Sohnes an die Wand und freute sich diebisch, wenn Gäste abends werweisten: „Was ist vom Vater, was vom Sohn und was von Kandinsky?“ Die Pinselversuche des kleinen Felix waren von den Bildern des Vaters und Kandinskys nicht zu unterscheiden.“ Welcher Schriftsteller, Handwerker oder Techniker würde sich „diebisch freuen“, wenn die Spielereien seines Buben mit seinen eigenen Werken zum Verwechseln ähnlich wären?

Herwarth Walden hatte 1910 den „Sturm“ als erste Kunstzeitschrift der Modernen herausgegeben. Wie Mehring berichtet, kam zu ihm oft ein Sammler, um einzukaufen. „Er sammelte mit Verstand, kaufte aus Berechnung Bilder, von denen er glaubte, daß sie mit der Zeit teurer werden würden. Er wählte nie ein Bild, weil es ihm gefiel oder weil er von seiner künstlerischen Bedeutung überzeugt war. Es mußte eine angemessene Preissteigerung zu erwarten sein. Er hat sich nie geirrt. Er gewann Millionen, weil er Gemälde von Picasso, Kandinsky, Chagall, Klee, Marc und Bracque in ganzen Serien gekauft hat zu einer Zeit, in der sie kaum etwas kosteten.“[1]) Ein solcher Sammler ist der Bote aus der Welt des Luxus und der Scheckbücher[2]), der seine Ware solange aufs Eis legen kann, bis der Pakt mit den Managern, die begeisterten Berichte in der Presse zur Förderung der Popularität der unbekannten Genies

---

[1]) Ernst Muche: Blickpunkt. Verlag Albert Langen-Georg Müller München 1960

[2]) Eichler: „könner, künstler, scharlatane“, Lehmanns Verlag München 1960

und die dienstbeflissenen Kunstschwätzer diese „Kunstwerke" zur hochdotierten Aktie gewandelt haben. „Griechische Reeder", armenische Ölmilliardäre, australische Schafzüchter, kanadische Uranaktionäre, amerikanische, deutsche, schweizerische und englische Großindustrielle versuchen alle, einen Teil ihres Geldes in beständigen Kunstwerken anzulegen. Für jedes impressionistische Bild im Werte von 50.000 bis 100.000 Dollars gibt es mehr als hundert Kunden, die es gern erwerben möchten. Die Unbeständigkeit der heutigen Wirtschaft, die ständigen Inflationsgefahren und die Steuergesetze veranlassen viele Großkapitalisten statt schwankender Dollars, Pfunde, Franken und Gulden ihre Werte in Kunstgegenständen, vor allem in Bildern, anzulegen."[3]) Im „Rheinischen Merkur" fand sich am 2. Februar 1962 ein aufschlußreicher Artikel von F. M. Huebner, betitelt: „Kunst und Steuerzahler". Ihm entnehmen wir: „Ein Amerikaner kann 20 Prozent seines Einkommens für den Ankauf von Kunst unter der Bedingung verwenden, daß er diese Kunst bei seinem Tode oder schon vorher einem amerikanischen Museum vermacht... Ja, bei der Sache ist sogar noch Geld zu verdienen ... Hinzu kommt noch, daß große Konzerne manchmal einen Teil ihres Kapitals statt in Aktien in Kunst anlegen, wobei sie nicht auf ein paar Dollar zu sehen brauchen." Auf diese Weise und zu diesem Zweck wurden auch die Klee-Bilder gekauft, so daß sich tatsächlich mit Cocteau sagen läßt: „Und so profitiert ein Haufen Goldsöhnchen davon, daß die revolutionäre Kunst die offizielle Kunst geworden ist."[4])

Es wäre falsch zu denken, deswegen sei ein Weg für die abstrakten Neuerer von Anfang an mit Erfolg gepflastert gewesen. Trotzdem Paul Klee 1916 mit seinen Bildern bei den Dada in Zürich eine erste Heimstätte gefunden hatte, blieb die abstrakte Kunst in jenen Tagen eine Provokation, abseits der Heerstraße, auf der alle andern Künstler marschierten. Die Anerkennung mußte erkämpft werden, selbst in der Hochburg der Abstrakten, die damals Zürich war. Dafür zeugt folgende Erinnerung: Arp und van Rees hatten im Auftrag der Zürcher Schulbehörden die Eingangshalle eines neuen Schulhauses mit zwei abstrakten Fresken bemalt und ihr

---

[3]) Ernst F. Meunier im „Enzyklopädischen Stichwort" zu N. S. Behrmanns Buch „Duveen und die Millionäre — Zur Soziologie des Kunsthandels in Amerika", Rowohlt's Deutsche Enzyklopädie, Hamburg 1960.

[4]) „Magnum" dumont april 1961 — „Der Mythos von 1925" von Jean Cocteau.

Honorar für diese Arbeit bereits erhalten. Dennoch bestand der Schulrat, unterstützt von der öffentlichen Meinung darauf, daß diese „dadaistischen Frechheiten“ (in Wirklichkeit rein abstrakte Malereien) mit konventionellen, figürlichen Motiven übermalt werden mußten. Demnach irrt Janko, wenn er 1957 rückblickend behauptet: „Der Dadaschrei: wir sch. ... auf die Schönheit, fand *allgemeinen* Widerhall.“ Vorerst war das Dadatreiben die exklusive Angelegenheit einer fanatischen Sekte, die leider sehr bald in begüterten Kreisen Anhänger und Gönner fand.

Als Ball im März 1917 in Zürich an der Ecke Paradeplatz-Bahnhofstraße eine geräumige Wohnung mieten konnte, war die Dada-Galerie geboren. An den Wänden hingen Bilder „zeitgenössischer Kunst“: Modigliani, Picasso, Kandinsky, Léger, Matisse und auch Paul Klee. Von dessen Schaffen war Hugo Ball derart hingerissen, daß er schrieb: „In seinem Werk sahen wir den Widerschein all unserer Bemühungen, die Seele der primitiven Menschen zu deuten, ... die reinen und unmittelbaren Schaffensquellen des Kindes zu entdecken. Für uns war diese Ausstellung eine wahre Offenbarung“.[5]) Ein begeistertes Urteil Balls über Klee aus dem Jahre 1917 lautet: „Die kleinen Formate überfüllen sich mit Intensität, werden Zauberbriefe und farbige Palimpsepte.“

Aber noch immer meldete sich die Opposition zu Wort. Huelsenbeck bezeugt: „Die Journalisten in Zeitungen und Kunstzeitschriften wanden sich und schrieben, als hätten wir ihnen Gift zu essen gegeben.“ Ball aber rühmte unentwegt die bis zum Sarkasmus gehende Ironie Klees „für unsere tönerne, leere Epoche“ und charakterisierte des Künstlers Schaffen: „Von seinem Einfall zum Blatt ist die kürzeste Verbindung eingehalten. Das weite zerstreuende Ausstrecken der Hand und des Körpers, das Kandinsky nötig hat, um die großen Formate seiner Leinwand mit Farbe auszufüllen, bringt notwendige Vergeudung und Erschöpfung mit sich.“ Hat Ball wohl geahnt, daß drei Jahrzehnte später das kraftvergeudende Malen beim abstrakten Mathieu einen Meister finden würde, dessen Gemälde Tausende von Franken kosten? Ernst Muche beschreibt den Vorgang folgendermaßen: „Bei jedem Pinselstrich nimmt Mathieu einen Anlauf, stürzt sich auf die Bildebene, bremst kurz zuvor und schlägt mit fixem Seitenhieb Linien und Kleckse in die Fläche. Wenn er besonders effektvoll akzentuieren will,

---

[5]) Dada — Monographie einer Bewegung. Niggli-Verlag, Teufen 1957

vergrößert er den Abstand auf dreißig, vierzig Meter, krümmt den Buckel wie ein Leichtathlet, der zum Hochsprung ansetzt, und erhöht das Tempo. Aus Angst vor Spritzern trägt er ein Lederwams, auf dem Kopf einen Sturzhelm — offenbar aus Furcht vor dem Abgrund, in den die Malerei zu fallen droht"[6]). Das derart entstandene Großgemälde mit Linien und Klecksen trägt den stolzen Namen: „Die Krönung Kaiser Karl des Großen durch Papst Leo XIII" und wurde für einen hohen Preis nach New York verkauft. Heute haben sich die Dinge gegenüber 1918 freilich gewandelt. Die Bedrohten sind nicht länger die „Hottentotten im Oberhemd", sondern deren Gegner, die es noch wagen zu bekennen, was sie von solcher Kunst halten. Wer die Krönung Kaiser Karls des Großen nicht als erstrangiges Kunstwerk anerkennen will, muß es sich heute gefallen lassen vom schweizerischen Kunstinquisitor Dr. Georg Schmidt in Basel als Anti-Demokrat gerügt zu werden.[7]) Ein leises Lächeln nötigt die Feststellung ab, daß ausgerechnet Meister Mathieu die abstrakten Pioniere Chagall, Kandinsky und Klee für „sehr schlechte Maler" hält.[8])

Sicher ist, daß Paul Klee seine Berufung ans Bauhaus der schlechten Malerei zu verdanken hatte, denn dort galt die kategorische Erklärung: „Das künstlerische Formelement ist ein Fremdkörper im Industrieprodukt", verdeutlicht durch die Aussage in der Bauhaus-Zeitschrift Nr. 1 des Jahres 1926: „Das Ornament als unzeitgemäße Ausdrucksform vergangener Handwerkskulturen findet keine Anwendung in der technischen Produktion ... Das Quadrat ist letztes Bildelement für die überflüssige sterbende Malerei ... Die Abkehr von der Kunst allein scheint den Künstler vor dem Schicksal zu schützen: Künstler in einer Zeit zu sein, die nur Ingenieure braucht."

Stammt der Ausspruch nicht von Danton, daß in einer Revolution stets der Abschaum der Gesellschaft an die Oberfläche steigt? Der Revolution war die Gründung des Bauhauses zuzuschreiben. Die aus der Revolution hervorgegangene thüringische Landesregierung achtete in Walter Gropius den Architekten des linken Flügels, ließ

---

[6]) Die „Tat" Zürich 3. 11. 55 „Überhandnehmen der abstrakten Malerei"

[7]) „Stuttgarter Zeitung" 17. 11. 61 „Professor Georg Schmidt entwickelt eine kühne These"

[8]) Gertrude von Schwarzenfeld: „Das neue Paris. Es begann mit Dada." Marion von Schröder-Verlag, Hamburg 1958

die Gründung des Bauhauses zu und erfüllte alle seine Wünsche hinsichtlich der Berufung des Lehrkörpers. Paul Klee war damals nur einem kleinsten Kreise bekannt. Bei den übrigen galt er als exzentrischer Maler. „Niemals" schreibt der ehemalige Bauhäusler Muche „wäre das Bauhaus zu dem geworden, was es war, wenn es nicht auch in den Ministerien Außenseiter gegeben hätte ..., die mit dem Wunsch nach staatlicher Neuordnung auch das kulturell Außergewöhnliche ohne Vorurteil aufgenommen hätten ... Die Revolution hatte das Beamtengefüge der Ministerien durcheinander gebracht, und in Deutschland kann das von Grund auf Neue nur gedeihen, wenn die Autorität des Staates unsicher geworden ist, wenn sie Macht und Ansehen verloren hat".

„Die Konstellation war ein glücklicher Zeitpunkt, das auf allen Gebieten alles in Bewegung war" heißt es in dem Buche „Die Zeit ohne Eigenschaften" (W. Kohlhammer-Verlag Stuttgart 1961). Dieser lapidare Ausspruch wird noch erhärtet durch die Feststellung Cocteaus: „Kriege sind günstige Voraussetzungen für geistige Revolutionen, läßt doch ein gewisser konformistischer Zusammenhalt der Massen den *geheimen* Minderheiten größere Handlungsfreiheit". Dada Huelsenbeck bekannte daher offen: „Wir waren für den Krieg und der Dadaismus ist heute noch (1916) für den Krieg. Die Dinge müssen sich stoßen. Es geht noch lange nicht grausam genug zu". Hier liegt des Rätsels Lösung. Ohne Krieg keine Revolution und ohne Revolution keine Neuerung. Darüber wunderte sich der Schweizer Glauser, wenn er mit den Dadas in Zürich zusammentraf: „Die Leute waren alle so unerwartet fröhlich. Und doch wuchs der Druck des Krieges von Tag zu Tag. Fühlten sie ihn nicht?"[9])

Und so brachte die Revolution nach dem Ersten Weltkrieg den damals völlig unberühmten Paul Klee als Lehrer ans Bauhaus. Selbst seine Freunde scheinen sich über seine Unterrichtsmethoden gewundert zu haben: „Als Paul Klee ans Bauhaus kam", schrieb Dr. Werner Haftmann in einem Rückblick im Jahre 1955, „und seine Lehrtätigkeit beginnen sollte, mußte er sich genau klar werden über das, was er, meist unbewußt tat. Das war ein außerordentlich produktiver Prozeß, der Anschauung und Denken Klees ungemein förderte ... Stand er da an der schwarzen Tafel seiner Klasse, oft mit beiden Händen zeichnend ... Da begann Klee mit dem Punkt und was sich bildnerisch mit ihm machen ließe. Dann setzte er ihn

---

[9]) Verkauf Seite 55

in Bewegung, und es entstand die Linie in ihrer reinen Kantilene... Die bewegte Linie konnte auf ihrem Wege wieder auf sich selbst treffen und bildete dann eine Flächenfigur, Viereck, Dreieck, Kreis...“[10])

Auch Georg Muche läßt uns an einer Unterrichtsstunde Klee's im Bauhaus teilnehmen: „Seine klugen Worte kamen hinterher oder er sprach sie im Unterricht ... in der ersten Stunde, die er am Bauhaus gab, kam er mit dem Rücken voran durch die Tür. Er drehte sich, ohne seine Zuhörer anzublicken, sofort zur Tafel und begann zu sprechen und zu zeichnen. Er illustrierte was er sagte, und am Schluß zog er mit Kreide zwei Bogen. Beide überschnitten sich an einem Ende und berührten sich am andern. Ein Fisch war auf der Tafel... Paul sagte: „Und das ist der Fisch des Columbus.“ Er faltete sein Heft zusammen und verließ den Raum.“

Das Bauhaus Buch „Bauhaus Weimar 1919—1935“ enthält folgende Ansprache Paul Klee's: „ ... wir konstruieren und konstruieren und doch ist intuition immer noch eine gute sache ... durch intuition beflügelte exaktheit ist zeitweise überlegen. weil aber exakte forschung exakte forschung ist, kommt sie, vom tempo abgesehen, auch ohne intuition vom fleck. sie kann prinzipiell ohne sie, sie kann logisch bleiben, kann sie konstruieren. sie kann auf kühne weise von einem ins andere brücken. sie kann im drunter und drüber geordnete haltung bewahren, auch der kunst ist zu exakter forschung raum genug gegeben und die tore dahin stehen seit einiger zeit offen...“

Was von einem solchen Unterricht zu halten ist, darüber hat sich Ernst Winkler in einem Nachwort zum Buche „Grenzen der Malerei“, von Paul Heinrich Diehl (Eduard Vancura Verlag, Wien) geäußert: „Der Kenntnisstand der Mittelstufe einer höheren Schule genügt zu dem Urteil, daß die mathematischen und physikalischen Meinungen und Vorstellungen, die ein berühmter Künstler (Klee) zwölf Jahre lang in Bauhaus-Vorlesungen (Weimar und Dessau 1921—1931 und als Professor an einer Malklasse Düsseldorf 1931—1933) vorgetragen und dann in einem umfangreichen Werk veröffentlicht hat, zum großen Teil nicht nur *falsch*, sondern einfach *unsinnig* sind“. Die Schülerschaft des Bauhauses glaubte selbst nicht an diese Lehren, wie Georg Muche eingesteht: „Sie hörte nicht auf Itten, nicht auf Klee, nicht auf Kandinsky“.

---

[10]) Glauser Erinnerungen: Die Geburt des Dada.

Noch im Jahre 1926 war Paul Klee ein derart Unbekannter, daß ein Vortragsabend in Jena am 26. Januar zu einem peinlichen Fiasko wurde: „Sein damaliger Leiter (des Jenenser Kunstvereins) Professor Walter Drexel und seine Frau Grete erinnern sich noch heute. „Wir hatten schreckliche Angst, daß niemand kommen würde. Wir beschworen alle Bekannten zu erscheinen. Es half nicht viel, der Kreis war beschämend klein" (Kristall Nr. 13, Jahrgang 1961). Drei Jahrzehnte später ist die Situation eine andere. Als Felix Klee, der einstige Konkurrent seines malenden Vaters, am 1. Juli 1962 in der Kunsthalle Baden-Baden über das „bildnerische Denken Paul Klees, wie er es vor allem im Bauhaus entwickelt hat" referierte, mußten die Veranstalter nicht länger vor einem leeren Saal zittern. Die Bild-Zeitung triumphierte unter der Überschrift *„Der späte Sieg":* „In den letzten fünf Jahren scheint sich — kaum beachtet — eine Eingewöhnung des Publikums in die moderne Kunst vollzogen zu haben." Der Berichterstatter stellte beglückt fest, daß Tumulte gegen Chagall- und Klee-Ausstellungen zur Vergangenheit (des Jahres 1956) gehören. Bis 1956 war Paul Klee immer noch „der arme Teufel" geblieben, dessen Werk der breiten Masse chinesisch vorkam, ungeachtet des Gelöbnisses von Dr. Georg Schmidt nach dem Ableben Klees im Jahre 1940, „daß unsere ganze Sorge sich hinfort seinem Werke zuzuwenden habe"[13]).

Dr. Georg Schmidt hat dennoch sein Gelöbnis verwirklicht. Auf der Auktion Ketterer in Stuttgart wurden Bilder von Klee in Preislagen zwischen 12.000 und 45.000 Mark gesteigert, ein Beweis für die tüchtige Arbeit, die die Kunstsammler in der Zwischenzeit geleistet haben. Folgende Begebenheit wirft ein bezeichnendes Schlaglicht auf das Wirken der Manager hinter den Kulissen der Weltkunstbörse. In der neuen Nationalgalerie für moderne Kunst im Charlottenburger Schloß in Berlin mußte ein Bild „Jungwaldtafel" von Paul Klee, das der Berliner Senat erst vor Jahresfrist erworben hatte, abgehängt werden, weil es identisch war mit einem Bild, das in einer Bildergalerie von Los Angeles gestohlen worden war. Der Museumsdirektor und der Berliner Senat hatten das Bild beim Kunstsammler Günther Franke in München erworben, der es seinerseits vom amerikanischen Kunsthändler Alexander Green für 12.000 Mark gekauft hatte. Günther Franke, der um die Macht der Propaganda wußte, ließ seine Neujahrskarten, die er zum Jahreswechsel 1961 versandte, mit einer Reproduktion der „Jungwaldtafel" schmücken. In Museumskreisen hat man diese Blumensprache richtig verstanden, und so erwarb die Berliner National-Galerie das Kleebild für 42.000 Mark, das heißt mit einem dreihundertprozentigen Gewinn für den Münchner Kunstsammler.

Aber noch immer ist der Widerstand des „einfachen Mannes" gegen Klee's Malerei nicht gebrochen. Leserbriefe an die Zeitungen sind heute sozusagen das einzige Ventil, in dem die ursprüngliche Ansicht des Volkes sich noch Luft machen kann. Im Zürcher „Brückenbauer" vom 16. März 1962 fand ich eine gesunde Reaktion auf ein kurz zuvor in dieser Zeitung veröffentlichtes Bild von Klee, betitelt „Pathos". Unter dem Titel „Idiotisches Bild" schreibt der Leser: „Was soll man vom ‚Brückenbauer' denken, wenn er solch idiotische Bilder reproduziert, wie das in Nr. 10 vom 9. März geschehen ist. „Pathos" nennt sich dieser Sudel. Mir scheint, es sei das Produkt eines Irrsinnigen, der unser aller Bedauern verdienen würde. Möchte man doch einmal normal veranlagte Menschen mit solch kindischen Helgen verschonen, die geradezu aufreizend wirken, wenn sie noch auf Kunst Anspruch erheben wollen. Gott bewahre uns vor solcher Kunst, die ja gesamthaft nur den Niedergang unserer heutigen geistigen Welt sinnfällig zur Darstellung bringt. F. R. Oerlikon".

Hinter einem solchen Leserbrief stehen mehr Menschen als die neuerungssüchtigen Kunstkritiker wahr haben wollen, die beflissen sind, ein derartiges Urteil über ihre Götter nur noch in Leserbriefen — und auch dann nur in Einzelfällen — zuzulassen. Gewiß ist es weder tadelnswert, wenn zweidimensionalveranlagte Künstler wie Paul Klee ihre eigene Kunst schaffen. Sie sollen ruhig nach ihrer Art leben und sich mit ihren Kreisen über ihr Kunstschaffen freuen. Aber unangenehm wird ihr Wirken dann, wenn es mittels eines ungeheuren und mächtigen Propagandaapparates, mit Unterstützung der Kunstmanager, der Sammler und der Kunstkritiker in einer Presse, die in Kunstsachen keinen Widerspruch gegen die alleinseligmachende Aufgeschlossenheit duldet, dem widerstrebenden Menschen aufgezwungen wird. So schreckte der schon erwähnte Basler Dr. Georg Schmidt nicht davor zurück, im Bernouillanum in Stuttgart auf den Kitsch bei Raffael, Tizian und bei Dürers Selbstportrait hinzuweisen und gestützt auf solche Erkenntnisse kategorisch zu erklären: „Wer die abstrakte Kunst nicht verehrt, ist ein schlechter Demokrat"[11]). Nello Ponente lehrt in einem Skira-Band

---

[11]) „Stuttgarter-Zeitung" 17. 11. 61

„Der Geschmack unserer Zeit“: „Der Künstler soll bewußt zum Aufbau eines neuen Weltbildes beitragen“. Und der deutsche Kunstexperte Grohmann befiehlt noch kategorischer: „Das Publikum muß man nicht nur zwingen, sondern es jeden Tag mehrmals mit dem Holzhammer auf den Kopf schlagen“ (Richard Zenke in „Entwürdiger der Menschheit“ Hannover). Die Holzhammer-Methode macht Schule, wie das jüngste Beispiel der Schweizer-Expo 1964 zeigt, die von ihren Plakaten über das Bild, wo Wilhelm Tell auf einem Ofen sitzt, bis zu ihren Beton-Zeltbauten ein einzigartiger organisierter Propagandfeldzug für die Kunst der abstrakten Dadas geworden ist.

KAPITEL 22

Dada-Abstrakte und ihre Arbeitsmethoden

„Lacht sie zu Staub, meine Herren ..."

Die Aufforderung „Lacht sie zu Staub, meine Herren ..." stammt aus Thomas Wolfes Schauspiel „Herrenhaus". Sie scheint mir nicht ungeeignet, um den Arbeitsmethoden der Abstrakten und deren Werken nachzuspüren. Wie war es doch 1961 in Wien, als die Direktorin des Realgymnasiums in der Hainzingerstraße ihre Schülerinnen mit der modernen Kunst vertraut machen wollte und abstrakte Kunstwerke in den Klassenzimmern aufhängen ließ? Erste Reaktion der Schülerinnen: Sie entsandten eine Delegation an die Schulleitung mit der Bitte, man möge sie vom „Alpdruck" an den Wänden befreien. Unverständige Dinger! Die Direktorin bat drei abstrakte Maler — Hauser, Hundertwasser und Absolon — die Mädchen zu belehren. Was den unverdorbenen Schülerinnen scheußliche Monstruositäten zu sein schienen, waren für Herrn Hauser „Kinder seiner Zeit". Er erklärte: „Weil ihr in den Bildern nur den verständlichen Inhalt sucht, aber nicht Aussage und Qualität der Darstellung. Wenn ich den Pinsel zur Hand nehme, stelle ich den Verstand ins Winkerl. Ich male aus mir heraus." Schallendes Gelächter. Es gelang den drei Avantgardisten nicht, die Mädchen unserer Zeit vom tieferen Sinn der „Kunst unserer Zeit" zu überzeugen. Das Gespräch wurde ohne Ergebnis abgebrochen.

Bei einer Ausstellung moderner Plastik verfällt eine Frau in den begeisterten Ruf: „Sieh nur diese wundervolle Statue!" „Nicht so laut", flüstert ihr Begleiter, „das ist ja das Feuerlöschgerät".[1])

Ein Besucher im „Pavillon der schönen Künste" auf der Weltausstellung in Seattle entdeckte, daß die Aussteller zwei abstrakte Gemälde des Franzosen Roger Bissière verkehrt aufgehängt hatten. Die Ausstellungsleitung beeilte sich, die Bilder um 90 Grad zu drehen. Nur Bissière und vielleicht nicht einmal er, weiß, was oben und unten ist.[2]) Bei einer Kunstausstellung moderner Gemälde in Durham (England) forderte die Ausstellungsleitung vorsichtshalber von den Künstlern, daß ihre Bilder ein Schild mit der Bezeichnung: „Das ist oben" tragen müssen. „Denn der sachverständigen Jury ist es nicht immer möglich zu entscheiden, was oben ist."[3]) Vor solchem

---

[1]) Zürcher Woche vom 17. 11. 1961

[2]) Lahnzeitung, Koblenz, 30. 4. 62

[3]) Die „Tat", Zürich vom 19. 1. 57

Un-Heil blieb auch das „Neue Winterthurer Tagblatt“ nicht verschont, das die Reproduktion einer „Transfiguration“ (Verklärung Christi), auf dem Kopf stehend veröffentlichte. Die Redaktion hatte dieses abstrakte Gemälde, das im Mai 1962 im „Amt für geistiges Eigentum“ in Bern enthüllt wurde, gegen die Kritiker leidenschaftlich in Schutz genommen, da es sich um das Werk eines Winterthurers handelte. Die Zeitung entschuldigte sich für ihr Versehen damit, daß man bei einer kleinen Schwarz-weiß-Reproduktion, ohne das Original gesehen zu haben, nicht beurteilen könne, was oben und was unten sei. Das ist es ja eben, meinten die angegriffenen Kritiker.[4])

So wird bei der abstrakten Malerei oft der Witz zur Wirklichkeit und die Wirklichkeit zum Witz. In einem Polizeibericht heißt es: „Die Diebe sind zweifellos Kunstkenner, sie haben alle Bilder herausgeschnitten, bevor sie die Rahmen stahlen!“ Der Kunstmaler Wladimir Sagal wurde in der „Zürcher Woche“ über seine Eindrücke von Pierre Soulages im Zürcher-Kunsthaus befragt: „Ja, eigentlich dachte ich vor jedem Bild immer nur, wie viel Geld das verschlungen haben muß, soo viel Leinwand, soo viel teure schwarze Farbe ...“[5]). Der Ölindustrielle James MacNamara aus Texas erklärte lachend: „Ich bewundere Picasso. Kein Mensch hat sein Öl so teuer verkauft wie er.“[6])

Bei den zahlreichen Anekdoten streifen sich Wahrheit und Dichtung. Als der englische Maler James Noble ein Selbstbildnis zu einer Ausstellung schickte, versteifte er das Paket auf der Rückseite mit einer Pappe, auf der er zuvor seinen Farbpinsel gereinigt hatte. Es waren gelbe und helle Kleckse auf blauem Untergrund. Die Jury mißverstand die Absicht des Künstlers. Sie schickte das Selbstbildnis zurück, akzeptierte dagegen die blaue Pappe mit den Klecksen für die Ausstellung.[7])

Gewöhnliche Grenzübergänge können abstrakten Bildern oft zum Verhängnis werden. Eine spanische Dame hatte sich in Paris von Picasso portraitieren lassen. Als sie mit dem Bild die spanische Grenze passierte, glaubten ihr die Zöllner nicht. Es handle sich keinesfalls um ein Portrait, bestenfalls sei das Dargestellte eine Maschine.

---

[4]) Rheinzeitung, Koblenz, 15. 5. 62

[5]) „Zürcher Woche“ vom 9 .6. 61

[6]) Lahnzeitung vom 8 .6. 62

[7]) Die „Tat“, Zürich, vom 15. 8. 59

Ein herbeigerufener Ingenieur entschied, es sei möglich, daß das Bild eine Maschine darstelle. „Wozu sie zu gebrauchen ist, weiß ich allerdings nicht", meinte er „aber ich weiß bestimmt, falls es eine Maschine ist, daß sie nicht funktioniert." Als Igor Strawinsky sich von Picasso malen ließ, wurde auch er am Zoll mit eiskaltem Mißtrauen empfangen. Nur mit knapper Not konnte der Musiker den Beamten überzeugen, daß es sich um ein Portrait handle. Der Zöllner schüttelte nur den Kopf: „Ich hätte wetten mögen, daß es die Skizze eines Düsenjägers oder ein Festungsplan sei." In den Vereinigten Staaten dürfen Bilder zollfrei eingeführt werden. Ein Bild des Italieners Alberto Burri, von einem Sammler mitgebracht, stellte die Zöllner vor schwere Rätsel. Das Bild bestand nämlich aus grober Sackleinwand mit einem aufgeklebten Wirrwar von Glas, Plastik, Metallstücken und Bindfaden. Bei genauer Untersuchung stellte man fest, daß dieses „collage" zur Hauptsache aus vegetabilen Fasern bestand. Dementsprechend wurden von dem Besitzer zwanzig Prozent des von ihm angesagten Wertes von 450 Dollar als Gemüsezoll gefordert. Er war empört. Es handle sich um ein steuerfreies Kunstwerk ... Jetzt nehmen sich zwei Anwälte dieses Falles an, das Ding wird öffentlich ausgestellt, damit das Publikum entscheiden kann: Kunstwerk oder Gemüse?[8])

Eine junge Frau bemerkt zu ihrer Freundin vor einem abstrakten Bild: „Eine interessante Entstehungsgeschichte: Der Maler wurde verrückt und warf alle seine Farbtöpfe auf die Leinwand." Auch dieser Witz trifft die abstrakte Kunst mitten ins Herz.[9])

Der junge englische Maler William Green erregte in einer Londoner Gemäldeausstellung Aufsehen mit einem Gemälde, das er „Erstickung" nannte. Er hatte Kohlenruß mit Paraffin gemischt, damit eine Holzplatte bestrichen, war dann mit Gummisohlen darauf herumgelaufen und schlußendlich noch mit seinem Fahrrad darüber hinweggefahren.

Jetzt ist der abstrakte Maler Green noch einen Schritt weitergegangen. Er gießt Pech auf Papptafeln und zündet diese mit Hilfe von Lampenöl an. Jedes Exemplar dieser abstrakten Kunst bietet er Liebhabern für 100 englische Pfund an.[10])

---

[8]) Rheinischer Merkur vom 5. 7. 61

[9]) Schweizerische Allgemeine Volkszeitung vom 20. 1. 62

[10]) Neue Einsiedler Zeitung vom 23. 9. 61

Ebenso kauzig ist die Arbeitsmethode des abstrakten Malers William Morris, den ein Londoner Richter im März 1962 zu einer Geldstrafe von zehn Schilling verurteilen mußte, weil er ohne einen Führerschein zu besitzen ein modernes abstraktes Gemälde gemalt hatte. Auf einem Hinterhof hatte Morris nämlich ein langes Stück Leinwand aufgelegt und goß mit seiner Freundin 142 Tuben Ölfarbe und etwa zehn Liter flüssige Farbe darüber aus. Dann wurde das Auto zum Pinsel. Dabei geriet er in seinem künstlerischen Eifer aus dem Hinterhof auf die Straße und in die Arme eines wenig kunstverständigen Bobbys, der ihn nach dem Führerschein fragte. Zum Glück war das Gemälde fertig. Die Freundin tat nur noch eine Kleinigkeit, indem sie mit bloßen Füßen darüber ging. Morris erklärte vor Gericht, er habe zwei Meter des Gemäldes — er verkauft es meterweise — für 157 Pfund an einen Kunstliebhaber verkauft. Acht Meter sind noch zu haben.[11])

Die in Paris ansässige Amerikanerin Niki de St. Phalle befestigt auf einer Gipsfläche Eier, Bierdosen und Plastiksäcke mit Farben. Dann tritt sie zurück, greift nach der Flinte und zielt. Aus den zerplatzten Säcken rinnt die Farbe über die Grundfläche, bildet bizarre Muster und Höcker, Rot vermengt sich mit Schwarz und Gelb, derweil Miss Niki immer aufgeregter auf das entstehende Kunstwerk knallt. Nach dem Beschuß kreischt sie mit wutverzerrtem Gesicht auf, weil der schöpferische Moment sich nur in der Zerstörung manifestiert, und weil die verwundete Materie ihr das Gefühl künstlerischer Freiheit vermittelt. Voilà, une hommelette![12]) Ebenso komisch ist die Meldung, daß der in Paris lebende dänische Maler Erik Munster, ein Anhänger der abstrakten Kunst, die Malerei für die Automation erschlossen habe. Er präpariert die Leinwand mit einigen Farbklecksen und ein paar Tropfen Terpentin und läßt dann — den Scheibenwischer — seines Autos malen. Fragt sich nur noch, ob der Maler das Bild mit seinem Namen „Munster" oder mit dem Namen „Scheibenwischer" signiert?

„Als ich vor drei Jahren", so erzählt Huelsenbeck im Jahre 1957[13]), „André Masson in seinem Studio in Aix-en-Provence besuchte, demonstrierte er mir seine neuen Sandbilder: ‚Wenn ich mich mit dem Sand in meinen Händen über die leere (präparierte) Leinwand beuge, und, mich meiner Inspiration völlig anvertraue,

---

[11]) Lahnzeitung vom 24./25. 3. 62

[12]) Süddeutsche Zeitung vom 10. 1. 62

erstmal tastend und mit geschlossenen Augen wie ein Tänzer die Arme über der Leinwand hin- und herschwinge, um dann im schöpferischen Moment den Sand auf die Leinwand herunterrieseln zu lassen, so folge ich damit einem unbewußten schöpferischen Drang und vertraue. Der Körper, von der Seele geleitet, weiß am besten, wann und wie ich den Sand verteile."

Vergessen wir nicht, über die Arbeitsmethode jener Abstrakten zu schreiben, deren Werke unsere Ausstellungen in Europa zieren, die sich in den Museen anhäufen und über die in den Zeitungen und Zeitschriften am laufenden Band in den höchsten Tönen geschrieben wird.

1962 wurde das „Christus"-Gemälde des modernen spanischen Malers Salvadore Dali, das in der Kunstgalerie von Glasgow (Schottland) ausgestellt war, durch den Steinwurf eines Zweiundzwanzigjährigen beschädigt. Der Maler war beglückt darüber, weil dieser Steinwurf beweise, welch „tiefere innere Bewegung" sein abstraktes Gemälde hervorrufe. Die Galerie hatte das Bild für 8 200 Pfund erworben[14]). Am 14. Februar 1961 lesen wir, daß Dali seinen Verleger in Paris losschickte, um Straßenbauarbeiter zu überreden, eine Nähmaschine mit der Dampfwalze zu überrollen, da er für seine nächste Graphik unbedingt eine zusammengewalzte Nähmaschine für eine Kupferplatte brauchte.[15]) Zuerst wollten die Arbeiter die nächste Irrenanstalt anrufen, aber ein paar Geldscheine machten sie als Kunstjünger gefügig. Achselzuckend legte man eine Kupferplatte hin, stellte eine Nähmaschine darauf und ließ die Dampfwalze über das Arrangement hingwegfahren. Das Kunstwerk war geschaffen. Am 13. Dezember 1961 kreierte Dali einen neuen Hut für seine Reise via Paris nach New York. Der Oberteil des Hutes hatte die Farbe und Form eines gewaltigen Hühnereis. Ein Halbmond, der die Eierhälfte krönte, soll die Gattin Salvadore Dalis darstellen. An beiden Seiten dieses Halbmondes hingen zwei Zelluloidpuppen, von denen jede im Innern eine elektrische Birne trug und durch winzige Kabel mit einer Batterie verbunden war, die im Hut untergebracht wurde.[16]) Und schließlich vernehmen wir, daß am 21. April 1962, diesem berühmte Maler, Schriftsteller, Regisseur und

---

[13]) Mouvement Dada, Zürich, Arche Verlag 1920

[14]) Lahnzeitung vom 25. 4. 61

[15]) Lahnzeitung vom 14. 2. 61

[16]) Tages-Anzeiger, Zürich, vom 13. 12. 61

Dekorateur Salvadore Dali in der Brüsseler Oper eine Ehrenloge anläßlich eines Balletts: „Die spanische Dame und der römische Kavalier", an dem er selbst mitgewirkt hatte, reserviert wurde. Dali verlangte, daß bei der Aufführung ein Rhinozeros auftreten und 25 Motorradfahrer auf ihren Motorrädern Twist tanzen sollten. Nach einigen Szenen erhob sich Dali und schrie in das Publikum: „Man will Kaiser Karl V. veralbern, der ein großer spanischer Kaiser war. Ich habe genug, es ekelt mich". Und knallend fiel die Logentür hinter ihm ins Schloß. Die Künstler unterbrachen die Vorstellung und spendeten mit dem Publikum Dali Beifall. „Ich bin das einzige lebende Genie unserer Epoche ..." hatte er am Abend zuvor bei einer Galaveranstaltung des Belgischen Roten Kreuzes, zu dem ein auserwähltes Publikum erschienen war, in seinem Vortrag „War Rembrandt blind?" erklärt. Dementsprechend wurde er auch in der Oper behandelt.[17])

Dalis Hauptanliegen sind „die phänomenologischen Aspekte der Paranoischen Methode", über die er am 17. Dezember 1955 in der Sorbonne in Paris sprach: „Eine Zeitlang habe ich mich mit einer Sonnenblume beschäftigt, fand sie aber zu schweigsam, und ich ziehe jetzt den Blumenkohl vor" ... (Gepolter) ... Gebt zu, daß man etwas in seinem Kopf haben muß, um die Spitzenklöpplerin (von Vermeer) in einem Blumenkohl zu sehen ..." Dalis Worte gingen in einem Stimmgewirr unter. Rufe wie „lächerlich, Schwindler, Nashorn! Das Eintrittsgeld zurück" wurden laut. Das Publikum tobte. Studenten stiegen auf die Bänke, riefen „Aux armes, citoyens" ... Dali, den Rockkragen hochgeschlagen, als fürchte er ein Bombardement mit Tomaten, rettete sich durch das Gedränge. Auf der Straße vor der Sorbonne wartete Dalis schwarz-weißer Rolls-Royce. Das Coupé war voll mit Köpfen von ... Blumenkohl![18])

Dada Miro, der mit seiner Kindertechnik: „Punkt, Punkt, Komma, Strich rund ist das Mondgesicht", Schule machte und heute zu den Malergrößen zählt[19]), deren Werke schwindelerregende Preise erreichen, ist ein Waisenknabe im Vergleich zu Mathieu, der in den fünfziger Jahren von einem Pariser Kunsthändler lanciert wurde,

---

[17]) Süddeutsche Zeitung vom 21./22./23. 4. 62

[18]) „Das neue Paris, Es begann mit Dada" von Gertrude von Schwarzenfeld, Marion von Schröder Verlag, Hamburg 1958
Marion Schröder Verlag, Hamburg 1958

[19]) „Das neue Paris"

weil er „reine Temperamentsausbrüche und psychische Wirbelstürme auf die Leinwand zu werfen scheine."[20]) Wir haben bereits im Kapitel über Klee von seiner stürmischen Malerei in Fliegeruniform vernommen, doch lohnt es sich, von diesem Mann „mit der repräsentativsten internationalen Handschrift", nach der sich fast alle Museen sehnen, noch mehr zu hören. Sein Ziel ist es, — das kann nicht genug betont werden — unsere Bewußtseinsstruktur zu zerstören. Unlängst waren Mathieu-Werke im „Haus der Kunst" in München, im Frühjahr 1962 im Kunstverein Köln und später in der Münchner „Neuen Galerie" ausgestellt. In Paris ließ sich Mathieu photographieren, wie er auf einer Straße seine Farben mit theatralischem Schwung aus der Tube drückt. Sie fliegen auf eine flachgelegte Leinwand, und das Kunstwerk ist fertig. Im Katalog der „Neuen Galerie" findet sich auch ein Photo von ihm; Mathieu im Kimono malt mit einer Straußenfeder. Er bringt die Farben mit „außerordentlicher Schnelligkeit" auf die Leinwand — in einer Nacht malt er drei Bilder[21]) — wobei er nach seinen eigenen Worten weder Formen noch Gesten vorher überlegt. „Der Malakt erfordere", so sagt er „Konzentration der psychischen Energien und zugleich einen Zustand völliger Leere." Mit Vorliebe gibt Mathieu seinen Bildern historische Titel. In den Geschichtsbüchern sind diese Ereignisse nicht verzeichnet, der Maler hat sie frei erfunden. Trotzdem scheut sich auch Julien Alvard in seinem Katalog nicht, zu behaupten, daß es sich bei der Malerei von Mathieu um „geschichtliche Episoden und Ereignisse", um „drängend notwendige Ausflüge in die Philosophie" und u. a. um „eine Kriegserklärung an Aristoteles und die Auseinandersetzung mit Thomas von Aquin, Voltaire und dem geächteten Rousseau" handle.[22])

Berühmt ist jene Vernissage im Rheinland, wo geladene Gäste der Entstehung eines Bildes beiwohnen durften und zu diesem Zweck weiße Regenmäntel zugeteilt erhielten. Am Ende der Séance hatte sich die Mathieu'sche Malerei nicht nur der Leinwand, sondern auch den Mänteln mitgeteilt. Er wiederholte auch in Köln jene große Leistung, die er einmal für das französische Fernsehen lieferte: er bemalte eine Riesenleinwand in einer Viertelstunde. Als der Delegierte des örtlichen Museums die „grausame Enttäuschung"

---

[20]) Die „Tat", Zürich, vom 15. 11. 56

[21]) „Das neue Paris"

[22]) Lahnzeitung vom 4. 4. 62

erlebte, daß das Viertelstundenbild bereits verkauft war, versprach ihm Mathieu ein neues Gemälde. Der Delegierte bat ihn um etwas „Ausgearbeiteteres". Mathieu versprach es ihm. Hochbefriedigt rieb sich der Delegierte die Hände und erkundigte sich, wann das Museum mit dem Bild rechnen könne. „O, wann Sie wollen, sobald ich einmal eine freie halbe Stunde habe!" antwortete Mathieu in allem Ernst.[23]) Sehr überzeugt erklärte Herr Dr. Georg Schmidt (Basel und München) am 24. März 1963 in der Sendung; „Was meine Sie, Heer Profässer?" von Radio Zürich, er halte Mathieu für einen wahren Künstler!

Einen berühmten Kollegen Mathieus treffen wir 1961 im Krefelder Museum: Yves Klein. Eine goldene, nein, monogoldene Fläche liegt am Boden, darauf ist blauer Naturschwamm mit künstlichen roten Rosen angeordnet. Es gibt auch ein monoblaues und unter Neonlicht ein monoweißes Gemälde. Der ganze Raum ist monoweiß. Der Betrachter, so jubiliert ein Kritiker, gewinne endlich die Freiheit, alles, was er wünsche und denke, hineinzulegen. Gleich zu Beginn der Ausstellung ließ sich ein amerikanischer Kunstsammler elf von den vierundfünfzig Katalognummern reservieren. Ein Bild schien besonders bemerkenswert. Es hieß „Naturemetrie". Ein Kritiker schrieb bewundernd: „So nennt es der Meister!" Dieses Bild entstand auf folgende Weise: der „Meister" hatte ein monoblaues Blatt auf sein Autoverdeck gespannt und war damit nach Südfrankreich gefahren. Regen, Staub und Wind warfen etlichen Dreck auf das Monoblau. So malt man modern.[24]) Seine anderen künstlerischen Arbeiten führte er mit Flammenwerfern aus. Am dadaistischsten sind jene Malereien, die „immaterielle Malereien" heißen, die also nichts enthalten und gerade deswegen in Goldbarren bezahlt werden müssen. Beeinflußt von den Lehrern des Zen und Judo erklomm er den Höhepunkt seiner abstrakten Kunst, als er kunstbeflissene Jüngerinnen veranlaßte, sich zu entkleiden, ins Monoblau zu steigen und sich mit ihrem Körper auf die Leinwand fallen zu lassen.

Kein Wunder, daß Yves Klein mit Staatsaufträgen für seine reichen Einfälle belohnt wird und die Dekoration des Theaters in Gelsenkirchen ganz in Monoblau mit schwammartigen Reliefs ausführen durfte.

---

[23]) Die „Tat", Zürich, vom 27. 8. 59

[24]) Lahnzeitung vom 18./19. 3. 61

Zwei ebenso Berühmte unter den abstrakten Malern gehören mit in diesen Reigen: Tapies und Dubuffet. Während sich der „Bild"-Redaktor am 7. März 1961 freute, daß alles geschluckt wird, schrieb der „Tat"-Redaktor anläßlich der Zürcher-Tapies-Ausstellung: „So sehr sich die maßgebenden Herren anstrengen, mit der rasenden Zeit mitzuhalten, ja, ihr sogar um Nasenlänge voraus zu sein, so sehr sie sich bemühen, sich im „épater le bourgeois" gegenseitig den Rang abzulaufen — kein noch so kleines Skandälchen will sich regen, alles wird widerstandslos geschluckt — und bedrückt, ohne rechten Genuß, tragen die gehetzten Museumsdirektoren (vom Weltstadt- bis zum kleinsten Provinzmuseum) die Gloriole ihres Pseudoavantgardismus. Und dabei meinen sie es doch nur gut — wollen die Fehler ihrer Vorgänger verbessern und bei Zeiten einkaufen und ausstellen, was später einmal berühmt werden könnte.

Eigentlich sind unsere neonbeleuchteten Museen doch eine komische veraltete Sache (bis aufs Neonlicht). Ein Wanderzirkus würde vollauf genügen ... Ein subalterner Bürolist ohne höhere Bildung, irgendein mittelmäßiger Manager könnte die Sache ebenso gut schmeißen, da ja Kunstrichtung und Kunstgeschmack in drei oder vier Zentren von drei oder vier Herren erfunden und mitsamt der dazugehörenden Gebrauchsanwendung durch ein paar suggestive Literaten vorgekaut in die hinterste Provinz mitgeliefert werden. Wenn man in Kunstdingen heute „dabei" sein will, wenn man „den Hafer wachsen hören will" — es wird einem wahrlich leicht gemacht — zu leicht gemacht. Daß dem nicht ganz so ist, daß die Kunstmacher doch ein wenig Widerstand spüren — und sei es nur, damit sie zur Kenntnis zu nehmen genötigt sind, daß die Apathie eines wertvollen Teiles des kunstinteressierten Publikums und der Presse nicht mit stillem Einverständnis zu verwechseln ist — darum sei diese Kritik geschrieben."[25])

Zum Schluß noch etwas besonders Aktuelles. Die angesehene Kunstgalerie „Christina" hatte die Kunstkritiker zu ihrer Frühjahrsausstellung 1964 nach Göteborg eingeladen. Der Katalog umfaßte 54 Werke französischer Spontanisten. Die Kritiker erschienen in Scharen. Am besten schnitten die Werke eines Neulings ab. Sein Name: Pierre Brassau. „Die Wahl der Farben, der kräftige Pinselstrich, weisen Brassau als ein großes Talent aus" schrieb die große Presse. Und ein Kritiker verstieg sich sogar zu dem Selbstlob, er

---

[25]) Die „Tat", Zürich, vom 5. 5. 62

habe Brassau schon vor drei Jahren in Paris eine große Zukunft vorausgesagt. „Göteborg Tidningen" enthüllte in der Abendausgabe nach der Vernissage die Wahrheit über Pierre Brassau. Er war 1962 im Tierpark der mittelschwedischen Industriestadt Boras geboren als Schimpanse. Diesem „Peter" hatten Spaßvögel Leinwand, Pinsel und Farbe zum schöpferischen Tun überlassen. Pierre Brassau hat's geschafft: Zwei Gemälde wurden verkauft — für je 400 Mark.[26])

Eindeutig steht damit Pierre Brassau, 2jährig, an der Spitze der Dada-Künstler. Drum lacht sie zu Staub ...

---

[26]) „Bunte Illustrierte" Münchner/Frankfurter Heft 13, 25. 3. 64

IV. Teil

KAPITEL 23

Dada 1963

Vor mir liegt „Die Welt“ vom 5. Mai 1961 mit einem amüsanten Artikel überschrieben: „Genosse, der Mähdrescher auf dem Bild ist dadaistisch.“ Da haben die Lehrer und Studenten der Ostberliner Fachschule für Angewandte Kunst für die Messe des Schiffes „Fritz Heckert“ ein dreißig Quadratmeter messendes Wandgemälde gemalt. Sie benötigten zwei Jahre dafür. Als das Gemälde fertig und die Künstler wieder abgereist waren, meldeten sich zwei Matrosen auf der Brücke und fragten: „Kapitän? Soll das Gekrakel immer in der Messe hängen?“ Und eine Spur verächtlicher: „Wenn wir das sehen, bleibt uns das Labskaus in der Kehle stecken.“ Ein paar Stunden darauf klopften Genossen Arbeiter an die Türe des SED-Büros: „Genosse Sekretär, was die Berliner da gepinselt haben, in der Messe, das ist ein großer Mist. Damit kann das Schiff nicht reisen.“ ... Der Rapport des Kunstsachverständigen, den der Sekretär holen ließ, war niederschmetternd: „Genosse Sekretär, der Mähdrescher auf dem Bild ist dadaistisch.“ Bald darauf wurde das Gemälde entfernt, nachdem auch die Künstler keine andere Aussage machten. Jetzt verschimmeln die dreißig Quadratmeter Wandmalerei in einem Wismarer Kaischuppen. Das ist ein Beispiel, wie die Mahnungen über Kunsterziehung in der „Literaturnaja Gazeta“, Moskau, im Mai 1957 verwirklicht werden. Das „Kunstwerk“, so hieß es dort, „darf weder ein Rebus, noch ein Rätsel noch eine Hieroglyphe sein, die nur ihrem Schöpfer verständlich ist. Das natürliche Streben des Künstlers nach neuen Wegen in der Kunst, nach einer neuen Sicht der Welt, nach neuen Formen des Ausdrucks, gibt ihm nicht das moralische Recht, die Aufgabe zu ignorieren, daß Inhalt und Form seines Werkes dem Volk zugänglich sein müssen. Die Praxis der reaktionären, formalistischen Kunst im Westen zeigt, daß bei einer derartigen Ignorierung, der ästhetisierende Snobismus, der sich in der Geringschätzung des Volkes, seiner künstlerischen

Möglichkeiten und seiner Kultur ausdrückt, unvermeidlich ist. Was immer auch sowjetische Künstler an neuen Konzeptionen geschaffen haben, war von der heiligen Pflicht inspiriert, dem Volke verständlich zu sein und ihm zu dienen ...“

Die gleiche Zeitung tadelte im Februar 1963 in einem Artikel „Die demoralisierende abstrakte Malerei“ den Kunstkritiker Malewitsch, der die Futuristen mit dem Argument lobte, es sei ihnen wenigstens halbwegs gelungen, den Verstand von der Bildfläche zu verjagen und mit der Gewohnheit Schluß zu machen, alles naturhaft zu sehen. „Dieses Streben nach unnatürlicher, anormaler Kunst ist aber zutiefst unmenschlich“ tadelt die „Literaturnaja Gazeta“ ... Bei den Abstrakten (vorrangig bei den Dadaisten) wie bei den Vertretern der „formlosen Malerei“, werde der Begriff der „reinen Emotion“ als Intuition, Instinkt, Unterbewußtsein und „diffuse Vibration der menschlichen Seele“ verstanden ... Das rein „emotionale Schaffen“ (das Giedion in „Architektur und Gemeinschaft“ als non plus ultra anpreist) diene dazu, die Konzentration von allem abzulenken, was den Menschen höhere Formen ihrer Sensibilität vermittle ...

„Es ist klar, daß eine sich nur im Rahmen des Instinkthaften bewegende Kunst verlogen ist, schaltet sie doch jegliche Einmischung des Verstandes, der Logik und der höheren Gefühle, die der Mensch empfindet, aus. Die schöpferische Methode der Abstrakten ist nur vergleichbar mit dem unnatürlichen Zustand eines Organismus, der die Kontrolle über sich verloren hat. Ergebnis: Chaos, Zerfall und Formlosigkeit dieser „Werke“, zu denen man Analogien in den psychiatrischen Kliniken findet ... Die reaktionären Kräfte klammern sich an die abstrakte Malerei, da sie in ihr eines der wirksamsten Mittel zur Demoralisierung der Gesellschaft sehen. Typisch ist, daß der amerikanische Imperialismus sich heute großzügig der abstrakten Kunst mit dem Ziel der ideologischen Expansion bedient ...“ Wenn das Volk vor den „mit öligen Farbschichten bekleckten Bildflächen“ (Muche) stehen muß, wenn es nicht vor dem Grunzen, Stöhnen, Quietschen ... der Dodekaphonie, der Zwölftonmusik, vor absurden, die Menschenwürde mit Füßen tretenden Theaterstücken und obszönen Büchern verschont wird, dann wird es seinerseits mit Sicherheit zersetzt.“ Darum warnt die „Krasnaja Swejesda“ am 7. Sept. 62 ihre Leser: „Die arbeitenden Menschen Rußlands lieben mit ganzem Herzen, mit ihrer ganzen Seele ihr Heimatland, ihre Erde, ihre Sprache, ihre Kultur, ihre Bräuche.

Mütterchen Rußland, heilige russische Erde! So wenden sich die Menschen ihrer Heimat zu und legen ihre ganze glühende Liebe in dieses Bekenntnis."

Daraus ergibt sich: der Dadaismus mit seiner Bankrotterklärung von Kultur, Sitte und Sprache ist im Osten ad acta gelegt. Dadaisten haben keine Bleibe im Osten. Dieser Wandel im kommunistischen Machtbereich ist mehr als interessant und dürfte die beste Lektion gegen den Dadaismus sein. Die Kommunisten in der Sowjetunion dürfen keine Dadaisten sein; die Kommunisten im Westen müssen sich zum Dadaismus bekennen. Das beste Beispiel dafür bietet Picasso, der als eingeschriebenes Mitglied der kommunistischen Partei und als westlicher Dadaist in Moskau sogar den Lenin-Preis erhalten und auch angenommen hat. Den Bolschewiken kann nichts willkommener sein als ein Westen mit lüsternen, pervertierten, ungesunden und faulen Völkern. Diese Wandlung in der Sowjetunion öffnet uns mit aller Vehemenz die Augen für die Gefahr der von den Dadaisten diktatorisch geforderten Änderung der Bewußtseinsstruktur vom homo europäus zum geometrischen Tier, zum Dada.

KAPITEL 24

Gesellschaftsfeinde schlimmster Art

Sitten- und Sprachverderber

„Der Sprachverderber ist der eigentliche Hochverräter" Josef Weinheber

In seinem ersten Manifest auf der großen Berliner Dada-Soirée im April 1918 proklamierte Richard Huelsenbeck: „Dada symbolisiert das primitive Verhältnis zur umgebenden Wirklichkeit ... und zerfetzt alle Schlagworte wie Ethik, Kultur und Innerlichkeit". Das klingt übertrieben, doch die nachfolgende kleine Anthologie aus dem Dada-Schrifttum, die sich zu Bänden ausweiten ließe, zeigt wie ernst es mit diesem „Zerfetzen" gemeint war.

Dada zerfetzt die Liebe:

— „Sexuelle Handlungen finden allein statt in dem großen Glasbordell mit den Sexualschaukeln" Mehring.

— „man substrahiere Geschlechtskrankheiten Coitus würde allgemein beliebtes Gesellschaftsspiel wäre im Laden zu haben" Serner

Dada zerfetzt die Ehre der Frau:

— „Madame Deine Schnauze riecht nach Zuhältermilch am Morgen, denn abends kann man sie eher nennen: Popo eines linientollen Engels" Ribemont.

Dada zerfetzt die Ehre des Mitmenschen:

— „An das Publikum! Bevor wir überhaupt zu Ihnen hinabsteigen, um auszumerzen Ihre stockigen Zähne, Ihre grindigen Ohren ... bevor wir ihre faulenden Knochen zerbrechen, katharrhalische Plauze öffnen um als Dünger zur Hebung der Landwirtschaft zu dienen, ... bevor wir in Vitriol Sie tunken, um Sie zu reinigen und energisch zu läutern ..." Ribemont

— „... den feisten und vollkommen verständnislosen Zürcher Spießbürgern sagen, daß wir sie für Schweine ... hielten ..." Huelsenbeck

Dada zerfetzt die großen Denker, Musiker und Dichter:

— „... drahtlose Telephonie verwandelt Fugen von Bach, Lichtreklamen und Plakate für Bordelle ..." Tzara.

— „... der Deutsche leidet an einem schmachvollen Wechsel von Verstopfung und Durchfall, der sich entweder in Kants Philosophie oder in Goethes zweitem Faust zeigt ..." Hausmann

— „Was schert mich ... Goethes Faust oder der Hintern des La-o-tse" Mehring

— „Und seine schwangere Frau zeigte ihrem Kind durch die Haut ihres Bauches das Horn eines totgeborenen Mondes. Die Frau kam mit einer Frühgeburt nieder, deren Urheber Mozart war ..." Ribemont

Dada zerfetzt die Schönheiten der Natur:

— „... du schwankst im Mondschein, schon plumpst du ärschlings durch die Falltür im Hyazinthenbeet" Mehring.

— „als der Wasserfall dreimal gekräht hatte erblich seine tapete bis auf das Blut und die matrosenmatritze zersprang" Arp.

Dada zerfetzt die Kunst:

— „Die Kunst ist tot. Es lebe die neue Maschinenkunst" Tatlins mit George Grosz und John Heartfield.

— „Der Unterschied zwischen Malen und Taschentücherbügeln wurde nicht mehr prinzipiell gemacht. Man behandelte das Malen als eine Verrichtung" Partens

— „Die sogenannten schönen Künste sind ... nur noch als Rollenpapier zu verwerten" Mehring.

— „Jedes malerische oder plastische Werk ist unnütz" Tzara

— „Arp hat die schönen Künste überfallen, die Kunst für einen magischen Stuhlgang erklärt, die Venus von Milo klistiert und Laokoon und Söhnen nach tausendjährigem Ringkampf mit der Klapperschlange endlich ermöglicht auszutreten" Glauser

Dada zerfetzt die Ehre:

— „Man stirbt als Held oder als Idiot, was auf dasselbe herauskommt. — Ehre kauft sich und verkauft sich — wie das Gesäß. Das Gesäß repräsentiert das Leben wie die pommes frites, und Ihr alle mit Eurer Ernsthaftigkeit stinkt schlimmer als Kuhdreck" Picabia

Dada zerfetzt die Religion:

— „Der Versuch Jesus und die Bibel decken mit ihren breiten wohlwollenden Flügeln: die Scheiße, die Tiere, die Tage" Tzara.

— „Ihr betet zur Zangengeburt von Bethlehem, dem großen Kuppler zwischen Himmel und Erde. Wer sich seelisch reinigen will, der gehe statt in die Kirche zum Admiralsbad nebenan ... Oder Achtung, der Messias kommt, ein Lotteriespiel mit tausendjähriger Ziehung" Mehring.

— „Es interessiert das Publikum, wenn man in Irrsinn macht und dazu religiöser Schwindel als Christus-Imitator" Baumann

Nach einer Aussage Jankos „regnete es Dada-Manifeste und Dada-Schriften auf vier Kontinenten". Es regnete aber auch in ganz Europa und in den Vereinigten Staaten Proteste um Proteste gegen das Dada-Unwesen. Doch darum brauchten sich die Neuerer nicht zu kümmern. Sie fühlten sich „durch die große Armee im Rücken bestärkt", wie Huelsenbeck 1963 in der „Neuen Zürcher Zeitung" bekannte. Dem aufgebrachten Publikum schleuderte Picabia entgegen: „Pfeift, schreit, zerschlagt mir die Fresse.. und ich ... ich werde Euch immer sagen, daß Ihr blöde Hammel seid." Nach Aussage Gottfried Benns verstanden sie es „ihre Ware heraufzutreiben wie betrügerische Börsianer eine faule Aktie, von zuchtloser Unanständigkeit".

Was sind Sittenverderbnis, Morallosigkeit und Unzucht anderes als Giftpflanzen, die nur im Morast gedeihen? Obszönität ist zur Weltanschauung geworden. Das veranschaulicht folgende Episode aus den Goldenen Zwanziger-Jahren: „Der Direktor der Westdeutschen Funkstunde P. I. Haslinde hatte den Dada W. Herzfeld ersucht, lustige Künstler-Anekdoten zu erzählen. Dada Herzfeld begann Zoten zu erzählen. Dr. Haslinde war so empört, daß er auf ihn zuging und ihm eine schallende Ohrfeige versetzte. Herzfeld war beleidigt und verklagte den Direktor, der zu 300 Mark Strafe verurteilt wurde mit der Begründung, daß es sich um zwei verschiedene Weltanschauungen handle, die einander diametral gegenüberstehen" (Gladbacher Zeitung, Nr. 159, 1926).

Dr. Max Nordau geißelte die Zoten-Apostel als „Gesellschaftsfeinde schlimmster Art". Er forderte die Gesellschaft auf, das Ungeziefer zu zerdrücken. Dem lüsternen Raubtier gelte der Ruf: „Hinaus aus der Gesittung! Schweife fern von uns ... Alle unsere Arbeit ist von Menschen getan, die einander schätzen, aufeinander Rücksicht nehmen, und ihre Selbstsucht zum gemeinen Wohle zu zügeln wissen ... Und noch entschiedener gilt es, gegen die kotlöffelnde Schweinebande der berufsmäßigen Pornographen Partei zu nehmen. Die systematische Aufreizung der Lüsternheit bringt dem einzelnen Menschen den schwersten Schaden an der leiblichen Gesundheit und eine aus geschlechtlich überreizten Individuen bestehende Gesellschaft, die keine Selbstbeherrschung, keine Zucht, keine Scham kennt, geht dem sicheren Untergang entgegen, da sie zu stumpf und zu schlaff ist, um noch größere Aufgaben zu erfüllen. Der Pornograph verseucht die Quellen, aus denen das Leben der künftigen Geschlechter fließt. Keine Arbeit ist der Gesittung so mühselig geworden wie die Bändigung der Lüsternheit. Der Pornograph will uns um die Frucht dieser härtesten Anstrengung der Menschheit bringen."

Die Dadaisten kämpfen „nicht nur den erbitterten Kampf mit allen Mitteln des dadaistischen Ekels" gegen die Gesittung, sondern auch gegen Poesie und Sprache. Walter Rathenau, Mitarbeiter Le Corbusiers, proklamierte 1918 an Deutschlands Jugend: „Neu wird unsere Wissenschaft, ja selbst unsere Sprache". Tristan Tzara bekannte „daß die Vernichtung der Logik = Dada ist, die Vernichtung des Gedächtnisses = Dada ist". Ribemont erstrebte „unsere Sprache auszumerzen, die die Krätze hat". Huelsenbeck brüstete sich mit der Absicht „Die Literatur in Grund und Boden zu trommeln" und nannte den deutschen Dichter „den typischen Depp". Erschüttert durch den Zusammenbruch und den Krieg gab Hugo Ball dem Sterben von Sprache und Poesie am 5. März 1916 eine Begründung, die nicht als oberflächlich bezeichnet werden darf: „Das Bild des Menschen verschwindet mehr und mehr ... das ist ein Beweis, wie häßlich und abgegriffen das menschliche Antlitz ist. Der Entschluß der Poesie, aus ähnlichen Gründen die Sprache fallen zu lassen, steht nahe bevor. Das sind Dinge, die es vielleicht noch niemals gegeben hat". In eine ähnliche Richtung verweisen die Worte von Alfred Andersch aus der Gruppe 47, mit denen er in den Sechziger-Jahren die Pionierarbeit seiner Dada-Kollegen würdigt: „Was hier mit der Sprache geschieht, das ist heute in Deutschland einzigartig und gar nicht wiederholbar."

Mehring verweist auf Dr. BRZK, der mit den Dadaisten lehrt: „Die kommende Literatur wird eine Poesie der vokallosen Geräusche sein, wie sie bereits in der Welt der Kerbtiere existiert ... d. h. in dem einzigen Verständigungsmittel der Heuschreckenwanderungen und Ameiseninvasionen". An Stelle des von Hugo Ball erstrebten Vortastens auf neuen Wegen, um der Sprache neuen Gehalt zu verleihen, statt einer positiv zu wertenden Reform, begnügt man sich also mit der Hinnahme des Bankrotts und dem freiwilligen Abgleiten auf die Stufe der Kerbtiere.

Im Dada-Bankrott der Poesie erhalten das bruitistische, das simultanistische und das Lautgedicht besondere Funktionen. Das bruitistische Gedicht wird von einem Höllenlärm begleitet, erzeugt durch Kesselpauken, Schreibmaschinen, Kinderknarren, Topfdeckel, Schlüssel, Dosen und Flaschen. Das Simultangedicht wird von vier oder mehr Personen gleichzeitig mit verschiedenen Worten in verschiedenen Sprachen vorgetragen und das Lautgedicht reduziert die Sprache als Ausdrucksmittel der Seele auf das Quaken des Frosches und das Zirpen der Grille. Huelsenbeck erlebt das bruitistische Gedicht „als eine Sphärenmusik der Atome", und Arp behauptet vom Simultangedicht: „Das menschliche Organ vertritt die Seele, die Geräusche ein minutenlang gezogenes rrrrrrr oder Poltertöne oder Sirenengeheul und dergleichen haben eine der Menschenstimme an Energie überladene Existenz". Von den Lautgedichten, die auf das Niveau des quakenden Frosches absinken, schwärmt Arp: „Wir glaubten an die verehrungswürdigen süßen Lautgedichte Hugo Balls ..."

Über den Wert und Unwert solcher „Dichtungen" läßt sich streiten und diskutieren. Es werden sich gerade heute immer wieder Literaturkritiker finden, die sich an der Originalität dieser sprachlichen „Neuschöpfungen" begeistern. Dem normal veranlagten Menschen, dem unverdorbenen Leser dagegen, werden poetische Versuche, wie wir sie nachstehend in einigen typischen Beispielen wiedergeben, Bücher mit verschlossenen Siegeln bleiben.

Blick und Blitz

Daß als sich er (der Mensch) ernähren wollte,
entschlug der dichte weiße Kamm des Rosavogel.
Nun wälzt sie die Fenster naß in hölzernen Tüchern!
Nicht zu den entfernten, aber krummen.
Entlud sich die Kapelle-ei! ei! Kandinsky

... sie schlugen Gbadoe daß er machte Kot
König Agbewe sie jagten euch aus Anecho
ihr ginget erschienet in Togo
Togo-Stadt sprach: Geschäft welches ihr bringet
Hurerei ... Tristan Tzara

weh uns guter kaspar ist tot
wer trägt nun die brennende fahne im zopf wer
dreht die kaffeemühle ...

Beginn der „schwalbenhode" von Hans Arp

Rasch das seufzende Klo:
der spitzgefrorene braungescheckte Scheißkegel!
der Berg des Nordens

Arno Schmid

neulichperson mir schehrte maschine gardine
mine latrine sollte man wirklich früher aufstehen
wie der arzt der schon oma liegt im krankenhaus

Ferdinand Kriwet

prozession
schrott im maul
melden die herolde ihn
panegyrica kotzen die agitatoren
vor ihm aufs pflaster ...
angebetet von rüsselnden händlern
onanierenden parlamenten
engerlingen in Uniform:
zeitgeist, zeitgeist

hans magnus enzensberger,
preisgekrönter Poet der Bundesrepublik

Zu solcher Poetik äußert sich Dr. Max Nordau: „Diese Leute können nur mystisch, d. h. verschwommen denken. Das Unbewußte ist in ihnen stärker als das Bewußte, die Tätigkeit der Organ-Nerven überwiegt die der grauen Hirnrinde ... ihre verkümmerte Entwicklung ist nicht zu der Höhe gelangt, auf welcher das Individuum seinen gemütlichen und geistigen Anschluß an die Gesamtheit erreicht ... Er erneuert geistig im besten Falle den Typus des Urmenschen der älteren Steinzeitmenschen ... Wenn Menschen dieser Art dichterischen Drang haben, so wollen sie natürlich ihren eigenen Geisteszustand ausdrücken. Bestimmte Worte mit klaren Vorstellungsinhalten können sie nicht brauchen. Denn in ihrem eigenen Bewußtsein finden sie keine deutlich umrissenen, eindeutigen Vorstellungen. Sie wählen deshalb verschwommene Worte, weil diese ihren verschwommenen Vorstellungen am besten entsprechen. Je undeutlicher, je dunkler ein Wort ist, um so besser eignet es sich für diese Schwachsinnigen. Beim Wahnsinnigen geht dies bekanntlich so weit, daß er für seine gänzlich formlos gewordene Vorstellung neue Worte findet, die nicht bloß dunkel, sondern jedes Sinnes bar sind. In ihrer Ausdrucksweise fällt zweierlei auf. Einmal die häufige Wiederkehr desselben Wortes, derselben Wendung, jenes Wiederkäuen, „rabâchage", das als das Merkmal schwachsinnigen Denkens bekannt ist." Zu diesen aufschlußreichen Äußerungen von Dr. Max Nordau einige Dada-Gedichtproben, darunter nachstehendes Gedicht von Eugen Gomringer:

«schweigen schweigen schweigen
schweigen schweigen
schweigen schweigen schweigen
schweigen schweigen schweigen»

Er schweigt aber nicht, sondern „dichtet" weiter:

«americans und apricots
american apricots
apricots americans
apricots und americans»

Dieser Dichter, mit einem ähnlichen Schicksal wie Paul Klee, erklärte in einer ganzseitigen Reportage in der „Zürcher Woche" vom 20. Juli 1962, man habe ihn wegen seiner Gedichte in wichtige Positionen berufen. „Nur ihretwegen ernannte mich Max Bill an seiner Hochschule für Gestaltung in Ulm zu seinem Sekretär, ihretwegen kam ich zu meiner Stellung in der SIA, wurde ich vor kurzem Sekretär beim „Schweizerischen Werkbund". Diese Erfolge ermutigen mich, sie zeigen mir, daß ich auf ein richtiges Ziel zuhalte".

Auf völligen Stillstand des Denkens, auf mechanisches Vorsichhinmurmeln deuten Tristan Tzaras Verszeilen „Sotho-Neger":

„Gesang beim Bauen
ea ee ee, ea ee . . ."
a ee ea ea ee ee ea ee, ea ee eaee a ee ea ee ee, ea ee . . ."

Was die Kommas in diesen Versen noch zu suchen haben? Nordau vergleicht diesen Fall mit den Zauberern bei den Senegalnegern „die ihrer Gemeinde Körbe oder Flaschenkürbisse darbieten, in welchen nach ihrer Versicherung ein mächtiger Fetisch eingeschlossen ist. Tatsächlich enthalten sie nichts, aber die Neger betrachten die leeren Gefäße mit heiliger Scheu und erweisen ihnen und ihren Besitzern göttliche Ehren. Ganz so ist es mit diesen Gedichten, die geistig allerdings tief unter dem Niveau der Senegalneger stehen."

Am 23. Juni 1916 erklärte Hugo Ball: „Ich habe eine neue Gattung von Versen erfunden: ‚Verse ohne Worte‘ oder Lautgedichte.“ Huelsenbeck dagegen bezeichnet als Erfinder des Lautgedichtes, das den „vollkommenen Irrationalismus in die Literatur einführt“ den 1915 verstorbenen Paul Scheerbart, der in seinem 1897 erschienen, mit dem konventionellen Titel „Ich liebe dich“ versehenen Bändchen ein Gedicht veröffentlichte, das „Kikakoku Ekoralapa“ hieß. Am berühmtesten unter dieser Gattung der Lautgedichte und bis zu einem gewissen Grade sogar volkstümlich wurde Christian Morgenstern mit seinem „Großen la lu la“. Schon im Mittelalter beschwor Theophilus den Teufel:

„bagabi laca bachabe
lamac cahi achababe . . .“

Balls Lautgedichte unterschieden sich nicht merklich von diesem ehrwürdigen Vorbild. Sein Lautgedicht „Katzen und Pfauen“ beginnt: „Baubo sbugi ninga gloffa“, die „Totenklage“: „Ombula take biti . . .“ und das Lautgedicht „Wolken“: „elomen elomen lefitalominai . . .“

„Eins muß man dabei anerkennen“ bemerkte Nordau „diese Lautgedichte mögen die reine Irrenhausliteratur sein, aber diese Leute haben eine erstaunliche Begabung für das Finden von Titeln, der Titel ist immer merkwürdig.“ Die erstaunliche Begabung offenbart sich auch bei der Wahl der Pseudonyme. Aus Sami Rosenstock wurde Tristan Tzara, aus Pablo y Ruiz entstand Picasso, aus Wolfgang Schulze wurde Wols, aus Jeanneret wurde Le Corbusier, aus Carl Doehmann Daimonides und aus Max Oppenheimer ganz schlicht Mopp.

„Was bedeutet das, wenn ein Dichter wie ein Frosch quakt oder wie eine Grille zirpt“ fragt Max Nordau — „wenn der Maler wie der Affe seine Farbe auf die Leinwand schmiert und schmeißt, wenn der Musiker Geräusche fabriziert, wenn alles Begriffliche mit Nachdruck verleugnet wird, damit sich niemand mehr ‚etwas dabei denken kann‘? Dann verkümmert der individuelle Reichtum an geistigen und leiblichen Gaben des einzelnen Menschen; was den einzelnen Menschen zum Individuum und zugleich zu einem geistigen Wesen macht, wird aufgelöst und zersetzt, und die bewußte Erziehung zum Massenmenschen, zu dem von Dostojewski so gefürchteten Herdenmenschen: eine Abstraktion Mensch ist erreicht.“ Ob nicht dieses Abstraktum Mensch, das quakt und zirpt, heute schon dem unbekannten Gott im Steinzeittempel von Ronchamp huldigt und in den Bienenwaben Le Corbusiers vegetiert?

In allen Bereichen der Kunst ist das Ziel eine unbemerkte Veränderung des Bewußtseins. In „Notizen zu Bunuels Film ‚Viridiana'" hieß es am 25. Mai 1962 im „Rheinischen Merkur": „... Bunuel suggeriert: Wer das Sein ändern will, muß, marxistisch gesprochen, zuvor das Bewußtsein ändern" Anläßlich der Mannheimer-Filmwoche 1962 dozierte Professor Theodor W. Adorno laut „Frankfurter Allgemeine Zeitung vom 18. 10. 62": „Nicht Reklame für die Welt, so wie sie ist, solle der Film machen, also Reklame für die Veränderung der Welt ..., sondern überhaupt keine Reklame. Nur so könne der Film eine Veränderung des Bewußtseins des Menschen erreichen." Das höchste Ziel bleibt also eine unbemerkte Bewußtseinsveränderung. Niemals — seit dem Stichjahr 1890 — ist eine Kunstrichtung mit mehr Bewußtheit erstrebt worden als der heutige Abstieg ins Unterbewußte. Daher das betonte Interesse an der Primitivität und der Verzicht auf eine höhere Kulturstufe durch die Befreiung von allen Hemmungen. Wegweisend ist Dr. Werner Haftmanns Freude anläßlich der „documenta II" in Kassel, „daß die moderne Kunst —im letzten Jahrzehnt über alle hemmenden Besonderheiten von Sprache, Sitte, Geschichte und Folklore hinweg ein menschheitliches Bewußtsein hat herstellen können".

Max Nordaus schon im Jahre 1893 geschriebenen Worte sind eine Vorahnung der verheerenden Folgen einer modernen Kunst, deren Ziel die Kultur-Zerfetzung ist: „Sie sind nicht die Zukunft, sondern eine unabsehbar entlegene Vergangenheit, sie sind nicht der Fortschritt, sondern die grauenhafteste Sklaverei. Sie sind nicht die Jugend und das Morgenrot, sondern die erschöpfteste Greisenhaftigkeit, die sternlose Winternacht, das Grab und die Verwesung. Denn sie wollen das Bewußtsein im Unterbewußtsein ersäufen, wir aber wollen das Bewußtsein stärken und bereichern. Sie wollen Gedankenflucht und Faselei, wir wollen Aufmerksamkeit, Beobachtung und Erkenntnis. Wer Zuchtlosigkeit predigt, ist ein Feind des Fortschritts, wer sein Ich anbetet, ist ein Feind der Gesellschaft".

Mit verblüffender Schnelligkeit hat sich die Schule der Dadaisten in den letzten Jahren über ganz Europa ausgebreitet. Dada-Ausstellungen schießen wie Pilze aus dem Boden, und Dada-Jünger erhalten glänzende Anstellungen. In der Presse und in den Kunstkatalogen werden Lobeshymnen angestimmt. So schrieb Dr. Ewald Rathke anläßlich der Dada-Ausstellung in der Düsseldorfer Kunsthalle: „Hugo Ball, Raoul Hausmann, Richard Huelsenbeck und Kurt

Schwitters, die das Lautgedicht fanden ... ließen eine neue Poesie auferstehen".

Auch hier gilt Nordaus Warnung: „Es haben sich bereits in Deutschland einige Schwach- und Blödsinnige gefunden, die behaupten, daß sie dieses Gefasel verstehen und es in Vorträgen, Zeitungsaufsätzen, Büchern und Ausstellungen weiterentwickeln. Und der Deutsche, dem die Bewunderung des ohnmächtigen Brodelns denkunfähiger Schleim- und Gallertgehirne gepredigt wird, wird sichtlich ängstlich und beginnt sich zu fragen, ob hinter diesen gänzlich sinnlosen Wortfolgen und Kunstwerken nicht vielleicht doch etwas steckt. In Frankreich ist man den armen Toren und kaltblütigen Schalken nicht auf dem Leim gegangen, sondern hat all diesen Wahnsinn und Schwindel erkannt" Das trifft auch für die Gegenwart zu. 1957 stürmten junge Franzosen die Dada-Ausstellung in der „Galerie de l'Institut" Paris, zerstörten deren Kunstwerke und setzten sich handgreiflich gegen den „Wurmfraß" zur Wehr.

Auch die Sprache, die nach dem Fackelträger Karl Kraus „der tiefste Ausdruck der Kultur ist" darf nicht widerstandslos vom Wüten des Ungeistes zerfetzt werden. Der Schweizer Dichter Traugott Vogel mahnt, daß „Vaterland und Muttersprache Erbstücke sind, die wir uns erhalten, die wir verteidigen und vor innerem und äußerem Makel oder gar Verfall bewahren müssen, denn wir haben sie zum Pfande von unsern Vorfahren übernommen und müssen sie weitergeben an unsere Kinder, die unsere Nachfahren und deren Ahnen wir sind" (Vaterland und Muttersprache. Artemis-Verlag 1944) In seinem vielgelesenen Buche „Der bedrohte Mensch" (Francke-Verlag Bern 1959) schreibt *Prof. Hans Zbinden:* „Die Würde des Menschen läßt sich nicht trennen vom Ethos der Sprache, die Geltung des Wortes nicht vom Sinn ... Wo die Ehrfurcht vor den grundlegenden Gesetzen des Menschlichen im Schwinden begriffen ist, erstirbt auch die Achtung vor der Sprache ... Zwischen moralischer Wirrnis und sprachlicher Auflösung bestehen Zusammenhänge, die ins Innerste des irrationalen Bewußtseins greifen, in dem das Gewissen seine Wurzeln hat. Immer sind Sprache und Charakter, Wort und Mensch eng verknüpft. So deutet die Verluderung des einen meist auf den Verfall des andern hin"

KAPITEL 25

Eine Weltkonkurrenz und ihre Folgen

In seinem Buch „An die Studenten — die Charte d'Athènes" (erschienen bei Rowohlt 1962) schreibt Le Corbusier eingehend über die Weltkonkurrenz für den Bau des Völkerbundspalastes in Genf. Es wurden 377 Projekte eingereicht, die aneinander gereiht die Länge von fast 14 Kilometer Plänen ergaben. Seiner Enttäuschung, trotz des I. Preises nicht den Auftrag erhalten zu haben und sogar von einer französischen Architekten-Gruppe der „Anti-Architektur" beschuldigt zu werden, gab Le Corbusier beredten Ausdruck: „Der Akademismus hat seine Waffen geputzt, er lauert, er rührt sich, springt an, beißt und tötet" Der Gründungskongreß der CIAM in La Sarraz, deren Teilnehmer Camille Mauclair die „Kommunisten von La Sarraz" nannte, war die schockartige Reaktion auf den entgangenen Auftrag zum Bau des Völkerbundspalastes.

Auch für mich wurde der Genfer-Wettbewerb zum Anlaß für meine erste Schilderhebung. Ich besah mit gemischten Gefühlen die ausgestellten Pläne in Genf und machte dabei die zufällige Bekanntschaft mit dipl. ing. Meissner, der gegen die neue Architektur und das Bauhaus Weimar aufgetreten war. Diese zufällige Bekanntschaft und mein Interesse, den sonderbaren Architekturen nachzuforschen, die prämiert worden waren, führten zu einem gründlichen Studium der einschlägigen Schriften Le Corbusiers, die 1927 in französischer Sprache als „Gesammelte Werke" in Zürich erschienen waren. Meine anfängliche Neugierde wandelte sich zum Entschluß, jene Ideen zu bekämpfen, die meinen Erfahrungen, meiner beruflichen Ausbildung und dem Wesen der Architektur diametral entgegengesetzt waren. Meine Fachkollegen in Zürich, die dem „Neuen Bauen" feindlichen Gebrüder Pfister freuten sich über meinen geplanten Gegenstoß, warnten mich aber ausdrücklich davor, den Namen Le Corbusiers in meinen Schriften zu erwähnen. Es sei dies zu gefährlich.

Das Ergebnis der Analyse der verarbeiteten einschlägigen Literatur faßte ich in einem längeren Aufsatz *„Die Krisis der Architektur"* zusammen, den ich zur Besprechung an alle führenden deutschschweizerischen Zeitungen schickte. Ich erhielt die Manuskripte mit empörten, mitunter fast ehrverletzenden Begleitschreiben zurück. Veröffentlicht wurde die Studie erstmals im Januar 1928 in vier Leitartikeln in der „Suisse Libérale" in Neuchâtel, mit dem von der Redaktion ohne mein Wissen beigefügten Untertitel „Le Corbusier bolchéviste, un nouveau danger pour la civilisation"

Zwei freisinnige schweizerische Nationalräte ersuchten mich, auf ihre Kosten die Artikelserie in Buchform herauszugeben. So erschien mein Buch „Die Krisis der Architektur" einen Monat nach der Gründung der „kommunistischen Zelle" in La Sarraz im Juli 1928 in Zürich. Ich bat Herrn Meissner, mir die Anschrift und den Namen des im Gespräch erwähnten deutschen Kollegen mitzuteilen, der Le Corbusier und das Bauhaus Weimar bekämpfte. Es handelte sich um den Berliner Ministerialrat Dr. Nonn, dem ich einen größeren Posten meines Buches zukommen ließ. Die Schrift machte mich in Deutschland bekannt. Wenige Jahre später erfolgte meine Berufung als Dozent auf die Technische Hochschule in München.

Ich hätte meine „Krisis der Architektur", deren Wortlaut der Leser im Anhang dieses Buches findet, nie schreiben können, wäre ich nicht als Student durch die Schule von Dr. Paul Seippel, Professor der französischen Kulturgeschichte am Eidgenössischen Polytechnikum in Zürich, gegangen. Dieser Sproß einer alteingesessenen Genfer Familie nannte mich „cher ami et fils adopté" und lieh mir seine wertvollen Geschichtswerke. Durch meinen väterlichen Freund, Mitarbeiter am „Journal de Genève", erhielt ich einen tieferen Einblick in das historisch-politische Weltgeschehen und verlegte mein Interesse auf das Studium der Französischen Revolution. Auch war ich mit den Herausgebern der in Lausanne erscheinenden antirevolutionären Zeitschrift „Idées de demain" befreundet. In den Schriften Le Corbusiers fand ich Züge, die mit dem Denken der Enzyklopädisten und dem Planen der Jakobiner auffallend übereinstimmten.

Meine Schrift war nichts weiteres als die legitime Auflehnung eines Schweizer Architekten, gegen die geplante Vernichtung nicht nur der Tradition, sondern aller kulturellen und religiösen Werte. Das muß festgehalten werden, gibt es doch noch heute Kreise, die behaupten, ich hätte meine Kampfschrift im Auftrag eines Berliner Ministerialrates geschrieben. Rückblickend muß ich gestehen, daß ich Le Corbusier als Gründer einer neuen Architektur überschätzte, und daß es mir erst nach weiteren Jahrzehnten aufmerksamer Verfolgung seines Wirkens und Schaffens möglich geworden ist, ihm den richtigen Standort als Exponent des Dadaismus zuzuweisen.

Als ich meine Arbeit in Druck gab, war ich meiner Sache gewiß, hatte ich doch mit hunderten von einwandfreien Zitaten den bolschewistischen Charakter des „Neuen Bauens“ belegt. Außerhalb der französischen Schweiz, die sichtlich aufatmete, wurde mein Vorstoß entweder totgeschwiegen oder mit größter Brutalität niedergeknüppelt. So entstand eine Situation, die einer Diktatur der Neuerer gleichkam. Die Form, in der sich diese Diktatur auswirkte, verdient festgehalten zu werden, damals war sie für mich und für viele ein Novum, heute wird sie von allzuvielen als Selbstverständlichkeit hingenommen.

Ich dachte, es würde zu einer freien Diskussion unter Kollegen kommen. Hätte eine ähnliche Krisis den Berufsstand der Juristen, Mediziner oder Chemiker befallen, so wäre der Kampf bestimmt mit akademischen Waffen ausgefochten worden. Vergebens wartete ich auf ein ritterliches Fechten. Mein Verleger wurde von Werkbündlern bedroht. Er wagte weder mein Buch in seiner eigenen Buchhandlung auszustellen, noch es ın sein Verlagsverzeichnis aufzunehmen. Für eine Neuauflage war mir jede Tür verschlossen. Ein in Bern schriftlich zugesagter Vortrag wurde ohne Begründung abgesagt. Mein eigener Verband, der B.S.A., verweigerte mir jede öffentliche Diskussion. Die „Neue Zürcher Zeitung“ lehnte es ab, die Anzeige meines Vortrages vor dem Gewerbeverband der Stadt Zürich aufzunehmen. Sie erklärte sich als „Partei“ und die ganze Angelegenheit für „eine nackte Machtfrage“ Alle führenden bürgerlichen Zeitungen, wie alle maßgebenden Fachschriften sperrten mir ihren Textteil. Nur „Hoch und Tiefbau“ machte eine rühmliche Ausnahme. Als Vorstandsmitglied des „Schweizerischen Heimatschutzes“ versuchte ich diese Kreise für meine Ideen zu gewinnen. Der Zentralvorstand des Schweizerischen Heimatschutzes verbreitete in der Presse die unwahre Behauptung, der Heimatschutz stehe geschlossen für das „Neue Bauen“ ein. Ein Lenzburger Architekt ging der Mitgliedschaft im Schweizerischen Werkbund verlustig, weil er einen Artikel gegen ein Projekt des „Neuen Bauens“ veröffentlicht hatte. Knapp vor Vertragsabschluß wurden mir auf rätselhafte Weise Privataufträge entzogen. Im Regierungsgebäude von Aarau bedrängten mich ein Baudirektor und Regierungsrat, meinen Kampf aufzugeben. Als ich mich weigerte, wurde mir ein Staatsauftrag für eines meiner preisgekrönten Projekte entzogen. Für die bereits geleisteten Vorarbeiten verweigerte man die Bezahlung.

Nachdem die Hochschullehrer, die Fachverbände, der Heimatschutz und selbst eine vaterländische Vereinigung sich schützend vor den Dada-Bolschewismus gestellt hatten, versuchte ich unsere kantonalen und eidgenössischen Behörden aufzuklären. Ich verschickte meine Schrift an alle maßgeblichen Stellen mit einem Begleitschreiben, in dem ich auch auf die wirtschaftlichen Folgen des „Neuen Bauens" aufmerksam machte. Auch dieser Versuch war erfolglos. Als Dozent für Architektur an der Eidgenösssichen Technischen Hochschule wurde ein Schweizer Architekt, wohnhaft in Berlin, ernannt, der vor kurzem den „Heimatschutzgedanken" als „Leichenschänderei" verhöhnt hatte und ein Jünger Le Corbusiers und Mitglied des Dada-Ringes in Berlin war. Der damals von Le Corbusier inspirierte „Schweizerische Werkbund" erhielt eine jährliche Staatssubvention, und der Bundesrat erteilte Le Corbusier, ungeachtet der Einsprache des schweizerischen Gesandten in Paris, den Auftrag zum Bau des schweizerischen Studentenheims in Paris. Die kantonalen Behörden folgten dem Beispiel des Bundes und besetzten die maßgebenden Stellen systematisch mit Anhängern des „Neuen Bauens."

Ich machte die eindeutige Wahrnehmung, daß jeder Aufklärungsversuch über das „Neue Bauen" von einer verkappten Zensur unterdrückt wurde. Stutzig geworden studierte ich mit besonderer Aufmerksamkeit die mir zunächst als harmlos erscheinenden neuerungssüchtigen Artikel über das „Neue Bauen" in der Presse. Groß war mein Erstaunen, als ich die Entdeckung machte, daß hinter der fortschrittsfreudigen kultur-bolschewistischen Bewegung höchst konkrete Ziele erkennbar wurden und daß ein gewisses Bürgertum dem Bolschewismus unter dem Tisch verständnisvoll die Hand drückte, während es mit der andern, zur Faust geballt, dem geheimen Bundesgenossen über dem Tisch drohte.

Dieses widerspruchsvoll erscheinende Bündnis, das auch in unseren Tagen wieder schwer ins Gewicht fällt und die Geschicke der kommenden Generationen entscheidet, beruht nach meinem Dafürhalten auf einer tatsächlich vorhandenen Interessengemeinschaft: Eine nach Vertrustung drängende Industrie und eine bestimmte Art des Welthandels, beide Exponenten eines anonymen Kapitals, sehen sich in ihrem Expansionsdrang durch die Kräfte gehemmt, die in den alten Ordnungen der Religion, der Tradition und der nationalen Kulturen wurzeln. Der Bolschewismus, der durch die Vernichtung der Metaphysik einen neuen entseelten und helotisierten Menschen züchtet, schafft die erstrebte Grundlage für die geplante Weltvertrustung. Der Bolschewismus dient somit als dummer, aber starker Knecht Rupprecht, der dem anonymen Kapital die Hindernisse aus dem Wege räumt und dessen Diktatur fördert.

Ich hatte meine Untersuchung über die Krisis der Architektur als Fachmann begonnen. Der aufgenommene Kampf führte mich weiter, als ich es ahnen konnte. Er führte mich mitten in das zentrale Anliegen der Gegenwart, in die Machtstellungen der Weltwirtschaft, der Politik und der Kultur. So entstand im April 1931 eine weitere Kampfschrift „*Die Brandfackel Moskaus*", in der ich mir die Aufgabe stellte, schonungslos alle Nebel zu zerreißen. Im Vorwort schrieb ich: „Der Wahn, daß wir vor einem unabwendbaren Schicksal stehen, daß wir bloß Funktionen materieller Prozesse, die Gefangenen einer zwangsläufigen Entwicklung sind, muß gebrochen werden. Dieser Wahn tötet unsern Kampfeswillen, lähmt unsern Opfersinn, macht uns zum Spielball fremden Willens. Dieser Wahn ist das Chloroform, das uns eingeträufelt wird, um uns wehrlos zu machen, um uns zu berauben und zu schänden. Es muß die Erkenntnis wach gerufen werden, daß das „neue Bauen", diese alles zermalmende Todeswalze, nicht der Ausfluß einer notwendigen Entwicklung, sondern das Werk eines gut vorbereiteten, durch Täuschung, List und Gewalt sich durchsetzenden Attentats auf unsere Taschen, auf unsere Freiheit, auf unsere Menschenwürde ist ... Ich hoffe, daß dieses Buch dazu beitragen wird, die gesunden Kräfte unseres hintergangenen Volkes zu befreien. Den eingeschläferten Kampfeswillen zu wecken und das Bewußtsein zu entflammen, daß derjenige, der für die Architektur kämpft, letzten Endes ein miles Dei ist."

So war es damals, so ist es heute — und es wird auch das Schicksal dieses Buches sein, von den Anonymen entweder totgeschwiegen oder zerfetzt zu werden. Machte sich damals für den Unwissenden die Kunst-Diktatur der Dada-Verschworenen erst bemerkbar, so ist heute das Netz der Zensoren bereits dicht gespannt. Der Bauhäusler Georg Muche zählt „zu den hervorragenden Kennern der Situation der bildenden Kunst in Europa" den Basler Dr. Georg Schmidt, Dr. Herbert Read, Jean Cassou und den Kunstkritiker Dr. Guiseppe Marchiori. Diese Männer, kontrollieren, laut Muche „ob heute die deutsche bildende Kunst innerhalb der Bundesrepublik das internationale Niveau erreicht hat, und ob sie nationale Eigenart kundgibt... Alle schriftlichen Gutachten der ausländischen Museumsdirektoren und Kunstkritiker ... werden allen interessierten deutschen und ausländischen Persönlichkeiten oder Amtsstellen zugeschickt ...“ Hier also macht sich die international gesteuerte Zensurbehörde bemerkbar. Schon 1955 bezeichnete die Zürcher „Tat“ (Nr. 301, 3. 11. 55) Dr. Georg Schmidt als „Großinquisitor der abstrakten Kunst“: „Dank seiner Diktatur hat heute ein nichtabstrakter Künstler bald keine Chance mehr, irgendeinen Kunstpreis zu erhalten. Denn selbst in der löblichen Eidgenossenschaft zeigen sich bald alle Museumskonservatoren und Kunsthausdirektoren in hohem Grade allergisch gegen alles, was, mit Ausnahme der Primitiven und Naiven, nicht abstrakt ist in der heutigen Kunst, und kriegen gleich, wie manche vom Erdbeeressen, die Nesselsucht und einen unwiderstehlichen Juckreiz, wenn sie einmal ein modernes Gemälde aufhängen müssen, das nicht jede Naturwiedergabe als verdammungswürdigen Irrtum und übelriechende Ketzerei vor dem *höchsten Tribunal* der hohen Abstraktion abgeschworen hat, dessen Großinquisitor in Raetia minor und maior Georg Schmidt ist, während Arnold Rüdlinger — jetzt ebenfalls in Basel — als Sekretär des Heiligen Offiziums gelten darf“. Bezeichnend ist auch die Einstellung Dr. Georg Schmidts zu Volksbefragungen über Kunstwerke. „Was halten Sie von Volksabstimmungen über Kunstwerke?“ fragte der Zürcher „Brückenbauer“ und erhielt zur Antwort: „Moderne Kunst vor Volksabstimmungen zu bringen, bedeutet von vornherein das sichere Todesurteil!“

Unlängst wurde dieser „Großinquisitor“ der Abstraktion als Dozent nach München berufen und hält nun von dort sein wachsames Auge nicht nur über die Schweiz, sondern auch über die Bundesrepublik. Nun gilt es abzuwarten, ob sich die Worte des Surrealisten Miller verwirklichen: „Die Welt sollte zugrundegehen ... ich schlage vor, sich überhaupt nicht mehr zu schämen ... zu welcher Höhe erst könnte die abstrakte Kunst kommen, wenn sich die Menschheit entschlösse, blind zu werden“.

Die Diktatur von oben erstreckt sich auch auf die Kunst-Literatur. Professor Linus Birchler, bis 1960 Dozent für Architektur an der Eidgenössischen Technischen Hochschule und bis 1964 Präsident der Kommission für eidgenössische Denkmalpflege, ein gewiegter Kunstkenner und Kritiker, veröffentlichte im „Einsiedler Anzeiger“ vom 29. September 1961 einen Artikel über „Verbotene Bücher, in dem es heißt:

„Für den Katholiken gibt es den „Index librorum prohibitorum“.

Calvin hatte in seiner Gottesrepublik etwas Ähnliches eingeführt. In der Gegenwart wissen Diktatoren aller Couleurs jene Werke, die ihren Doktrinen zuwiderlaufen, leicht zu verbieten. Es gibt aber auch in der freien Welt auf dem Gebiet der Kunst eine ungeschriebene Liste verbotener Bücher. Von ihnen anders als verächtlich zu sprechen oder gar zu bekennen, daß man sie besitzt, ist viel schlimmer, als wenn ein Schweinigel pornographische Bücher erwirbt. Ich meine Werke, die sich gegen die Diktatur in Kunstdingen stellen. Sie seien hier zur Warnung oder zur Ermunterung interessierter Leser aufgeführt."

Von den Büchern, „die zum ernstlichen Nachdenken über das heutige Kunstchaos nötigen" nennt Prof. Linus Birchler: „Sonderbares um moderne Kunst", geschrieben von dem in Zürich lebenden Maler *Huber-Wiesenthal; Hans Sedlmayr:* „Verlust der Mitte"; — „Die Revolution der modernen Kunst" — „Kunst und Wahrheit"; *Hans Münch:* „Die gegenstandslose Kunst — ein Denkfehler"; *Curt Schweichert:* „Die Kunst ist tot, es lebe die Kunst". Desgleichen erwähnt Prof. Linus Birchler Werke, die sich kritisch mit der modernen Musik befassen, wo die gleiche diktatorische Zensur herrscht, an erster Stelle die vier Werke von *Alois Melichar:* „Die unteilbare Musik"; „Die Überwindung des Modernismus"; „Musik in der Zwangsjacke"; „Schönberg und die Folgen".

Zu den drei Büchern Sedlmayrs bemerkt Linus Birchler: „Über diese drei gefährlichen Werke sei hier nur gesagt, daß mir schon der eine oder andere Kunstgelehrte unter vier Augen bekannt hat: „Selbstverständlich hat Sedlmayr recht, aber ..." Die Schlußworte des lesenswerten Artikels schließen mit der markanten Warnung: „Allmählich werden in den verschiedenen Ländern Stimmen laut, die sich recht energisch gegen den Kunstdirigismus wenden, der überall von ganz kleinen Kreisen ausgeübt wird. Die Leser dieses Artikels seien aber gewarnt. Obszöne Bücher zu besitzen ist weniger kompromittierend, als die oben genannten und recht ernst stimmenden Werke überhaupt nur zu nennen."

ANHANG I

Professor Alexander von Senger

Hugues, Rodolphe Alexandre von Senger, ältester Sohn des Genfer Komponisten Hugo de Senger wurde in Genf geboren, wo er im Collège Calvin die humanistische und technische Maturität absolvierte. Er studierte am Eidgenössischen Polytechnikum in Zürich, wo er als Schüler von Prof. Gull das Diplom als Architekt erwarb. Nach einer Praxis in Berlin und Karlsruhe ließ er sich als selbständiger Architekt in Zürich nieder. Viele seiner Konkurrenzprojekte, hauptsächlich Monumentalbauten wurden preisgekrönt. Von seinen ausgeführten Bauten seien der Bahnhof SBB St. Gallen und das Verwaltungsgebäude der Schweizerischen Rückversicherung in Zürich erwähnt. Die türkischen Pläne von 24 Staats- und Monumentalbauten für Dschemal Pascha bilden eine Besonderheit seines Schaffens. Prof. Dr. Hans Sedlmayer, der Autor des bekannten Buches „Verlust der Mitte" schrieb darüber im Jahre 1959: „Genau erinnere ich mich, wie eines Tages die großen in schweres Leder gebundenen Querfolio-Bände aufgeschlagen wurden, und ich öfter allein staunend die Fülle der Entwürfe betrachtete in je einer eindrucksvollen, perspektivischen Ansicht, Aufriß und Grundriß, — die Perspektive aquarelliert. Sie waren von einer Phantasie, die orientalische Motive mit europäischer Tradition in einer Weise zu verbinden wußte, die mich heute an manche Blätter aus Fischer von Erlachs „Historische Architektur" erinnert.

A. von Senger war als Herausgeber der „Schweizer Konkurrenzen", als Verwaltungsrat des offiziellen Organs des „Bundes Schweizer Architekten", als Vorstandsmitglied des „Schweizerischen Heimatschutzes" Aargau, als Mitarbeiter der „Archives Héraldiques Suisses" auch kulturell und schriftstellerisch tätig. Als Mitarbeiter der Zürcher Zeitschrift „Wissen und Leben" veröffentlichte er 1908 einen grundlegenden Artikel „Französische Impressionisten". Als Le Corbusier erstmals Schule machte und die besten Architekten der Schweiz hilflos vor dem Sog der neuen Propaganda standen, eröffnete Alexander von Senger als erster in der Schweiz die Diskussion durch eine Serie von Leitartikeln in der „Suisse Libérale“ (Neuenburg). Die Ausarbeitung dieser Artikelserie führte zur Herausgabe des Buches „Krisis der Architektur“ Zürich 1928. Ein weiteres Buch „Die Brandfackel Moskaus“ befaßte sich mit den wirtschaftlich-politischen Triebkräften und Zielen des Kulturbolschewismus.

In den Dreißiger-Jahren wirkte von Senger als Dozent an der Technischen Hochschule in München, und wurde zum ordentlichen Professor ernannt. Sein viersemestriges Kolleg über „Baugestaltung in der Geschichte“ war die wichtigste seiner Vorlesungen. Als er es ablehnte einen öffentlichen Vortrag zum Lobe der „Führerbauten“ zu halten, wurde Prof. von Senger vorzeitig emeritiert. Nach dem Krieg ist von Senger in die Schweiz zurückgekehrt und befaßt sich mit wissenschaftlichen Arbeiten.

ANHANG II

Die Krisis der Architektur

I.

> „Wenn der Geist nach den letzten Wahrheiten strebt, so treibt er Selbstvernichtung, wenn er sich mit der Erde verheiratet, so wird er fett“ (Max Jakob, Philosophien) (einleitendes Motto le Corbusiers, Urbanisme.)

Daß die Architektur in unseren Tagen eine schwere Krisis durchmacht, ist den weitesten Kreisen offenbar geworden. Ein Kampf um le Corbusier ist entbrannt und hält alle, die sich für künstlerisches Werden in unserer Zeit interessieren, in Atem. Dies umso mehr, als Viele dunkel ahnen, daß es sich eigentlich um weit mehr handle, als um eine Stilfrage, daß es um das Ganze unserer Kultur gehe. Unter diesen Umständen dürfte derjenige ein wirkliches Bedürfnis befriedigen, der es unternimmt, die Hintergründe der neuen Bauweise zu beleuchten, darzulegen, was für einer Einstellung zur Welt sie entspricht. Dies ist die Aufgabe, die im folgenden gelöst werden soll, mit steter Bezugnahme auf die Schriften, die aus dem Kreise le Corbusiers hervorgegangen sind, nämlich

1. den „Esprit Nouveau“, eine internationale Rundschau mit Aufsätzen verschiedener (leider zum Teil anonymer) Autoren, darunter le Corbusiers selbst.

2. Dessen Schriften: „Urbanisme“ und „Vers une architecture“. Im Begriff, diese Aufgabe an die Hand zu nehmen, erinnere ich mich eines Ausspruches Rahns, des hochverehrten einstigen Professors der Kunstgeschichte an den Zürcher Hochschulen, der uns immer wieder sagte: „Hütet euch vor philosophischem Geklingel in Kunstsachen.“ Rahn wußte es wohl, daß Kunst in Wirklichkeit

öfters von philosophischen Strömungen beeinflußt worden ist, aber er empfand es offenbar als das Gesunde und Normale, daß die intuitive Kraft des Künstlers selbständig ihren Weg verfolge.

Ich erwähne dies hier, weil sich die Mitarbeiter des „Esprit Nouveau" immer auf die Philosophie Bergsons berufen.

Der Philosophie Bergsons entnehmen sie die Doktrin der Emanation, einer sich in beständiger Erneuerung befindenden Welt ohne Mysterien, als Erguß eines unpersönlichen Gottes. Der Mensch ist Gott! Ein uraltes Argument von versucherischer Kraft, dessen sich Mephisto immer wieder bedient, man denke an Faust, an die Propheten, ja, an das Evangelium selbst.

In welche Schwierigkeiten man aber damit geraten kann, zeigt der „Esprit Nouveau" selbst, der diese Deification der Bewegung die „Philosophie des Fortschrittes" nennt. Wo kann aber Fortschritt sein, da der überall fließende Erguß Gottes seiner Natur nach richtungslos ist und alle Wertungsbegriffe wie gut und böse, schön und häßlich, also auch Fortschritt und Rückschritt, ausschließt?

Die Philosophie Bergsons entfacht wohl die Flamme der Tat: Bindungen und Hemmungen zerstörend. Über die Natur des Feuers, ob heilige Flamme oder höllische Brunst, gibt sie uns keinen Aufschluß.

Um nun in das Wesen der Lehre des „Esprit Nouveau" in Kürze einzudringen, bleibt mir kein anderer Weg als der, die am meisten typischen Äußerungen herauszugreifen. Ich will sie unter gewisse Stichworte ordnen.

Es sei voraus bemerkt, daß alles Folgende, soweit es sich um Äußerungen des „Esprit Nouveau" oder le Corbusier handelt, aus wörtlichen Zitaten oder sinngemäß gekürzten Übersetzungen besteht:

Die Tradition. Es gibt keine Vergangenheit. Die einzige Tradition von Wert ist die der Russen: die Tradition der Revolution. Das Leben hat nur Sinn in der Gegenwart. Die Erinnerung ist eine Art Gimpelfang. Das Haus darf nicht mehr jenes im Boden verwurzelte, archaische Gebilde sein, — zu dessen Verehrung man seit so langer Zeit den Kultus der Familie, der Rasse gepredigt hat, sondern einfach eine Wohmaschine.

Die Maschine. Sie allein stellt eine neue Welt vor. Es wird Muttermaschinen geben, aus denen mit Leichtigkeit Chefmaschinen, Vorarbeitermaschinen und Arbeitermaschinen entstehen werden. Ergebnis: Zwei Stunden Arbeit täglich für die Menschheit. Jede Drehung einer Maschine ist eine augenblickliche Wahrheit. (Sic) Die Maschine ist vollkommener und schöner als die Natur, sie ist die Göttin Schönheit.

Der Mensch. Er hat weder Zukunft noch Vergangenheit. Die Maschine führt ihn, er selbst ist ein geometrisches Tier. Das Faß des Diogenes muß sein Lebensideal sein. Aus folgenden Gründen muß der Mensch dem Weltkrieg dankbar sein: er hat den persönlichen Opfersinn verringert, er hat die Genußsucht gefördert und dem Geldmenschen eine geachtete Stellung verschafft. (Faß des Diogenes!)

Politik. Rußland hat uns auf allen Gebieten, auch in der Politik, das Beste geschenkt. Alle Grenzen müssen fallen. Der Regionalismus ist verwerflich. Der Radikalismus ist ein bescheidener, atheistischer, käuflicher Gott, dem wir aber Verehrung zollen müssen.

Lenin ist der Held unserer Zeit. Eine lange russische Tradition trug seinen Glauben. Mit ihm ist der letzte große Mensch dahin. Er hat das alte Rußland totgeschlagen, er hat auch die politische Farbe der Welt verändert.

Kunst. Es gibt keine nationale Kunst. Es gibt keine Stile. Es dürfen keine Fresken mehr gemalt, keine Standbilder mehr errichtet werden. Das Lächeln einer Heiligenfigur in der Kathedrale von Reims ist weniger interessant als das Lächeln eines Filmstars. Die Gotik ist verrenkt, peinlich, stachelig. Überhaupt, die Gotik, den Barock- und die Königsstile nennt le Corbusier ehrwürdiges Aas (des charognes vénérables).

Der Staat und die Stadtverwaltungen (!) müssen mißliebige Architekturformen verbieten, denn:

Die Kunst ist hypnotischer Natur, es gibt keine stärkere Macht als die Kunst, um politische Revolutionen vorzubereiten (oder zu verhindern). —

So sieht das Mosaikgebilde der charakteristischen Lehren des „Esprit Nouveau“ aus. Wem es ein wenig zu bunt vorkommt, dem empfehle ich die Lektüre des „Esprit Nouveau“ selbst.

Es sind die Grundlagen zur Beurteilung le Corbusiers. Er ist der einzige Mitarbeiter des „Esprit Nouveau“, der zur Tat schreitet und konkrete Vorschläge macht. Für ihn zerfällt die Weltgeschichte bloß in zwei Zeitalter: das vormaschinische und nachmaschinische. Wir stehen in der Morgenröte des maschinischen Zeitalters, inmitten der größten Revolution, welche die Welt seit ihrer Entstehung erlebte. Le Corbusiers Aufsätze über Architektur sind mit philosophischen, historischen und wissenschaftlichen Betrachtungen untermischt. Seine Hauptkampfworte sind: Relativität und Bewegung! Dabei scheint er sich nicht zu überlegen, daß beide undenkbar sind, erstere ohne das Absolute, die zweite ohne die Ruhe. Der Überseedampfer ist ihm das Symbol der Befreiung aus hundertjähriger verfluchter Sklaverei. Die Stunde der Wissenschaft hat geschlagen. Den Kern unserer alten Städte mit ihren Domen und Münstern, Priestersiedlungen und heiligen Hainen nennt le Corbusier den Weg der Esel. Die Renaissance hat nur talentiere Biedermänner hervorgebracht. Die heroische Schönheit ist ein theatralischer Zwischenfall, überhaupt der sogenannte „Individualismus" ein Fieberprodukt; große Männer sind überflüssig, die Banalität ist vorzuziehen, maßgebend ist der Normalmensch, der wie eine zellenbauende Biene lebt, jeder in gleicher Zelle.

Ferner verwirft le Corbusier die ganze Architektur, Plastik und Malerei als vormaschinisch.

Man sieht, daß le Corbusier beständig Zivilisation und Kultur verwechselt. Oder ist es kein Verwechseln, sondern ein völlig bewußtes Vernichtenwollen jeder Kultur, um der Zivilisation willen?

Die Maschine, der Triumph einer langen erfinderischen Tradition, auf uralten Naturformen, wie dem Rad und dem Hebel beruhend, diese selbst nach ewigen Gesetzen gebaut, ist *sein* großes Argument gegen die organisch aufgebaute Natur, gegen die organisch gestaltete Kunst im allgemeinen und die Architektur im besonderen.

Der Regenbogen, das Firmament sind, weil unexakt, weniger schön. Das Haus ist eine Wohnmaschine, die Straße eine Verkehrsmaschine, der Stuhl eine Sitzmaschine, und so weiter, die innere Größe der Architektur eine reine Meterfrage.

Die Aufsätze des Esprit Nouveau und le Corbusiers zeigen, daß organische Entwicklung aus bereits Vorhandenem abgelehnt wird.

Es wird diktiert, was sein soll: „si nous disons avec certitude: la nature est géométrique, ce n'est pas que nous l'ayons vu... nous l'avons décidé conformément à notre système!"

Man sieht, wie dogmatisch!

Die Verfasser des Esprit Nouveau nennen auch ihre eigenen Aufsätze „Traktate", das Werk le Corbusier „apostolisch", selbst von beabsichtigten Kreuzzügen ist die Rede.

Die ganze Argumentation le Corbusiers gipfelt in der Tat und sie klingt aus in das Wort: Weg mit aller Tradition! Man höre: Die Großstadt ist die Werkstatt, das Herz und das Gehirn, ja der Sinn der Welt. Aber hier können die Autos nicht schneller als 15 km fahren. Wenn gefährliche Verkehrsstörungen sich ergeben, so sind daran die dem prämaschinischen Zeitalter angehörenden alten Häuser, Denkmäler und Dome und die dazugehörenden krummen Straßen, „die Wege der Esel“, schuld. In erster Linie müssen *diese* Stadtteile beseitigt, die anderen können später entfernt werden. Nachdem die ganze Stadt abgebrochen ist, werden alle störenden Hügel und andere Protuberanzen abgetragen, um die absolut ideale Fläche zu schaffen, die das gegebene Terrain für die vollkommene Stadt ist. Dann wird die maschinische Stadt erbaut. Die Autos können dann 100 km fahren, ohne daß es Störungen gibt. Die Finanzen zur Errichtung der Riesenwolkenkratzer werden vom *internationalen* Kapital geliefert, welches alsdann aus Furcht vor Selbstschädigung alle Zerstörungen verhindert. Der ewige Friede ist somit sichergestellt. Diese Lösung nennt le Corbusier „das Ei des Kolumbus“.

Er nimmt auch an, daß, wenn diese Operation mit Paris durchgeführt ist, alle anderen Städte der Welt aus Nachahmungstrieb das gleiche tun werden.

Welches aber ist der rätselhafte Grund, der le Corbusier dazu treibt, die Revolution mit der Architektur zu verquicken? Warum hat er die Notwendigkeit des Abbruchs gewisser Stadtteile nicht als Architekt zu beweisen gesucht? Was gehen die alten Häuser und Winkel die Revolution an? Warum müssen alle Grenzen fallen, was haben Lenin und Marat mit Kunst zu tun? Warum wird alles Nationale, Organische, Verwurzelte, werden der Mensch und die Natur beschimpft? Warum das Anbellen des Regenbogens und des Firmaments?

Die Antwort des neuen Geistes lautet:

Die Kunst ist die große Kraft hypnotischer Natur; sie fördert oder verhindert die Revolution.

Drängt sich uns nicht der Vergleich auf mit den Vertretern jakobinischen Geistes der französischen Revolution? Die gleichen Redensarten, die gleiche Sprache! Der Jakobiner wie der Neugeistler ist Prinzipienreiter, Dogmatiker und Sektierer; beide sind Todfeinde jeglicher Tradition und alles organisch Gewordenen. Beide erschaffen aus sich selbst einen ihren Trieben angepaßten Typus Mensch, eine neue Religion und den großen Fluchbann für den Nichtgläubigen. Beide sind die Verkünder eines anbrechenden goldenen Zeitalters, des unbegrenzten Fortschritts. Beide Sekten versprechen den ewigen Frieden.

Der Jakobiner führt eine aufgedonnerte Schauspielerin durch die Straßen: „Die Göttin Vernunft". — Jetzt steht auf dem Postament die „Göttin Schönheit" in Gestalt einer stampfenden Maschine.

Beider Ideal ist Vereinfachung, Nivellierung: der Staat soll eine Kaserne, der Staatsbürger eine zellenbauende Biene sein.

Morelly schrieb in seinem „Code le la Nature": „Alle Städte sollen nach dem gleichen Plan gebaut werden, alle Leute haben in gleichen Häusern zu wohnen." Le Corbusier verlangt das ebenfalls.

Der Jakobiner unterminiert, bespottet, beschimpft und verfolgt die nationale, organische Kunst im Namen der Göttin Vernunft, wie der Neugeistler im Namen der Göttin Maschine.

Genau im Sinne le Corbusiers befiehlt der Jakobiner: die Kunst muß eins und unteilbar sein wie der Staat; Maler, Bildhauer, Schreiner, Töpfer müssen alle nach dem vorgeschriebenen Geschmack arbeiten. Die köstliche Kunst des 18. Jahrhunderts und die Gotik wurden verachtet und zwar in solchem Maße, daß ganze Häuserreihen unschätzbarer Architektur niedergelegt wurden.

Und warum all diese scheinbar unsinnige Zerstörungswut?

Die Antwort lautet: Die nationale, organische, erdgewachsene Kunst und Architektur üben eine mächtige hypnotische Kraft aus, die der freien Entfaltung anarchischer Urtriebe hinderlich ist.

Die Fesselung und Bändigung, wohl auch Fruchtbarmachung dämonischer Triebe ist Voraussetzung aller Kultur. Aber je höher das Gebilde der Kultur, desto stärker werden freilich die inneren Spannungen, und daraus folgen Schwächung und beschleunigte Abnutzung des seelischen Organismus bei vielen Individuen. Wessen Seele nicht mehr fähig ist, das ganze hehre Gebilde der Kultur selbst immer wieder neu schöpferisch zu beleben, der empfindet Kultur als eine Last, oder als einen verhaßten Reichtum, vor dem er als Bettler steht. Darum weg mit der Kultur! Sie ist ekelhaft, mörderisch! Er ruft die gebändigten Urtriebe zu Hilfe und löst ihre Fesseln. Dieser seelische Ohnmachtsanfall nicht mehr lebensfähiger Organismen wird dann Revolution genannt.

Der Jakobinismus und das Neuzeitlertum sind der Ausdruck solcher Ohnmachtszustände gewisser Teile der menschlichen Gemeinschaft, und mit Hilfe ihres liniierten Verstandes richten sie sich eine Umwelt ein, worin sie leben können, ohne an ihre innere Armut beständig erinnert zu werden. Und weil sie diese Umgestaltung des Lebens mit sektierischer Kraft in Szene setzen, so können sie den Nichtwissenden wohl verblüffen. Doch täusche man sich nicht: Es ist nur die Zusammenballung von Kräften, die daran sind, sich vom ewigen Strom des beseelten Lebens loszulösen, um sich ins Negative zu verlieren.

Der geschwächte Kranke verlangt auch die Entfernung der Bilder, sie beunruhigen ihn; er bittet um Schließung der Läden, das Sonnenlicht, die wogenden Bäume, die ziehenden Wolken quälen und ermüden.

Ähnlich le Corbusier: Alles Mannigfaltige ermüdet, plagt den Erschöpften. Er klagt: „Der Mond ist nicht rund", der „Regenbogen ist ein Fragment", das „Spiel der Adern im Marmor ist beunruhigend, unmenschlich". Gereizt ruft er aus: „Nichts in der Natur erreicht die Vollkommenheit der niedrigsten Maschine". Und um der ganzen Qual zu entgehen, mordet er die Peinigerin und beschließt: Die Natur ist geometrisch.

Auch die Architektur plagt den Erschöpften, verwirrt, vermindert ihn. Nur ganz leicht faßliche Formen, Prismen, Kuben sind ihm verständlich, ja, ein Labsal, Erlösung von der überströmenden Fülle der Natur und der Kunst. Es ist zu viel für ihn, diese Türme, diese Fialen der alten Dome, versteinerte vulkanische Ausbrüche himmelstürmender heroischer Naturen. Die Pathetik des Barock, der anmutige Tanz des Rokoko erdrücken die Geschwächten. Im Engelskopf eines Leonardo wie im letzten Profil und Gespanne einer Stuckdecke, überall erblickt der Geschwächte den jubelnden Sieg der Seele über die Materie.

Daß die Kunst niemals nur Abklatsch eines Zeitalters ist, sondern die wechselnde Form, in welcher insperierte Naturen zu allen Zeiten an der hochgewölbten Brücke bauten, die über den Zeitgeist hinüberträgt ins Ewige, das erschreckt ihn. Das durch Liebe gesammelte Können der Jahrhunderte ist für ihn einfach tot. Er erkennt, daß Hunderte von Aufnahmen, Tausende von Messungen notwendig sind, um in das innere Wesen der Architektur einzudringen, um ihre Lebensverbundenheit zu erfassen. Wie vielseitig, wie kompliziert ist das alles für ihn, wie ermüdend!

Und Corbusier, der sich für einen Architekten hält, aber eigentlich philosophierender Sektierer ist, erklärt allem Gewordenen den Krieg. Endlich kann man sich entfalten. Die neue Architektur nimmt keine Rücksicht auf die verachtete Natur, keine Rücksicht auf die verachtete Vergangenheit, keine auf die verachtete Persönlichkeit des Bauherrn, der nichts anderes ist als eine Biene, die ihre Zelle braucht. Das Entwerfen von Plänen ist eine unendlich einfache, kampflose Sache geworden, eine nackte Platz- und Meterfrage und ein einziges triebhaftes Tun. Man braucht nur auf eines acht zu geben: daß einem nichts Vorhandenes, schon Dagewesenes dazwischenkommt!

Der Anblick einer guten Architektur löst im Kulturmenschen Gefühle der Wärme, der Steigerung des Lebensgefühls aus. Le Corbusier erzeugt gegenteilige Zustände. Man fröstelt, das Lebensgefühl erschlafft (eine Dame nannte einen solchen Bau ein Selbstmordhaus), man empfindet eine innere Aushöhlung, eine Art angstvoller Entseelung. Man meint in die erstarrten Krater des Mondes zu schauen und fühlt das Wehen eisiger, lähmender Schauer.

Diese belebende oder entseelende Wirkung der Kunst ist die oben erwähnte hypnotische Kraft, welche tatsächlich, wie wir gesehen haben (Jakobinertum), auf politischem Gebiet auch schon angewendet wurde.

Die Architektur spielt dabei eine besonders hervorragende Rolle, es ist die Kunst, der niemand aus dem Wege gehen kann: sie ist die steinerne Bibel der Nationen, in welcher ein jeder lesen muß. Jedes zerstörte Baudenkmal ist eine verbrannte Bibelseite.

Denn um Kunst allein geht es hier ja gar nicht, sondern um Vernichtung aller Kultur, einer aufgedonnerten Zivilisation zuliebe, Vernichtung aller Nationen um der Internationale willen, Zerstörung der Seele um der Maschine willen.

Ziel: Ein genußsüchtiges Menschengewimmel, das in betonierten Wohnmaschinen haust, daneben mit 100 km Geschwindigkeit ziel- und ruhelos durcheinanderrast. Und wozu? Warum? Wohl um Geld zu erjagen. Aber wozu dieses, da doch des Geldes schöpferischer Sinn ist: Kultur zu schaffen?

Gehen wir wirklich solcher Zukunft entgegen? Soll die Maschine über uns Herr werden? Sollen unsere Häuser, ehemals Ausdruck beseelten Lebens, nichts mehr sein als Wohnmaschinen? Wird sich nicht ein Ausdruck finden lassen für die Bedürfnisse desjenigen Teils der heutigen Menschheit, der nach Beseelung des Lebens sich sehnt und dem Familie, Heimat und Nation nicht gleichgültig oder gar hassenswert geworden sind?

II.

Die Worte sind Masken ohne Gesichter.
(Esprit Nouveau, No. 22,
Ozenfant, Certitude)

Falls Worte Masken ohne Gesichter sind, was verbirgt denn „l'esprit Nouveau", diese aus Millionen von Worten gewobene Riesenmaske?

Eine historische Abschweifung ist notwendig, um die richtige Antwort zu finden.

Die Revolutionen sind nicht das Ergebnis spontaner Anarchie, wie es Taine meinte, sondern das Werk eines bewußten Willens, welcher diese Bewegungen nach bestimmten Plänen auslöst.

Der Generalstreik von 1918, durch welchen unser Land dem Untergang nahegebracht wurde, zeigt ganz deutlich den klaren Mechanismus des vorbedachten revolutionären Willens.

Dieses vorbedachte Wollen ist in den französischen, sowie russischen und deutschen Revolutionen weniger klar zum Ausdruck gebracht, aber wenn man die Tatsachen untersucht und sich nicht durch die nachträgliche Phraseologie täuschen läßt, welche die historischen Tatsachen verwischt, so tritt stets das gleiche Gesetz zum Vorschein: Die Revolutionen sind das vorbedachte Werk bestimmter Willensäußerungen, denn der durch die Kultur gefesselte anarchische Trieb braucht stets logische und vernünftige Mittel, um die Fesseln zu lösen, welche ihn binden. Dieses ist das heimtückische und okkulte Ringen des Schwächeren gegen das Starke, dessen Organisation für jedermann sichtbar ist.

Die ersten Äußerungen der französischen Revolution offenbaren diese unterirdische und vorbedachte Tätigkeit, welche die eigentliche Ursache ist von Tatsachen, welche lange als spontan betrachtet wurden.

In seiner „Geschichte der Revolution" vermerkt Bertrand de Mollville folgende Tatsachen:

„Alle diese Geheimnisse, Schlüssel mehrerer wichtiger Ereignisse, die bis dahin dem Zufall zugeschrieben wurden, wurden entlarvt ... Mirabeau ... teilte ihnen mit, ... daß der Terror, welcher eigentlich die Revolution schuf, ... in der philantropischen Partei entstand ... Adrien Duport ... las dort ... eine Denkschrift (betr. der geplanten Revolution) ... worin gesagt wurde, daß es ebenso notwendig wie dringlich sei, die Bewegung durch einen weise vorbereiteten Plan zu bestimmen ... Duport sagt weiter, ... nur durch Terrormittel kann man sich an die Spitze einer Revolution stellen ...

Es wurden im Sinne dieses Planes den wichtigsten Agenten der aufrührerischen Comités Weisungen gegeben ... Die Abschlachtung der Herren de Launay, de Fleselles, Foulon und Berthier ... war eines der ersten Ergebnisse dieser philantropischen Verschwörung ...“

Und Marmontel zitiert folgende Worte Mirabeau's in seinen Memoiren:

„Mit tausend Goldgulden kann man einen netten Aufruhr machen ... Weiß denn überhaupt die Nation, was sie will? *Man wird sie tun und sagen lassen, was sie nie gewollt hat* ... Die Nation ist bloß eine große Herde, welche bloß daran denkt zu grasen, und welche die Hirten mit guten Hunden nach ihrem Willen beliebig hin- und herschieben können ...“ Diese Worte sind der klare Beweis dafür, das die französische Revolution methodisch vorbereitet wurde, genau so, wie unser Generalstreik von 1918[1]).

Aber es ist notwendig, daß jeder Widerstand zunächst unterwühlt wird, damit die Gewalt Aussicht auf Erfolg hat, und ein verhältnismäßig schwacher Stoß das soziale Gebäude umstoßen kann. Diese Unterwühlungsarbeit wurde für die Revolution von 1789 von den Encyclopädisten gemacht und ist heute in unserem Lande im Gange durch die in der deutschen Schweiz weitverbreiteten Sekte der Ersten Bibelforscher und durch die Neojakobiner des „Esprit Nouveau“.

Die Encyclopädisten umhüllten den Jakobiner-Dolch mit den Blättern eines philosophischen Wörterbuches, und die „Ernsten Bibelforscher“ verpackten ihre geistigen Dynamitbomben in „biblische“, wie die Neojakobiner die ihrigen in „ästhetische“ Traktate. Die „Encyclopädie“, die Traktate der „Ernsten Bilbelforscher“, sowie diejenigen des „Esprit Nouveau“ sind die hypnotischen Mittel, welche die Revolution vorbereiten: ihr Zweck ist die Lähmung der Widerstände.

(„Krisis der Architektur“ 1928 veröffentlicht)

[1]) siehe auch „Livre de raison du Patriote Palloy“, 1956, Editions du Paris, 20 avenue Rapp, das aktenmäßig beweist, wie die Französische Revolution planmäßig gemacht wurde. Der Sturm auf die Bastille wurde von einer bürgerlichen Minderheit geplant und durchgeführt.

Diese Mittel sollen, nach Mirabeau, die Nation, diese große Herde, welche bloß grasen will, zu sorgfältig im voraus vorbestimmten Zielen führen.

Die Geschichte wiederholt sich nie, aber sie schafft gelegentlich erstaunliche Parallelerscheinungen (Encyclopädisten, Esprit Nouveau, Ernste Bibelforscher), die man nicht übergehen kann.

Diese drei Vorbereitungsunternehmungen der Revolution dringen unter unschuldigen Bezeichnungen unter das Publikum und gewinnen dadurch wertvolle und loyale Mitarbeiter, welche so, ohne es zu wollen oder zu ahnen, daran mitwirken, ein Zerstörungswerk zu verhüllen.

Die Encyclopädie, welche durch „eine Gesellschaft von Schriftstellern, Gelehrten und Künstlern" gegründet und herausgegeben wurde, drang in das Publikum, indem sie in ihren ersten Bänden Aufsätze von verblüffender Orthodoxie veröffentlichte, unter den Namen von Abbés und Doktoren der Sorbonne, welche offenbar gutgläubig und dupiert waren, und auch einwandfreie Arbeiten des Geometers d'Alembert und des Atheisten Diderot, Zeitgenossen von la Mettrie, dem Verfasser des „Homme Machine". Somit war der eigentliche Charakter der Encyclopädie derartig gut verborgen, daß der Censor Taponnet nichts merkte und dieses Unternehmen, welches den König auf das Schaffot brachte, mit „Genehmigung und Privileg des Königs" gedruckt wurde.

Nachdem die Encyclopädie auf diese Weise in das Publikum eingedrungen war, füllten sich ihre Aufsätze immer mehr mit heimtückischen Angriffen gegen die bestehende Ordnung. Auf diese Weise ward das jakobinische lähmende Gift in Gesellschaftskreisen verbreitet, welche es bis dahin nicht kannten. Die Ernsten Bibelforscher schleichen sich ebenfalls in die religiös veranlagten Schichten der Nation ein, indem sie ihre „christlichen Traktate" verbreiten, genauso wie die Neojakobiner, ihre „ästhetischen Traktate" verbreitend, in gebildete Kreise eindringen.

Der „Esprit Nouveau" stellt sich dem Publikum mit der Bezeichnung: „Internationale ästhetische Rundschau" vor und gewinnt, unter solch einer Flagge segelnd, intelligente Abonnenten und Mitarbeiter, welche mit ihrer Ehrlichkeit ganz ungewollt ein nihilistisches Unternehmen verschleiern.

Diese drei Sekten dringen leicht in das Bewußtsein der Menschen, indem sie deren Eitelkeit schmeicheln und ein goldenes Zeitalter voller Genüsse versprechen.

Die Encyclopädisten, Genossen des „Geometers“ d'Alembert, halten sich für die einzigen Propheten, welche die endgültige philosophische Wahrheit besitzen. Sie bezeichnen ihre Gegner als „vernichtungswürdiges Lumpengesindel“ und die Kirche als das „Infame“, welches zermalmt werden muß.

Diese Jakobiner versprechen das goldene Zeitalter, n a c h d e m man alles andere abgetan. Nach der Zerstörung aller bestehenden Werte wird die Menschheit einem unbegrenzten Fortschritt entgegengehen, Condorcet geht selbst soweit, daß er eine unbegrenzte Lebensdauer prophezeit.

Die Ernsten Bibelforscher, eine von dem „Pfarrer“ Russel gegründete Sekte, sind die alleinigen Propheten endgültiger religiöser Wahrheiten. Sie versprechen ebenfalls ihren Anhängern ein goldenes Zeitalter und behaupten, daß Millionen Gläubige ihrer internationalen Sekte nie sterben werden, daß sie in ein Paradies kommen, wo die Seligen Automobil fahren (sic) und nicht mehr zu arbeiten brauchen. Aber alle diese schönen Dinge können nur erreicht werden, *nachdem* die Schweiz und alle andern Nationen der Welt, sowie der Protestantismus und insbesondere der Katholizismus, genannt „Hure Babylon“, vernichtet sein werden. Alle diejenigen, welche bei der Aufrichtung dieses goldenen Zeitalters dieser „christlichen“ Sekte nicht angehören, werden alsdann untergehen.

Ganz ähnlich verhält es sich mit den Anhängern des „Esprit Nouveau“, Organ des „Architekten“ Le Corbusier: Nur sie allein sind Besitzer der Wahrheit, sie prohezeien das „maschinische Zeitalter“, die „große Zeit“ unbegrenzter Genüsse, wo der Mensch sich beständig von neuem erschafft und sich selber eine „Glückstechnik“ schmiedet. Die Menschheit, welche bereits „heute mehr als tausend Jahre lebt“ (sic.) wird bald nur noch zwei Stunden täglich arbeiten müssen. Aber dieses glückselige Zeitalter kann nur entstehen, *nachdem* alle Spuren des „prämaschinischen“ Zeitalters, Bilder, Häuser, Monumente und besonders die Städte voller „ehrwürdigen Aases“, sowie alle Unterschiede in Sprache, Religion und Nation vernichtet sind. Alle diejenigen, welche diese Meinung nicht teilen, werden Leute verbrecherischer Gesinnung genannt; die Bauern werden als zu dumm, um das zu begreifen, den „Wilden“ gleichgestellt.

Diese lange aphoristische Abschweifung war notwendig, um dem „Esprit Nouveau“ die Stelle zuzuweisen, welche ihm zukommt.

* * *

„L'Esprit Nouveau" wurde von Le Corbusier begründet[2]) und lanciert: er war einer der Direktoren, zusammen mit einem gewissen Ozenfant (welcher ehemals seinen Namen auf irländische Weise schrieb: O'Zenfant, um den Engländern zu gefallen) „L' Esprit Nouveau" war auch das Organ der neugeistlerisch-jakobinischen Bewegung: Gropius — Dessau, Adolphe Meyer, Loos — Wien usw. waren mit dieser Zeitschrift eng verbunden.

Wenn man ein Namensverzeichnis der Mitarbeiter und Künstler zusammenstellt, fällt auf, daß die Mehrzahl der Namen nicht französisch klingt, und da drängt sich der Gedanke auf, daß „L' Esprit Nouveau" offenbar eine in französischer Sprache geschriebene Rundschau der Pariser Fremdenkolonie ist.

Philippe Egalité, Vetter des Königs, finanzierte die Revolution mit seinem riesigen Vermögen; Rathenau, kaiserlicher Minister, rühmte sich die Sowjets organisiert zu haben und Kerenski, der Minister des Zaren, öffnete, gewollt oder ungewollt, die Pforten für Lenin.

Es ist somit nicht allzu erstaunlich, wenn ein „Philantrop" italienischer Nationalität und Ultratraditionalist in seinem Lande, in Paris den „Esprit Nouveau", diese antitraditionalistisch-neojakobinische Rundschau finanzierte.

Eine repräsentative Erscheinung dieser Zeitschrift war ein Bankangestellter, mütterlicherseits Litauer, Vater unbekannt, dessen Name Kostrowitski. Man erzählt, daß er ein „kabbalistischer Lebemann" war, Cocktails trank, Opium rauchte und den „französischen Klassizismus auf die gleiche Stufe wie die Negerkunst stellte". Und „L'E. N." erklärt, daß, „falls Paris eines Tages vom Erdboden vertilgt sein sollte wie die versunkenen Städte Asiens, sein Name im Ruhm der reinsten Dichter im Weltall schweben würde." Dieser litauische Bankbeamte war unter dem angenommenen Namen Guillaume Apollinaire bekannt.

Die tüchtigen Schriftsteller, welche hauptsächlich für die ersten Nummern Beiträge lieferten, haben zunächst dazu beigetragen, den wahren Charakter dieser „ästhetischen" Rundschau L'Esprit Nouveau zu verschleiern.

Es ist eine gewisse Aufmerksamkeit notwendig, um den wahren

---

[2]) Heute weiß ich erst, daß der Dadapräsident Paul Dermée, rechte Hand vom Tristan Tzara, L'Esprit Nouveau gründete. Erst nachträglich wurde Le Corbusier Direktor dieser Dada-Zeitschrift.

Charakter dieser Zeitschrift, welche alles Mögliche in bunten Reihen behandelt, klar zu erkennen: Ästhetik, Politik, prähistorische Büffel, Nationalökonomie, Spiritismus, Mechanik, klassische Malerei, Negertänze, Kubismus, Kabbala, Architektur, Toreadoren usw. usw., alles ganz genau wie es der famose Propagandafilm der Ernsten Bibelforscher tut.

Wenn man aber auf den Grund der Dinge geht, merkt man, daß in dieser erstaunlichen Rundschau alles verkehrt ist. Schon der Titel ist verdreht. Die Zeitschrift predigt Ideen, die aus einer 1900 Jahre alten Doktrin entspringen, und welche auf die Schriften von Plotin und Philo, Philosophen der Alexandriner-Schule, zurückgehen! Und es ist eine muffige Philosophie der Erschöpfung, welche man stolz ist, den „Neuen Geist" zu nennen!

Es ist diese „fortschrittliche" Rundschau, welche den Menschen beständig beschwört, „wieder primitiv" zu werden, und welche mit Stolz erklärt, daß ihr großer Mann Apollinaire seine „Nahrung unter dem Trümmerhaufen des vorsintflutlichen Paradieses ... suchte, ... den Kubismus ... die Bildhauerei der Neger ..."[3])!

Man kann den E. N. mit dem Vexierkasten mit beweglichen Böden eines Taschenspielers vergleichen, aus welchem man nach Belieben alles, was man will, herausziehen und beweisen kann.

Überall findet man dort das Dafür und das Dawider. Die Wissenschaft, sowie die antiwissenschaftliche Kabbala werden gleich verhimmelt, das Christentum beschimpft, der Koran und Allah begeistert begrüßt, man schwärmt für den Fortschritt und die Reaktion, für das Luftschiff und den vorsintflutlichen Dinosaurus.

Ganz besonders ulkig wird der E. N., wenn er über Tradition orakelt. Es folgen hier einige streng wörtliche, aber typische Zitate:

„Die Neger, durch eine lange traditionelle Erziehung unterrichtet, ... verschaffen uns plastische Genüsse von unerhörter Gewalt ..."

„Der bolschewistische Architekt soll die Galerie Rubens in ein Skating verwandeln ... ja, ja, man soll den Louvre verbrennen, es darf kein Stein mehr über dem andern stehen bleiben. Man soll aus ihm ein großes Feuer machen und die Asche in die Seine werfen. Schmeißt sie in die Seine, die verbrannten Überbleibsel dieser häßlichen Träumer: Raphaels, hauptsächlich Michel-Angelos, dieses großen Verbrechers an der Kunst. (Antworten auf eine Rundfrage

---

[3]) Vergleiche auch die Dada-Kapitel in diesem Buch.

des E. N.: Soll man den Louvre verbrennen? E. N. Nr. 6)

„Die Folklore der Neger Amerikas ... welche durch Mittel ausgedrückt werden, die nicht primitiv, sondern definitiv genannt werden müssen ..."

„Merde pour Beethoven."

* * *

Die wahre Tendenz des E. N. wird durch die zerstörerischen Lehren ihres Direktors Le Corbusier enthüllt. Er drückt in einem fiebernden und apokalyptischen Stil, der gelegentlich einen Schimmer seltsamer und krankhafter Schönheit zeigt, alle möglichen und unmöglichen Wissenschaften, Philosophien und Ästhetiken aus. Le Corbusier tobt, um offene Türen einzuschlagen, um wissenschaftlichen Blödsinn zu proklamieren, und er bewundert seine eigenen Entdeckungen längst bekannter Tatsachen nach der typischen Manier des Dilettanten und des Autodidakten geringerer Sorte.

Seine Originalität besteht in seiner Zerstörungswut, Zeichen seiner Unfruchtbarkeit, und in seiner egozentrischen Geistesart. In einer Abhandlung über die Beleuchtungsarten schreibt er: „Eure Kronleuchter tun meinen Augen weh", und weil Le Corbusier kurzsichtig ist, bestimmt er, daß in aller Zukunft kein Mensch mehr in seinem Zimmer einen Beleuchtungskörper aufhängen dürfe, wenn er nicht für einen verbrecherisch-reaktionären Menschen gelten wolle!

Diese Sucht, eine Umwelt, welche ein Zuviel für biologisch geschwächte Organismen ist, zu zerstören, drückt in knapper Form die ganze revolutionäre Mentalität aus.

* * *

Der zerstörende Charakter des E. N. erscheint noch deutlicher in folgendem:

Marat, der geisteskranke Fälscher, der menschenmörderische Monomane, der kurz vor seinem Ende auf einen Schlag die Abschlachtung von 270.000 Franzosen verlangte, wird folgendermaßen verherrlicht:

„Marat kam, welcher den Versuch machte, in die Moral den bescheidenen Rahmen des Bürgers zu stellen; aber er starb, und somit auch der Bürger." —

„Der Radikalismus ... läßt die Revolution geräuschlos vorwärtsschreiten, welche von Andern mit geballet Faust gepredigt wird."

„So ist es besonders gegenüber England, wohin die kommunistische Propaganda mit der größten Hoffnung und altem Unternehmungsgeist zielt. Sie hat bemerkt, wieviel Schwäche und Unreife in dieser Nation vorhanden, welche bei veralteten Vorstellungen stehengeblieben ist."

„Die Sowjets, welche noch in der mystischen Periode ihres Erneuerungswerkes stehen, sahen ihren einzigen Zweck in der Evangelisierung Europas . . ."

Frankreich wird „widerspenstig" genannt, weil es die Sowjets nicht anerkennen will. „Sonst wird die beschimpfte ... erniedrigte Nation ... das Gedächtnis der Jakobiner heraufbeschwören, um ihre Führer zu richten."

„Wir stehen vor dem Ende einer Welt... Alles muß wieder in Frage gestellt werden. Die Revolution, Phänomen zweiter Ordnung in der überall sich meldenden großen Umwälzung ... Es ist im Lande Dostojewskys, wo neue gefährliche Realitäten entstehen werden, andere Götter, welche die Zukunft lange anbeten wird, ... Man muß ohne Gesetze sein, um das neue Gesetz anhören zu können."

Betreffs bolschewistischer Literatur: „Bei Tschertschenewitsch ist die heilige Jungfrau schon ein naives Mariechen. Die anderen Dichter werden weiter gehen. Sie speien schimpflich Blut in die geisteskranken Augen Gottes, sie versichern, daß sie den mageren Körper Christi in der Tscheka verrenken werden."

Nennenswerte politische Mitarbeiter Le Corbusiers im Esprit Nouveau sind Delaisi und Walter Rathenau, Ex-Minister Wilhelms II., und Minister Fritz Eberts, der Intimus Radeks, der Mann von Genua, der sich rühmte, den russischen Bolschewismus organisiert zu haben, welchen er im E. N. „Die Fackel, die den Orient erleuchtet", nennt. Die Gedankenberührung Rathenaus mit Le Corbusier ist auffallend, wenn man bei dem ersteren in seinem Buche „Der Kaiser" liest:

„Wehe den Bauten und Gemälden, den Büchern und Gärten, Kunstfertigkeit und Handwerksüberlieferung, Gelehrsamkeit, Bildung und Technik, Formen des Lebens und des Verkehrs, Arbeitsliebe, Ordnung und Pflege."

* * *

„L'Esprit Nouveau" ist nicht voller Kriegspferde, wie mir ein Genfer Mitbürger, der wie so viele Andere dupiert ist, schrieb, sondern „l'Esprit Nouveau" ist weiter nichts als ein riesiges, mit Rippolin gestrichenes trojanisches Pferd, dessen Bauch voll tödlicher Gasbomben ist.

Diese unheilvolle mit philosophischem Bändelzeug, kabbalowissenschaftlichem Geflitter verpackte und mit ästhetischen Wohlgerüchen parfümierte Zeitschrift erklärt in einem langen Kapitel, daß alle Ornamente „verbrecherisch" sind. Aber wenn auch alle Ornamente der Welt verschwinden müssen, so muß doch ein einziges weiterbestehen: das Ornament, welches die Druckseiten des E. N. schmückt, der fünfzackige Stern, welcher mit dem Stern unserer kommunistischen Zeitungen identisch ist und die Mützen der Tschekabeamten kennzeichnet. Es ist der Sowjetstern.

Es ist zweifellos nicht zufällig, daß le Corbusier seine Werke in einem Verlag herausgibt, dessen Direktor noch vor kurzem Verwalter der kommunistischen „Humanité" war; es ist nicht erstaunlich, daß der E. N. Abonnenten in Moskau besaß. Da die Sowjet-Zensur alle diejenigen, welche eine nicht kommunistische Literatur lesen oder kaufen, drakonisch bestraft, so zerreißt diese Tatsache, die ich beweisen kann, die letzten Hüllen.

Der E. N., diese neojakobinische Rundschau, das Organ le Corbusiers, die Synthese der russischen, deutschen und österreichischen Bewegung, ist also weiter nichts als eine verkappte bolschewistische Propagandazeitschrift.

L'Esprit Nouveau, diese riesige, aus Millionen Worten gewobene Maske, verbirgt also, es war ja zu erwarten, „etwas Vollkommeneres als die Natur, eine Göttin Schönheit"; es *ist* eine Maschine:

Die Guillotine!

Dies ist das verblüffende Ende einer Untersuchung, welche ich in der Meinung begonnen hatte, vor einer Arbeit rein ästhetischer Natur zu stehen.

Wenn dieser Essay eine unerwartete Form angenommen hat, so ist es wider Willen gewesen: die vorhandenen Tatsachen waren zu eindeutig. Ich bedaure, das ich die Krisis in der Architektur nicht so behandeln konnte, wie es in meiner ursprünglichen Absicht lag. Ich wollte beweisen, daß diese ganze Bewegung auf einer überholten wissenschaftlichen Theorie fußt, und daß es nicht die physioplastische, sondern die geometrisch-ideoplastische Kunst sei, welche reaktionärer Natur ist. Erklären wollte ich ferner, daß es gerade der ornamentale Sinn ist, welcher einen der Unterschiede zwischen Mensch und Tier zeigt. Nie schuf ein Tier ein Ornament, dagegen oft wundervolle geometrische Gebilde.

Der Beweis wäre mir leicht geworden, daß kein Ding aus seiner

Zeit heraus kann, daß es somit sinnlos ist, einem Ziel nachzujagen, an dem man sich stets befindet; daß die Architektur Dichtung ist, und daß jegliche dogmatische Bindung tödlich auf die Inspiration wirkt; daß der Architekt vor allem sein Fach durch und durch kennen muß, daß er sich alle Werte der Tradition aneignen soll, nicht aber um zu kopieren, sondern um seine Ausdrucksmittel zu beherrschen, und daß es Sache des Takts und Talentes ist, den richtigen Weg einzuschlagen; daß alle technischen und plastischen Mittel, auch die allermodernsten, gestattet sind, unter der einen Bedingung, daß sie am besten der gestellten Aufgabe gerecht werden und die unsterbliche Gesinnung ausdrücken: „Die Musen sind die Töchter der Erinnerung, und die Mutter der Erinnerung ist Agape, die große himmlische Liebe."

* * *

„Ein Stil ist eine Art zu denken" schreibt Le Corbusier; es ist aber klar, daß der Stil Le Corbusiers der bolschewistischen Denkungsart entspricht. Die Tatsachen sind offenkundig. Das staatliche Bauhaus Dessau, welches mit dem Esprit Nouveau eng verbunden ist, erzeugt jahraus, jahrein eine Menge Architekten, welche im Lande der Sowjets und im Balkan bauen gehen.

Der allgemeine Zusammenbruch der europäischen Geistigkeit ist am deutlichsten in den industriellen Gegenden sichtbar. Dort hat man den Eindruck, daß sich die Lebenskraft der Bevölkerung im Maschinenbau und in der Errichtung von Fabriken erschöpfe.

Dabei ist die wirklich menschliche Kultur, diejenige welche aus einer humanistischen Erziehung wächst, heute vernachlässigt; sie ist im Verschwinden begriffen. Selbst der kritische Sinn verschwindet auf beunruhigende Weise.

Es ist bemühend, die psychische Seuche, welche noch ansteckender ist als die anderen, in gewissen, allzu stark industrialisierten Teilen der deutschen Schweiz zu beobachten. Ein ähnliches Schauspiel zeigten Geißler des hypermaterialistischen Spätmittelalters, die Bewegung Savonarolas oder die tanzenden Derwische.

Die Sekte der Ernsten Bibelforscher hat unzählige Anhänger bei uns, welche alle mit einem rührenden religiösen Eifer den Untergang der Schweiz und der uralten Religionen erwarten, überzeugt, daß Millionen ihrer Gläubigen nie sterben werden.

Die gleiche Aufnahmefähigkeit für blödsinnige Dogmen ist bei den radikalisierten Architekten sichtbar. Es schnürt einem das Herz, die Allerjüngsten zu beobachten, wie deren Idealismus pervertiert wurde, und welche, ihr Fach nicht mehr beherrschend, gezwungen sind, um leben zu können, den Auftraggeber zu überzeugen, daß er ein geometrisches Tier ohne Vergangenheit noch Zukunft ist, daß die Nation als verabscheuungswürdig verschwinden soll, und daß das goldene Zeitalter nur nach der Zerstörung von alledem, was unsere Väter geliebt haben, erreicht werden kann.

Die Berliner Kommunisten haben soeben den Antrag auf Zerstörung des Brandenburger Tores, eines der schönsten Denkmäler ihrer Stadt, gestellt; ein Berner Architekt verlangt die Zerstörung der ganzen Stadt Bern; eine große Basler Zeitung ironisiert die Patrizierbauten ihrer Stadt, und ein Zürcher Architekt macht den Vorschlag, alle Giebel des Landes abzuschlagen.

Schleichend zieht das Gespenst des Kaisers Nero und das eines Caracalla über unsere Heimstätten.

So weit führt uns der Wahn des unbegrenzten Fortschritts, diese ewige Flucht vor sich selbst. Und alle diese Wahnbefallenen bilden sich ein, ganz wie gewisse, vom euphorischen Fieber geschüttelte Kranke, einem goldenen, großartigen Zeitalter entgegenzueilen, währenddem sie tatsächlich bloß in die weitoffenen Arme des Nichts stürzen. Die Unglücklichen haben Worte des Mitleids für alle diejenigen, welche nicht ihren Wahn teilen, und sie benennen die Völker, welcher dieser Epidemie noch widerstehen, als zurückgeblieben und reaktionär, wie Süddeutschland, die welsche Schweiz und die lateinischen Völker.

Die Propaganda der bolschewistischen Architektur geht Hand in Hand mit derjenigen der Ernsten Bibelforscher. Wir stehen in der letzten Zeit unter einem wahren Trommelfeuer von Vorträgen, Büchern und Zeitungsaufsätzen, welches die Bevölkerung in den zerstörerischen Dogmatismus neojakobinischer und biblischer Sekten treibt.

Le Corbusier, dieser in die Irre geratene Theologe mit den Gesichtszügen eines Inquisitors, spielt in der deutschen Schweiz die gewisse Rolle eines Propheten. Das Mysterium seiner Erfolge ist der unsichere Hunger einer kopflosen Bevölkerungsschicht. Seine Vorträge in Zürich, Bern und Basel, welche er vor einem eleganten und belesenen Publikum hielt, wurden andächtig angehört, und beflissen beklatschten diese Leute, wie zur Zeit Beaumarchais', die Doktrinen, welche ihre Kultur vernichten.

ANHANG III

EHRENTAFEL

der

Présidents et Présidentes du mouvement Dada

«Dr. Aisen, Louis Aragon, Alexandre Archipenko, W.-C. Arensberg, Maria d'Arezzo, Céline Aurnauld, Arp, Cansino d'Assens, Baader, Alice Bailly, Pierre Albert Birot, André Breton, Georges Buchet, Gabrielle Buffet, Marguerite Buffet, Gino Cantarelli, Carefoot, Maja Chrusecz, Paul Citroen, Arthur Cravan, Crotti, Dalmau, Paul Dermée, Mabel Dodge, Marcel Duchamp, Suzanne Duchamp, Jacques Edwards, Paul Eluard, Max Ernst, Germaine Everling, J. Evola, O. Flake, Théodore Fraenkel, Augusto Giacometti, Georges Grosz, Augusto Guallert, Hapgood, Raoul Hausmann, F. Hardekopf, W. Heartfield, Hilsum, R. Huelsenbeck, Vincente Huidobro, F. Jung, J.-M. Junoy, Mina Lloyd, Lloyd, Marin, Walter Mehring, Francesco Meriano, Miss Norton, Edith Olivié, Walter Pack, Clément Pansaers, Pharamousse, Francis Picabia, Katherine N. Rhoades, Georges Ribemont-Dessaignes, H. Richter, Sardar, Christian Schad, Schwitters, Arthur Segal, Dr. V. Serner, Philippe Soupault, Alfred Stieglitz, Igor Stravinski, Sophie Taeuber, Tristan Tzara, Guillermo de Torre, Alfred Vagts, Edgar Varèse, Lasso de la Vega, Georges Verly, A. Wolkowits, Mary Wigman.»

Diese Ehrentafel steht Seite 180 im vergriffenen, reich bebilderten Buch „Dada" von Arp, Huelsenbeck und Tzara, das 1957 im Arche Verlag, Zürich, erschien. Die gleichen 76 Namen erschienen 37 Jahre vorher, also 1920, in dem Buch „Dada-Almanach" von Richard Huelsenbeck, im Reiss-Verlag, Berlin, allerdings ohne die Bezeichnung „Ehrentafel". Dieses ebenfalls vergriffene Buch existiert nur noch in der Schweiz.

Aus der Fülle dieser Dada-Präsidenten greife ich zwei Namen heraus: Tristan Tzara und seine rechte Hand Paul Dermée, der die Zeitschrift „L'Esprit Nouveau" gründete und leitete. Sein Nachfolger wurde Le Corbusier, der im Sinne seines Vorgängers, des Dada Präsidenten Paul Dermée, die Zeitschrift weiterführte und sich somit als Dada legitimiert.

INHALTSVERZEICHNIS

IV. Teil

Anhang

Nahum Goldmann: **Der Plan zur Zerstörung Europas**

Nahum Goldmann, der spätere Präsident des *Zionistischen Weltkongresses*, enthüllt 1915, mitten im Ersten Weltkrieg, mit unglaublicher Offenheit ein Programm zur Zerstörung Europas. Es ist ein Programm der totalen Vernichtung, der totalen Auflösung sämtlicher Traditionen, Sitten, Bindungen und Schranken. Der Zweck: überall soll völlige Anarchie und Haltlosigkeit entstehen, um dann ungehindert ein „neues pyramidales, hierarchisches System" (- nämlich das der Jahwehpriesterschaft -) aufbauen zu können. Es heißt da u.a.:

„Man kann den ***Sinn und die historische Mission unserer Zeit*** *in einem zusammenfassen: ihre Aufgabe ist es, die* ***Kulturmenschheit neu zu ordnen,*** *an die Stelle des bisher herrschenden gesellschaftlichen Systems ein neues zu setzen... Alle Um- und Neuordnung besteht nun in zweierlei: in der* ***Zerstörung der alten Ordnung*** *und dem Neuaufbau der neuen. Zunächst einmal müssen* ***alle*** *Grenzpfähle, Ordnungsschranken und Etikettierungen des bisherigen Systems beseitigt und* ***alle*** *Elemente des Systems, die neu geordnet werden sollen, als solche, gleichwertig untereinander* (d. h. „Entwertung" durch „Gleichwertung", R. B.), *auseinandergelegt werden. Sodann erst kann das zweite, die Neuordnung dieser Elemente, begonnen werden. So besteht denn die erste Aufgabe unserer Zeit in der* ***Zerstörung: alle*** *sozialen Schichtungen und gesellschaftlichen Formungen, die das alte System geschaffen hat, müssen* ***vernichtet*** *, die einzelnen Menschen müssen aus ihren angestammten Milieus* ***herausgerissen*** *werden;* ***keine*** *Tradition darf mehr als heilig gelten; das Alter gilt nur als Zeichen der Krankheit;* ***die Parole heißt: was war, muß weg.*** *Die Kräfte, die diese negative Aufgabe unserer Zeit ausführen, sind: auf dem wirtschaftlich-sozialen Gebiete der Kapitalismus, auf dem politisch-geistigen die Demokratie. Wieviel sie bereits geleistet haben, wissen wir* (wer??) *alle; aber wir wissen auch, daß ihr Werk noch nicht ganz vollbracht ist. Noch kämpft der Kapitalismus gegen die Formen der alten, traditionellen Wirtschaft, noch führt die Demokratie einen heißen Kampf gegen alle Kräfte der Reaktion. Vollenden wird das Werk der militaristische Geist. Sein* ***Uniformierungsprinzip*** *wird die negative Aufgabe der Zeit restlos durchführen: wenn erst* ***alle*** *Glieder unseres Kulturkreises als Soldaten unseres Kultursystems* ***uniformiert*** *sind, ist diese eine Aufgabe gelöst. Dann aber erst erhebt sich die andere, größere und schwierigere Aufgabe: der Aufbau der neuen Ordnung. Die Glieder, die nun aus ihren alten Verwurzelungen und Schichtungen herausgerissen sind und* ***ungeordnet, anarchisch herumliegen, müssen zu neuen Formungen und Kategorien geschlossen werden... ein neues pyramidales, hierarchisches System muß errichtet werden."***

(Nahum Goldmann: *Der Geist des Militarismus*, Stuttgart/Berlin, *Dt. Verlags-Anstalt*, 1915, S. 37f.)